春夏秋冬代行者

秋の舞 上

しゅんかしゅうとう だいこうしゃ

暁 佳奈

illustration スオウ

春夏秋冬代行者

秋の舞 上

冬は厳かに囁いた。

汝の名は『秋』、夏に続く者。

世界を色褪せさせ、老蝶を死に誘うが如く大地に沈めし者。

夏を経て、冬は更に自らの生命を削り最後の季節を生み出した。

季節の誕生を傍で見守るのは冬の最愛の季節である春。

春と冬の繰り返しを望まず、冬に救済を願い出た大地。

一つだけだった季節は二つに増え、三つに増え、更に四つになった。

夏と秋、二つの季節は生まれた瞬間に使命を理解し冬に誓った。

我らが祖よ、貴方と共に我らは季節を巡らせましょうと。

冬がこの誓いを受け入れたので、季節は春夏秋冬と巡るようになったのである。

四季達はそれぞれの背を追いかけて世界を回ることで季節の巡り変わりを齎した。

春は冬を追いかけ、それに夏と秋が続く。

後ろを振り返れば春が居るが、二つの季節だけだった時とは違う。
春と冬の蜜月はもう存在しなかった。
冬は春を愛していた。動物達が夫婦となり生きていくように、春を愛していた。
春もまた、運命の如く冬を愛し返した。
その密やかな情熱に気づいていた夏と秋は、彼らの為に提案をした。
大地に住まう者に、自分達の役割を任せてはどうかと。

力を分け与え大地を一年かけて巡り歩く、その名を四季の代行者。
初めは牛に役目を与えたが足が遅く、冬だけの一年になった。
次に兎に役目を与えたが途中で狼に食われて死んだ。
鳥は見事に役目を果たしたが、次の年には役目を忘れた。
どうしたものかと頭を抱えた四季達の前に、最後に人が現れ申し出た。
自分達が四季の代行者となりましょう。
その代わり、どうか豊穣と安寧を大地に齎して下さい、と。

春と夏と秋と冬は、人間の一部にその力をお与えになり、冬は永遠に春を愛す時間を得た。

かくして世に四季の代行者（だいこうしゃ）が生まれたのである。

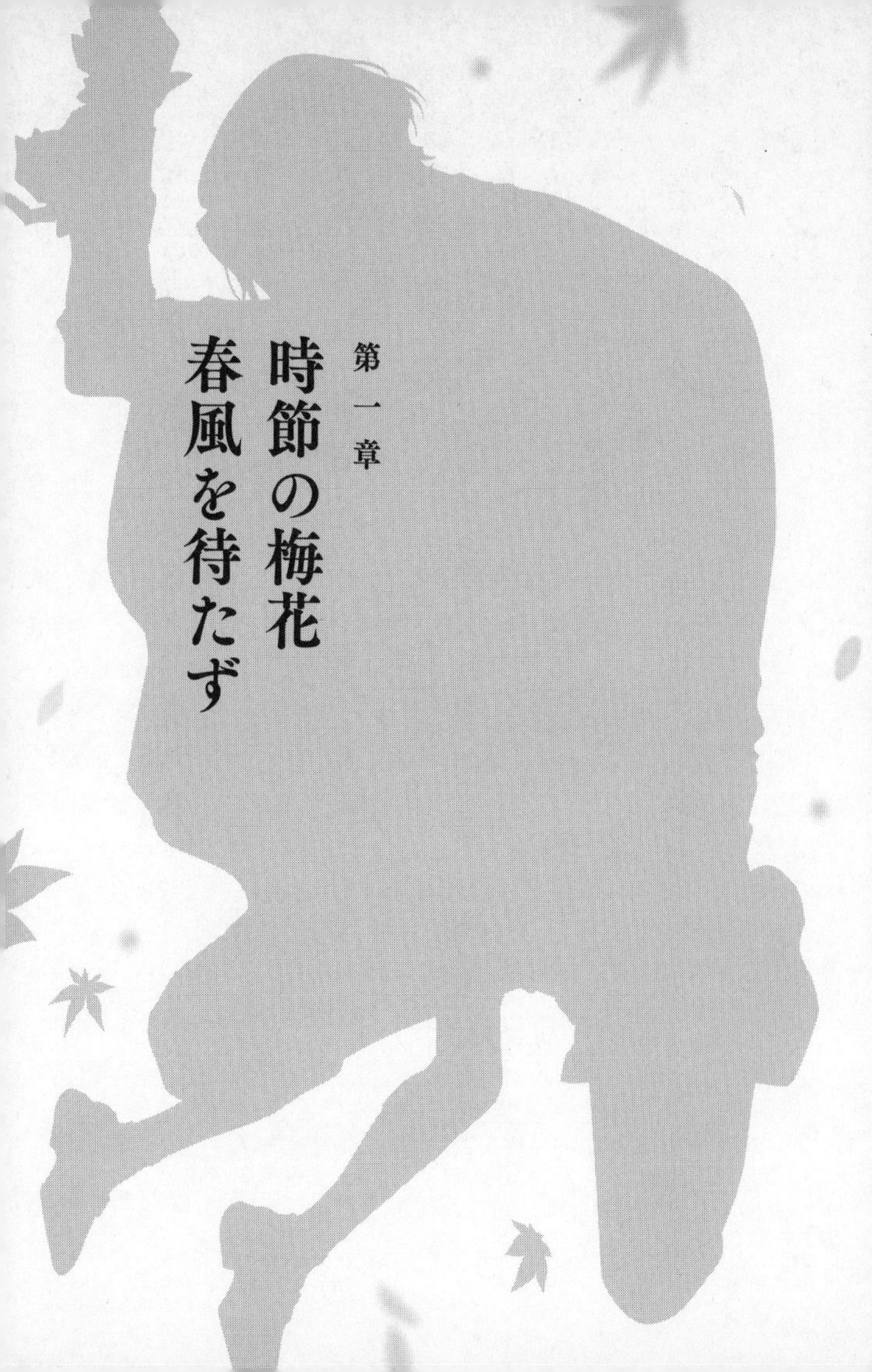

第一章

時節の梅花
春風を待たず

青い空の下で桜の花弁と共に秋の神様が風に吹かれていた。

世は鳥語花香（ちょうごかこう）。鳥囀（さえず）り、花香る。

春の代行者（だいこうしゃ）が齎（もたら）した夢幻のように美しい季節が今年もやってきた。

春風に揺られ、くるくると浮遊する桃色の花びらは正しく春の踊り子だ。

見る者の時間を奪ってしまう、そういう魅力がある。

ひらりひらり、空中を漂う花びらの内の一枚がやがてとある少女の鼻先にたどり着いた。

着物姿の彼女が、本来おいそれと触れることなど許されない貴人であることを花びらが知る由（よし）もない。するると、その尊い身の上の少女がくしゃみをした。

くしゅん、と愛らしい音が辺りに響く。

と同時に、花びらは地面へ落ちる。

悪戯（いたずら）をした張本人である花びらは大地の上に敷かれた桜の絨毯（じゅうたん）の一部となり、どこへ混ざったのかもわからなくなった。

「……ふふ」

少女は一連の出来事が面白かったのか、人知れず微笑んだ。

歳は十にも満たないだろう。

天使のような、と讃えられても過言ではないかんばせと勿忘草色の瞳。

思わず触れたくなるほど柔らかそうな巻き毛。

彼女の為に作られたであろう着物を纏う姿は人形のよう。

春の中に居るが、どことなく秋を思わせる色彩は春花秋月の佇まい。

そんな彼女を構成するすべてが、いまは桜と共に陽光に照らされて光り輝いていた。

美しい少女の傍らには小型犬が一匹いる。綿菓子のような体型をしている犬だ。

ふわふわと、ころころと、これまた愛らしい。

愛嬌がある顔つきをしたその犬も、少女と同じく幼かった。

子犬は主人である少女がくしゃみをし終わると、わんと吠えた。

「はなきり、しんぱいしてくれたの？」

やはり子犬はわんと吠える。

それから笑顔で少女の足元に近づき顔を擦り寄せた。

少女と子犬はいま起きた出来事を互いに共有し、くすくすと、わんわんと声を出して笑う。

一人と一匹はとても仲が良いのだろう。まるで姉弟のようにじゃれあっている。

「撫子様、あまり遠くに行ってはいけませんよ」

少し離れた所で、スーツ姿の女性が困り顔をしながら声をかけた。

この場で彼女の保護者にあたる人物だろうか。

少女は笑顔のまま返事をする。

「だってはなきりが走るの。ほら、見て。桜の中で踊ってるみたい」

主に名前を呼ばれ、春駒の如き子犬は『御覧ください』と言わんばかりに飛び跳ねる。

黎明二十一年、二月下旬。大和国、創紫。

秋の代行者祝月撫子は全身で春の恩恵を受けていた。

花が見頃で、桜狩りにぴったりなこの場所は秋の里周辺の山間にひっそりと存在していた。

一部の者しか知らない花見の穴場だ。

春嶺にずらりと生えた桜並木は桃源郷。訪れた桜人は漏れなく美しさに陶酔するだろう。

「さねかずらさん、さねかずらさんもきて。ここ、桜の雨よ」

「はい、ただいま」

秋の里本殿、家政部署侍従職、侍女頭。

そんな肩書を持つ真葛美夜日は撫子に言われて小走りする。

真葛は小柄な女性だった。子どもと見紛う、というと失礼だが、そう思ってしまうくらいには背丈がない。体の幅もないので全体的に華奢だ。ベージュのスーツは彼女の柔らかい雰囲気にぴったりだが、少々服に着られている感はある。

手先が器用なのか、髪の毛は綺麗に編み込みされていた。その状態でもわかるほどの綺麗な艶髪だ。何処にでもいる普通の女性だが光るものがある。

そんな真葛はぜえはあと息を切らして撫子の元へ駆けつけた。手には大きな籐のかごを持っている。

野掛けで食べる昼食でも入っているのだろう。二人分ではなさそうだ。

「あ、ごめんなさい……。わたくし、ひとに持たせて……」

自分の過失に気づいた撫子は、小さな手で籐のかごを下から支えた。

よいしょ、と支えても大した力添えにはなっていない。真葛は微笑む。

「良いのですよ。花桐も撫子様も楽しそうでなによりです」

子犬が『わん』と吠えた。花桐、とはこの子犬の名前だろう。

真葛の唇から漏れ出た自分の名前に反応して返事をした花桐は、今度は真葛にじゃれつく。

「これほど自由なお花見は初めてと聞きました。楽しんでください。真葛に体力がないだけなんです。すみません……非戦闘員なもので」

「さねかずらさんは侍女さんだもの。わたくしが悪いの。おっしゃる通り……はしゃぎすぎちゃったの……」

「こんなに美しい春の日ですもの」

少女に侍る女性、真葛はわざわざ膝を折って少女と同じ目線になってから空を見上げた。

空の青色と桜の桃色が合わさって、天国とはここかと思わせる色彩の美が広がっている。

「はしゃぎたくもなります……」

真葛が春風駘蕩とした世界を愛でる様子を見て、撫子も嬉しそうだ。

「ひなぎくさまの春なのよ」

当然、真葛も知っているのだが頷く。自分の同僚でもあり先輩でもある者の偉業を自慢したい撫子のいじらしさにやはり口の端を上げる。

「今代の春の代行者様ですね」

「うん。あのね、ひなぎくさまね……とってもとってもお優しいかたなの」

「撫子様もそうですよ」

「いいえ、ひなぎくさまはわたくしよりずっとずっとよ」

「あらあら」

「もちろん、さねかずらさんも」

「あらあら」

撫子はこの侍女に好感を持っていて、侍女も小さな主をとても可愛がっている様子だ。

二人と一匹がくすくす、わんわん、と会話を楽しんでいると、やがて後方から野外用敷物や座布団、その他様々な物を抱えた大柄な男性がやってきた。

「……真葛さん」

恐らく真葛より序列が低いのだろう。スーツにトレンチコート姿、推理小説に出てくる刑事の出で立ち。強面、と言っても過言ではないその男は荷物を持ったまま所在なさげに立ち尽くしている。指示が欲しいようだ。

「白萩くん。場所はまだ決めていないの」

真葛の返答に秋の里護衛陣の一人である白萩今宵は『はい』と短い返事をした。

「阿左美様は？」

何処に居るのか、という問いかけに白萩は歯切れの悪い様子で言う。

「まだ電話が長引いて……外交部からのようです」

「また……？　何度お断りしてもかけてくるのね……」

「はい」

「仕方ないわ。私達で一番良い花見の場所を決めて待ちましょうか」

真葛に促されて、撫子は頷く。白萩が登場すると、花桐は彼をからかうように足にじゃれつき飛びついた。スーツが一気に毛だらけになる。

「こら、花桐」

荷物を持っている白萩は避けようもない。白萩が花桐を叱ったが効果はないようだ。

「しらはぎさんが好きなのね、はなきり」

撫子の言葉に花桐はわんと吠えた。

「……撫子様。俺は昔、犬を飼っていたのでわかりますが、これは格下に見られています」

「え、そうかしら？」

「はい……敬意が感じられませんから」

白萩はズボンの裾を甘噛みしてしっとりさせていく花桐を恨めしそうに眺める。

「はなきり、だめよ。しらはぎさんのズボンを汚しちゃ」

撫子が叱ると、花桐はすぐさまやめてぴゅんと前を走った。

「ほら、人間の言葉がわかってる。なのに俺の言うことは聞きません」

「ほかのかたにはあんなことしないのに……どうしてなのかしら……」

「……俺が新人だとあいつもわかっているのでしょう」

真葛はくすくすと笑ってから言う。

「白萩くんのことを可愛い弟分だと思っているのかもよ？」

「どちらにしろ格下ですね……。スーツを噛むのが愛情表現ですか」

「あらそういうのない？　私は撫子様のほっぺたならカミカミしたい」

「かみかみ……？」

白萩は低い声でそう言ってから恐れをなした。撫子は自分の頬を手で押さえる。

「わたくしをたべちゃうの……？」

「可愛くて食べちゃいたい……という感情が人間にはあるんですよ撫子様。目に入れても痛くない、ということわざに似ていますね」

「……たべちゃうのいや」

「真葛さん、主の頬を噛むのは不敬かと……それが愛情でも……」

撫子と白萩が真に受けているのを見ると、真葛は冗談だと慌てて否定した。

三人と一匹はお喋りをしながら桜の世界を愛で歩いていく。

「あれは菜の花」

撫子の小さな指が野花に向けられた。

「えっと……あれはなずな」

また一つ、わかるものを声に出して言う。

「あれはふきのとう」

撫子が知っている知識を披露したくて生えている山菜を指差す。

ちらりと大人二人を見た。真葛が破顔し、白萩が感心したように頷いている。

「この前お教えしたのをもう覚えられたんですね。さすがです」

「えへへ……」

「撫子様、ふきのとうは食べられますよ」

白萩の突然の言葉に撫子は驚く。

「た、たべられるの？」

新緑の象徴のようなふきのとう。小さな森のようなこの姿を一体どうやって食すのかと撫子は疑問に思う。

「うちは天ぷらにしますよ。苦味もあるので……撫子様はお好きではないかもしれません」

「てんぷら……にがいのね」

「ええ、ちょっとだけ」

「大人の味かもしれませんね。私はタラの芽のほうが好きだわ」

「たらのめ……？」

また知らない言葉が出てきた。

「それも山菜です。俺もタラの芽、好きですね」

「おいしい？」

「美味しいですよ。ここらへんで生えているなら持って帰りたいくらいだわ。タラの芽も撫子様には大人の味すぎるかもしれないけれど……」

「おとなのあじ……」

「塩で食べると本当に美味いです」

「おしおでたべる」

「タラの芽なら撫子様も食べられるんじゃないかしら。見つけたら持って帰りましょう」

「ふきのとうは？」

「あら、苦いですけど食べてみたいですか？」

「うん……だってびっくり。たべられるなんて知らなかった。たべてみたい」

二人は撫子の反応が喜ばしいようだ。ならぜひ持ち帰ろうと張り切りだす。幼い彼女はこの世界でまだまだ知らないことがたくさんある。大人には教える楽しみというものがあった。

それからしばらく山菜を摘みながら歩いていくと、花見に良さそうな木を見つけた。

「撫子様、ここなら地面も平らで座っても過ごしやすそうですし、本日はこちらで花見はいかがでしょうか？　お腹も減ったでしょう」

「ちょっとだけ」

「すぐに食べられるようにしますね。花桐と一緒に少し横によけていてくださいますか？」

そう言うと、真葛と白萩は二人で手分けしてその場に敷物を広げた。

撫子は花桐を抱きかかえて待機する。その間も気持ちの良い春風が頬を撫でた。

なんと平和な昼下がりなのだろう。

春がきて、雪が解け、緑が生い茂り、花が咲き誇っている。

大地からの恵みと、季節をもたらしてくれた人に感謝して過ごす。素晴らしい時間だ。

風光る景色の中、撫子のまぶたは自然と下りていたが、また違う大人の足音が近づいてきて、パッと目を見開いた。だが機を狙っていたかのように先程より強い風がごおと吹く。

撫子の視界は途端に桜吹雪に閉ざされた。

視界の端に真葛を風から守っている白萩の姿が映る。他は花嵐だ。

撫子もじっと強風に耐えたが、三秒も経たぬ内に誰かに手を引かれ、子犬の花桐ごと抱きしめられた。ごおごお、風は吹き続ける。

やがて、風音が止むと撫子は自分を守ってくれた人を見上げた。

「りんどう」

「はい、撫子」

風から守ってくれた騎士は秋の代行者護衛官阿左美竜胆その人。

大和の【秋】が恋をしている青年でもあった。

撫子がぼうっとしている内に、竜胆は花吹雪で乱れた撫子の髪を手ぐしで直してやる。

「すみません、電話が長引いて」

どうやら同行はしていたが仕事の電話応対をする為に一人離れていたらしい。

「俺のお姫様は寂しくありませんでしたか？」

気障な台詞もお手の物。それが板についてしまうというのがこの青年だった。

美形なのはもちろんのこと、何より艶めいた雰囲気がある。

本人も自分が色男であると自覚しているのだろう。

それをひけらかしはしないが、知っているので求められればその振る舞いはする。

自分の主であり、まだ幼い少女である撫子限定で。

そういう、罪作りな男だった。

「……うん」

少女が初恋泥棒をされたとしても、仕方がないのかもしれない。

「あ、でもちょっぴりだけ」

撫子の遠慮がちな返事を、竜胆はお気に召さなかったようだ。

「何だ。あまり寂しがってはくれなかったんですね。花桐、お前は？」

忠犬花桐は『わん、わん』と返事をした。何と言っているかわからないが愛想の良い犬種なのでとにかく知っている人が近寄ると喜んで吠えてくれる。

「そうか、お前は寂しかったか」

竜胆が花桐を撫でるのを見て、撫子は慌てて言った。

「ほ、ほんとうはわたくしもとってもさみしかったの」

「ちょっぴりではなく？」

「そうよ。でもりんどうを困らせてしまうでしょう」

「俺は困りませんよ」

「わたくしがなんでもかんでもりんどうを求めたら困るでしょう？」

「事情によりますけど、主に欲してもらえない従者など寂しいだけじゃないですか」

そして竜胆は、撫子の想いに無頓着だった。

「俺を欲してくださいよ」

以前はこうした台詞も態度も演技が入っていたが、いまはそうではない。

黎明二十一年の阿左美竜胆はすっかり主からの寵愛を欲しがる従者になっていた。

理由としては、やはり先の誘拐事件だろう。

竜胆は撫子を賊に誘拐されてしまったことが大きな心の傷になっていた。

主の喪失と自身の立場の揺らぎは、矜持を持って生きているこの青年の価値観や人生観を根底から揺るがした。撫子が無事に戻るなら臓器も差し出すと発言していたほどに。

失って初めて気づく感情、というのはよくある話ではある。

そういう紆余曲折を経て、現在の竜胆は撫子をかけがえのない人として大事にしている。

撫子も竜胆を現人神の立場から最も愛しい人の子として扱っている。

互いに互いが一番。そこは共通しているのだが、恋愛感情の有無については大きな違いがあるのが二人の関係の特徴だった。

少女は初恋泥棒をされた側、青年は初恋泥棒をした側だが、奪った自覚すらない。

「えっと……じゃあ、りんどうにわがまま言ってもいいの？」

「もちろん、何でも」

「……きょうのおもいでに、お写真いちまいほしいわ。みんなで写ってるやつ」

「俺の主はどうしてそんなに欲がないのでしょう。ご随意に」

竜胆は撫子のことを守るべきか弱き者としてしか見ていなかった。

可愛がりはするが、それは歳の離れた存在を無条件に愛でてしまう庇護者の感覚だ。

歳を重ねれば、人は自分より幼い者を自然と庇護する。撫子の肉親が近くに居ないということも大きな理由ではあった。大和の秋は両親と暮らしていない。

彼らは里におらず、帝州の四季庁で働いている。まだ親元を離れるべきではない子を見守っていたい、と言い出す親でもなかった。他に彼女を可愛がってくれる大人はいないのだ。

「あのね、ついかしてもいい？」

「何ですか？」

こんな風に、目を細めて彼女を見守ってくれる存在は、他にいない。

「りんどうと、ふ、ふたりで写っているお写真もほしいの……おもいでに……」

「花桐は入れなくてもいいんですか？」

「それもほしいけど、ふたりきりのが……わたくしね……りんどうとのお写真がたくさんほしくて……おもいで、たくさんほしいの」

「もちろんです。そう言ってもらえると嬉しいですね。でもまずは腹ごしらえをしましょう。俺のせいで遅い昼食が更に遅くなってしまった。真葛さん、白萩、待たせた」

竜胆は撫子の面倒を見てくれていた他二人に向きあって言う。主相手に比べると、打って変わって業務的な言葉に真葛のほうがすぐ反応する。

「いえいえ、阿左美様も長電話をしていたから喉が渇いたでしょう。お飲み物用意しますよ。撫子様、こちらの座布団にお座りくださいな」

「ありがとう。行こう撫子」

「うん、りんどう……」

撫子は今日も自分の気持ちを胸の中に閉じ込めた。

うまく言うことが出来なかった。

貴方にどれだけ恋い焦がれているかを。

四人はほどなくして昼食の時間を迎えた。

真葛が持っていた籐のかごはまるで魔法で出来ているようだった。望めばなんでも出てくるのでは、と思わせてくれるほど食事の内容が充実している。手の込んだ味付けの惣菜、色とりどりのおにぎり、自家製のパン。保温容器に入れられた野菜たっぷりのスープ。果物、スコーン、ケーキ、紅茶。そして護衛犬花桐の為のおやつ。どうりで重たそうにしていたわけだ。

三人の大人と子ども一人と子犬一匹が食べるには十分すぎる量だった。

撫子の分だけはどれも一つずつ小さく成形されている。

大人なら一口で食べられるおにぎりを小さな唇でほおばる撫子の姿を見て、真葛はとても嬉しそうだった。

「厨にお任せしたものがほとんどなんですが、おにぎりは真葛が握りました」

「さねかずらさん、とても美味しいわ」

「全部食べられそうですか？　最後にどれが一番美味しかったか教えてください」

「うん。いまのところはね、枝豆とチーズのやつが好き」

「それは真葛のイチオシです！」

「わたくしのいちおしにもなりそう！　さねかずらさん、ありがとうございます」

真葛の甲斐甲斐しい様子に竜胆は満足する。

そして安堵もしていた。

――新体制、どうなるものかと思ったが。人員の選抜は問題ないな。

竜胆は春の誘拐事件と夏の大捕物を経て秋の護衛陣編成を見直していた。

そもそも、春の事件で秋離宮に配属していた者は、ほとんど撫子の元へ戻ってこなかった。

季節の中で比較的賊からの被害が少ないとされている夏と秋。

この二季節の護衛陣は春と冬に比べれば危機感は薄い。

働いていた者達も、まさか離宮が攻撃に遭うとは思わず、事件後に代行者周りの仕事をすることの危険性を恐れて辞意表明をする者が後を絶たなかった。

竜胆自身は撫子への守護の気持ちを更に強く持つようになったが、他者への不信感は増した。

四季庁から来ていた長月が実は春至上主義の【彼岸西】から派遣された間諜だと知った時には大層衝撃を受けたからだ。

彼女は信用できる同僚だと思っていた。

トラウマ、とまではいかないが、思い返せば苦い気持ちになる記憶として刻まれた。

そうした彼自身の変化も踏まえて、改めて秋の代行者祝月撫子の周囲を任せる者を検討した結果が現在の面子だ。

侍女頭の真葛美夜日は、小柄で素朴な顔つきのせいか年齢不詳に見えるが三十代だ。秋離宮で怪我を負い、精神的に不調に陥り退職した前任の者から推薦されて配属された。家庭の事情で出世に及び腰だが、十分に活躍出来る者が居る、との講評を受けて竜胆が面接し採用した。

講評にふさわしく、責任感が強く、侍女頭の仕事も板についている。

撫子の側仕えの中で比較的年嵩なせいもあってか、下の者への采配もうまい。代行者の世話は初めてということだったが、推薦も納得の働きを見せてくれている。

護衛陣の白萩今宵は貫禄ある顔つきに似合わず、二十代。新人だ。

春の事件時も秋離宮に所属しており、運悪く【華歳】が打ち込んだミサイル攻撃にて倒壊した壁の下敷きになっていた。

撫子が誘拐から無事帰還し、離宮に居た者を一人一人治療していったのだが、その中に白萩も居た。恐怖で辞職する者達が多い中で彼は撫子からの恩恵に感動し、残るほうを選んだ。

事件を機に撫子により深く忠誠心を抱いてくれた貴重な人材だった。

他にも世話役や護衛陣はいるが、最側近の面子に入れているのはこの二名となっている。

「白萩くん、唐揚げもっと食べられる？　このままだと余っちゃいそうだわ……」

「はい」

「でもお野菜も食べてね。よく食べたらまだまだ成長するかも。若いんだから」

「いや、さすがにそれは……でも食べます」

世話焼きの真葛と、純朴な白萩の相性も悪くない。

竜胆が再認識するように、この編成は現在とれるもので最善だと言えた。

「りんどう、あまりお腹すいてないの……？」

撫子に問われて、竜胆は苦笑した。最近食欲がないことをもうこの神様に見抜かれている。

これだけ食事が豊富に揃っているのに、竜胆がつまんでいるものはチーズを一欠片だった。

「まあ、阿左美様。お医者様にかかりました？　確か半休を取って診てもらいにいくと仰っていたじゃないですか」

「真葛さん、撫子の前でそれは……」

「こんなにご飯が手つかずなら聞かれて当然ですよ」

どこか学校の先生のような雰囲気がある真葛は年下の上司をたしなめるように叱る。

正当性がある指摘に反論出来ない竜胆は、渋々荷物から薬が入った袋を取り出して見せた。

「胃炎気味とのことで胃腸薬もらいましたよ。食後に飲みます。最近忙しすぎて空きっ腹に煙草を吸うばかりで……。それが駄目だったのかもしれません」

「あらそれは駄目ですよ」

「それは駄目です、阿左美様」

部下二人に冷静に言われて竜胆はまた苦笑いするしかない。

真葛は撫子の前髪にひらひらと落ちてきた桜の花びらをとってやりながら言う。

「撫子様、何とか言ってあげてくださいな。阿左美様に健康な生活を指導出来るのは撫子様くらいですよ」

撫子は竜胆を心配しつつ言う。

「わたくしそんなにえらくないわ」

「御身は現人神様ですよ。阿左美様は撫子様が言えば聞いてくださります」

「うーん」

「白萩くんもそう思うでしょう」

「はい。我が国の秋からのお達しであればそれはもう絶対でしょう」

随分と良いチームワークで竜胆のことを攻撃してくるものだ。竜胆が最近不摂生気味だというのは秋の護衛陣、撫子の世話役周りでは周知の事実らしい。そして改善して欲しいのだろう。

撫子はそれを聞くとおもむろにおにぎりを手に取った。

「……りんどう、あのね、これ美味しかったのよ。たべない？」

主にこう言われては竜胆も食べぬわけにはいかない。

「元気でいてほしいの……だから、あーんして」

若き代行者護衛官は、部下達を少し恨みながらも手ずから食べさせてくれる主の優しさを受け取ることにした。

「……あーん」

幼い子から厚意で食べ物を差し出されると、喜ぶ姿が見たくて食べてしまうという魔法がかかる。そのせいもあり竜胆（りんどう）は結局握り飯を三個食べた。

新体制の秋の歓談は穏やかで愛おしい時間を紡（つむ）いでいく。

やがて、食事も一通り済むと白萩（しらはぎ）が竜胆（りんどう）に尋ねた。

「阿左美（あざみ）様、そういえば先程の電話、大丈夫でしたか」

竜胆（りんどう）は問われると苦い顔をした。

和やかな空気がそこで一瞬にして切り替わった。

「……大丈夫か、大丈夫ではないかで言えば……全員大丈夫ではない」

「全員。俺もですか」

「ああ、決定事項となれば真葛（さねかずら）さんとお前は俺の補佐になる。でも、こちらの意思は変わらない。俺は行くつもりはない」

その言葉に、真葛（さねかずら）と白萩（しらはぎ）は姿勢を正し、撫子（なでしこ）は食事の手を止めて首を傾（かし）げた。

「りんどう、どこかいくの？」

「……」

「わたくしはいっしょではないの……？」

撫子の前で話し始めたのはあまり良くなかったかもしれない。

だが、いずれは説明せねばならない事態が起きているのだと思われる。

申し訳なさそうな顔になった白萩に対し、竜胆は『いい』と首を横に振った。

「……行く場合はもちろん共に。撫子、実は貴女にご報告することが起きています」

「うん」

撫子は『どうして言ってくれなかったの』とは問わなかった。彼女は大人達からこのような対応をされることに慣れきっている。

と同時に、竜胆という男が悪意で隠し事をしているとはまったく思っていなかった。だから撫子は竜胆の次の言葉を促す為にただ『うん』と言った。

「貴女が聞くまでもない話だったんです。内々で処理したかった。ですが……事が収まらなくなってきたので今からご説明いたします」

竜胆は竜胆で、幼子を守る青年としてではなく、従者として主に説明責任を果たそうと腹を決めた様子が垣間見えた。

「貴女にとある場所へ向かって欲しいと、四季庁と里のお偉方から依頼が来ています」

どうやら、竜胆が苦悩している原因は撫子らしい。

「わたくしが、どこへ？」

撫子(なでしこ)は単純に疑問で問いかけた。

竜胆(りんどう)は押し黙ったが、やがてまた口を開いた。

「橋国(きょうこく)です」

それは不思議な響きで撫子(なでしこ)の耳に届いた。聞き慣れない言葉に、撫子(なでしこ)は更に首を傾(かし)げる。首を傾(かし)げすぎて、そのまま横に倒れてしまいそうなところを真葛(さねかずら)が支えた。

「きょうこく」

舌に転がる響きもまた不思議だった。

「海を越えた先にある大和(やまと)ではない国です。そちらの代行者(だいこうしゃ)との国際交流を希望されています。広々とした大地にひしめく州政府をまとめている合衆国形態の大国。言語は央語。国際的にはブリッジ。ユナイテッドステイツオブブリッジ……」

竜胆(りんどう)の流暢(りゅうちょう)な発音に驚いて撫子(なでしこ)は半分も聞き取れなかった。

「は、はつおん、お上手ね」

「ありがとうございます。慣れないようなら【橋国(きょうこく)】で大丈夫ですよ。あくまで大和(やまと)独自の呼び方になりますが国としては正式な名称です。あちらはあちらで【大和(やまと)】とは呼ばずに自国の言葉で呼びますしね」

橋国は大和とは歴史上深い繋がりがある国だった。

竜胆は撫子が橋国を思い浮かべやすいように、外来している文化などを説明した。

聞かされると、大和国に馴染みのある国だということがわかる。

「橋国……」

子どもの彼女にとっては、好きな映画アニメーションやキャラクターを生み出した国だ。

「とおい異国。すてきね」

無邪気な感想に竜胆は苦笑いした。

「……観光で行くなら、良いんですが……」

竜胆も橋国を忌避しているのではない。単純に、仕事での渡航を拒否していた。

「わたくしはおしごとで橋国にいくの？　だれかを治すの？」

「……いいえ。そういった治療のお話ではないんです。ただ相手側と交流するだけです」

何だ、それだけか。そんな感想が撫子の中で生まれる。

「いいわ。りんどうもおことわりするのがたいへんだから困っているのでしょう？」

そしてすぐ快諾した。竜胆が悩むくらいなら、行くと決断したほうがいいと思ったのだ。

「駄目です」

同じくらい速く竜胆が断った。少し、撫子が驚いてしまうくらいに。

「……貴女の決断力や行動力は尊敬していますが今回に限っては快諾しないでください」

重ねて竜胆は言う。

「行かせたくありません」

本当にそう思っているのだろう。実感がこもった言葉に撫子は何と言ったらいいかわからず、ただ相槌を打つような返ししか出来ない。

「そうなの……」

「……撫子を行かせたくない。ですが、そうもいかなくなってきています」

「……うん」

撫子はどこまでも大人しく話を聞いている。

それが竜胆を更に心苦しくさせる。竜胆は迷った様子を見せたが、敢えて更に自分が追い詰められる話をし始めた。

「そもそも、この話が来ているのは俺のせいなんです。俺の家、阿左美一門が話の足がかりにされていまして……」

竜胆の生家は大和柔術を中心に格闘技を教える道場を里で開いている。

最近では、愛する妻を守る為に老鶯連理こと葉桜連理も稽古で通わせてもらっていた。

門戸を広く開いている修行場だ。

「うちの家系は武芸事と、外交の二柱の仕事がありまして……両親は海外の四季関連組織と連携する仕事に就いているんです」

「しってるわ。りんどう、昔は海外でくらしていたんでしょう？」

撫子も竜胆の生い立ちを詳しく知っているわけではないが、それくらいは知っていた。

「はい。海外の四季組織についても他の者よりは詳しい。そんな男が秋の代行者護衛官をしているということが外交の突破口としてちょうどよく思われていて……」

「……がいこう、とっぱこう」

「すみません、少し説明が言葉足らずですね……ええと」

竜胆は一度言葉を切ってからもう少し嚙み砕いて話した。

「橋国の四季組織の偉い人が大和の四季庁と四季の里の偉い人達に仲良くしたいと言ってきています。でもいままで大和はそれを拒んでいました。しかしあちら側はそれを望んできてかなり強く言われているようでして、四季庁の偉い人も困りました。断る方向は変わらずとも誰かにあちらとの対話を頼みたい状況にまで陥っているようです。じゃあ誰に海外の四季関係の人達と角が立たないよう仲良くしてもらうか、偉い人達が考えた時に……」

竜胆は至極嫌そうな顔で自分のことを指さした。

「りんどうがぴったりの存在だったのね」

「はい……」

本当に嫌そうだ。こんなに嫌がる阿左美竜胆は中々見られないだろう。

「りんどう、央語もしゃべれるし、なんでもできるし。わたくしもぴったりだとおもう」

「思わないでください……。俺は嫌なんです」

しおれた花のような声で竜胆は言った。空気を読んでいたのか、静かにしていた花桐が竜胆の憂いを感じてトタタッとすり寄った。竜胆は花桐を撫でる。撫でる姿にも哀愁を感じる。

段々撫子も竜胆が可哀想になってきた。

「りんどうはこのお話がとてもいやなのね」

撫子の言葉に竜胆は渋面を作る。

「どうして嫌かわかりますか」

「うーん……たいへんそうだから？」

「違います。貴女の身の安全が危ぶまれるからです」

不穏な言葉に、撫子は冷水を浴びせられたような心地になった。

「……きけん……なの？」

今まで竜胆とは危ない橋をいくつも乗り越えてきた。彼がそこまで拒否するとは。

「海外にも賊はいます。むしろ、大和より激しいテロ行為があるんです」

「そうなの？」

「ええ、ただ国内を移動するだけでも神経を尖らせているのに、海外などもってのほかです。貴女を守る立場として、到底頷けない案件です。あちらからも警護は入るでしょうが……」

「じゃ、じゃあ、そんなにきけんなのに、なぜわたくしは橋国にいくことをのぞまれているの？」

竜胆は低い声で囁いた。

「……【互助制度】の復活の動きがあるからです」

知らない単語が出てきて、撫子は瞳をパチクリと瞬いた。

「ごじょせいど」

口にしても、やはりわからなかった。【制度】はわかるが【互助】がわからない。

竜胆は撫子に説明する為に体ごと彼女に向ける。

彼女の身の上で起きることを、子どもだからといって疎外しない。ちゃんと説明して、理解してもらう。それは夏の事件で冬の代行者護衛官寒月凍蝶から学んでいた。竜胆はゆっくり話し始めた。

「……昔は、国交がある国同士で助け合いをする制度があったんです。これを【互助制度】と言います。互いに助け合うから【互助制度】と名付けられました」

撫子も真面目な生徒がしっかり授業を聞くような姿勢になって聞く。

「どういうときに助けあうの？」

「あまり例えに出したくはないのですが……春の代行者様……花葉様が失われていた時がありましたよね。大和は十年間春がなかった」

「ええ、わたくし去年はじめて春をみたわ」

「四季の代行者が失われ季節の隙間が生まれてしまった時。そういった、やむにやまれぬ非常事態に、他の国から春の代行者を招いて季節顕現をしてもらう、というようなものでした」

「それがごじょせいど……」

【互助制度】は一種の補塡システムだ。

もし、あの失われた十年の間に海外から春の代行者がやってきて大和に季節を齎してくれていたら。そういう想像が生まれるのは不自然なことではない。

当事者である四季の代行者が感情で割り切れるかどうかは別として。

「……」

やはり、と言うべきか。撫子は怯えた。

不在の間に他の現人神が活躍する場合、想像出来るものがある。

もし【互助制度】があった場合、四季の代行者に何かあっても捜索はされなくなるのでは。

自分が誘拐された時も、【互助制度】があれば誰も動かなかったかもしれない。

――だれもたすけてくれなくなる。

本当に使い捨ての神様にされるのでは。

怖い憶測が、瞬く間に撫子の頭の中で駆け巡る。

「どこかの土地で代行者さまがいなくなったときに、ほかの土地の代行者さまがおたすけする、そういうせいどがある。でも、大和はそうしなかったのね」

声が少し微弱に震える。だが否定はしなかった。民のことを考えると、そういうシステムが望まれることも理解は出来た。幼くも神である立場として。

「はい。昔は運用していましたが、現在の大和は【互助制度】を放棄しています」

「どうして？」

「この【互助制度】には問題がありまして……歴史上、他地域を助けに行った四季の代行者がその場で危害を受けるということがあったからです」

撫子は目をぱちくりと瞬いた。

「……そんなの、いくまえからわかることではないの？　だっていまりんどうが言ったわよね。海外は大和よりきけんだって」

「……ご指摘ごもっともです」

「おとなのひとたちはわからなかったの？」

幼子の、特に悪意はない本質的な質問がその場に居る大人全員の心に刺さる。

撫子が言うように、そんなことはわかりきっている。

「はじまるまえに『こうなりますよ』って言ってくれるひとはいなかったの？」

これには白萩が少し遠慮気味に答える。

「もちろんいました。というか、どんな物事でもそれに穴があれば事前に指摘する人は多少なりともいるんです。法律などもそうですが」

「わかってるなら……」

「わかっていても止められないということが現実に存在します……」

「……」

「すみません。撫子様に言うことではないのは重々承知です」

確かに八歳の少女に理解を求めることではない。だが、説明責任があった。

「ただ、そういうことがあるんだと思っていただければ……。撫子様が考えているよりもずっと……大人の世界は不確かなもので出来ています。正しいことをちゃんとしてくれない人のほうが多い。間違っていないのに意見が退けられてしまうなんてことは多々あります。でもそれはいけないと変えてくれる人もいる。勧善懲悪の世界では……その、間違ったことが必ず正される世界ではないんです」

「……だめだってわかっているのに、するひとが多いの？」

「ええ。残念なことに」

撫子はそう言われて、自分のことを娘にしたいと言ったとある犯罪者の女を思い出した。

彼女は典型的な例だろう。

誰かが彼女を止められればよかったが、誰も止められなかった。

誰かの不利益が無視されて誰かの利益が優先される。そこに著しい倫理観の欠如があっても。

そういうことは個人が呑み込む、呑み込まないに拘わらず存在するのだ。

「かなしい世界なのね……」

大人が作る世界は、子どもから見ても、大人から見ても理不尽だった。

今度は竜胆がそんな撫子を慰めるように言う。

「ええ……。貴女の感性が正しい。どうかそのまま……それはおかしい、という視点を持ったまま成長してください」

撫子は小さく頷いた。竜胆は彼女の様子を見ながら『続けますね』と言ってまた話す。

「代行者に実害がある事件が一度ならず何度も起きて、【互助制度】は事実上瓦解しました。今でもやっている国はありますが、とにかく大和はその選択を放棄したんです。撫子が生まれるずっと前に……。そもそも国家間で何かをやり取りするということ自体問題が起きやすいことなんです。それが現人神の力の行使なら尚更のこと。問題が起きました、ごめんなさいで済むはずがない。民からも反対の声が相次いだんですよ。現人神は秘匿存在ですが、他国で四季の代行者が事件に巻き込まれ攻撃を受けた時……ニュースになってこちらに伝わりやすいんです。海外と大和とでは報道規制の差がありますから。ほら、海外の事件に大和の人間が巻き込まれると俺達は胸を痛めますよね。こうも思う。『何も悪くないのに自国の者が危害を加えられた』

と。人間、自分が所属する団体にはどうしても肩入れしますから民からも抗議が出るんです。自国内で完結すればいいだけなのにわざわざ他国に貸し出すなと……。危害を加えられた事件が起きれば『ほらみたことか』となります。そうして批判は更に大きくなりました」

撫子は民が味方してくれていたことに驚きつつも喜んだ。

「反対してくれた方々もいるのね」

民からすると、自分達現人神が遠い異国でどうなろうと気にかける問題ではないのでは。

そういった疑問が少なからずあったからだ。

「撫子……あまり、そう思えないかもしれませんが関係者ではなくとも四季の代行者を守ろう、敬い奉ろう。という人達はいますよ」

「そうですよ撫子様。いまは春顕現中ですから、きっと四季の重要性について語る番組などがあるはずですし……探して一緒に見ましょうね」

「報道などで取り扱っていなくとも、民は教科書で御身の尊さを習うはずです」

竜胆のみならず、真葛と白萩もフォローする。

撫子は言われてもピンと来ていない様子だった。

彼女の環境がそう思わせるのだろう。貴人であるが為に民との接触は基本的に断たれている。

季節顕現の時に立ち寄る場所の関係者は半分こちら側に足を突っ込んでいる者達なので一般市民とは違う。他に積極的に接触を図る【民】は賊の者達だ。

賊のほうが目立っているので、自分達を守ろうとしてくれる一般市民がどうにも想像しにくいのだろう。

「黄昏の射手様の護衛をされていた……国家治安機構の近接保護官の女性を覚えていますか？荒神月燈隊長……」

竜胆に言われて撫子は頭の中のその人の顔を思い浮かべた。

竜宮での暗狼事件で挨拶をしている。

撫子を【我が国の秋の代行者様】として、とても丁寧に扱ってくれた記憶がある。

「たいちょうさん」

「ええ。荒神隊長。あの方は、国内の現人神信仰の宗教団体、現人神教会出身だそうなんですが、特にそういう方達は猛抗議されたみたいです」

「そうなの……」

「いま言ったのは代表的な方々ですが、信心深くなくとも普通の民も心ある人達は胸を痛めて抗議してくれます」

「こどももおとなも？」

「ええ、子どもも大人も」

撫子は益々嬉しそうな顔になった。

「貴女達現人神は秘匿されているので身近ではありませんが、敬うべき存在であるという共通認識はちゃんと民にもあります。……ただ、【互助制度】を放棄した大きな理由としては民からの抗議があった為というよりかは、代行者の安全を巡って国同士の衝突、外交問題、弁償金の発生。そうした……実際に不利益が生じるようなことが理由で取りやめになったようです」

「……」

蠟燭の火が吹き消されるように、撫子の心に灯った嬉しさは消えてしまった。

結局は現人神の為というより、国同士の軋轢になるからやめたのだ。

良いことではなくとも利益になることが優先される。

その結果振り回されるのは大抵か弱き者だったりする。

「大丈夫ですよ、撫子様」

真葛は撫子の不安を察知したのか、彼女の背中を優しくさする。

撫子のように。

「うん……」

触れてくれているところが温かい。さすられる度に気持ちも少し和らいだ。

「……またはじまるの？」

「いいえ。阿左美様が阻止してくれます」

真葛はきっぱりと言った。それには撫子も安心する。

たとえば明日からどこか知らない国の秋を顕現させてくださいと言われても困る。

撫子の様子を見て花桐がくうんと鳴く。わざわざ撫子の前に転がり、腹を見せた。

自分を撫でて元気をお出しくださいとでも言っているのだろうか。

撫子はそれで少し微笑うことが出来た。花桐を目一杯撫でてやる。

そして竜胆に続きを促すように視線を合わせた。竜胆はまた話を再開する。

「……今回は、ただ親睦を深めようという目的ですね。橋国側はとにかくこちらと友好を深めて、【互助制度】の足がかりにしたいと思っている……というところでしょうか。うちが交渉相手に選ばれた理由は、俺の存在の他にもう一つあります」

竜胆は最初言うのを躊躇った。数秒間を置いてから至極嫌そうな顔で言う。


「会う相手が七歳の男の子なんですよ」


撫子は瞳をぱちくりと瞬いた。

従者の心、主知らず。撫子は竜胆とは逆の反応をする。

「……七さいのおとこのこ！」

「嬉しそうですね……」

「だって歳がちかいのよ、りんどう！」

竜胆はなんとも言えない表情をしている。

顔に『面白くない』と書いてある。同年代の少年など安易に近づけたくない、というのが彼の素直な気持ちだろう。それこそ身を粉にして蝶よ花よと育てているのだから。

そして竜胆の部下達はこの若きボスがあくまで守護の気持ちではあるが、少女神を溺愛しているのを知っているので此度の反応が大層面白く見えた。

「……くっ」

白萩が竜胆の顔を見て口元を手で覆ってから下を向いた。

笑っているのを必死に隠している。竜胆はどすの利いた声で言った。

「おい笑うな白萩」

「す、すみません……」

圧がかかった言い方に白萩はすっと真顔になる。

「何が面白かった？」

「何も……」

白萩は気まずそうに顔を横にそむけた。竜胆は苛立ちながら真葛のほうを確認で見ると、彼女も笑いを堪えていた。頬肉を噛んで我慢している様子だ。

「真葛さんまで……」

「だって……阿左美様、わかりやすく不機嫌になられるものですから……」

年上には強く出られない竜胆は白萩にしたように圧をかけることが出来ない。

「お嫌なようで……」

「どうしたの？」

喜んでいた撫子がみなの様子を見て尋ねる。

「撫子様が他の男の子に興味を示されたのが阿左美様、
真葛が素直に応えた。

「真葛さん！」

「まあ、わたくしりんどうが一番よ」

「……撫子」

「ただ歳がひとつしかちがわないから、うれしくなっちゃったの」

「……本当ですか」

「ほんとうにそれだけ。りんどうが一番よ」

彼女の立場からしてみれば、橋国の秋の代行者に興味を抱くのは当然のことだろう。

祝月撫子は大和の最年少の【秋】。

他の現人神と仲良くしてはいるが、同世代ではない。

年齢の近い現人神が居ると聞かされれば、子どもはなんとなく嬉しくなってしまうものだ。

「……そうですか。それなら良いんですけど」

竜胆は嫌そうな顔のままだったが、それでも、撫子の【一番】は自分であるということが再確認出来たのでいまは説明責任を果たすことに務めた。

「……話を戻しますが、代替わりしたばかりの新人代行者様は貴女とその……年齢の釣り合いが取れている。その上、大和の護衛官である俺は語学に堪能。だから俺達に白羽の矢が立っているんです」

「いいお話ならよかったのに」

「良いお話なら完璧な布陣でしたが、悪いことなんです。渡航なんて冗談じゃない」

撫子はようやく事態を理解してきた。

竜胆は撫子を守りたいが為にこの橋国問題に頭を悩ませているのだ。

守られる立場として撫子は申し訳なく思う。

しかしそれはそれとして、撫子は橋国の現人神が気になって仕方がない。

――どんなかたなのかしら？

撫子は七歳の男の子というものを想像してみたが、異国の人ということもありうまくいかなかった。好奇心が湧くままに質問する。

「ねえ、りんどう」

「何ですか、撫子」

「あのね、橋国は大和よりひろいのでしょう？　それなのにおひとりで秋をもたらしているなんてすごいおちからをおもちなのね。とくべつすごい方なの？」

「……」

竜胆は少年代行者に興味を示す撫子をやはり面白くなさそうに見たが、教えてくれた。

「それは少し説明が要りますね……ちょっとお待ちを」

竜胆は携帯端末で地図を見せながら言う。

「【四季の代行者は一つの国に一人ずつ】。現在の大和ではこう言われがちですが、国際的な場ではそう言ってはいけません。大和が海に囲まれた列島の国家で、他の国が地続きに存在していないので自国の物差しでそう言ってしまうだけです。もっと広い大陸では国ごとに、とは言い切れないんです。地図はお勉強中かと思いますが、再確認を。ここが大和です」

撫子は地図の中の大和を見た。

大海に浮かぶひとりぼっちの列島、という印象だ。

「他国との関わり合いが薄い民族国家なので、他の大陸の出来事が入りにくいんですよ」

自分達が特殊な環境に住んでいるということ改めて実感する。

「あ……わたくしまちがえて覚えちゃったのね。ごめんなさい……」

「いえ、それが間違いとも言えず。神の発生、もしくは存在の持続には信仰心などが大きく起因します。発生母体として【国】を定義とするのはおかしいことではないんです」

「……あってもいるの？」

「合ってもいます。神とは往々にしてコミュニティーに紐づけられるものですから。ただ四季の代行者が発生する条件、その人数については諸説ありますし、この場合の【国の定義】も簡単に説明出来ません。とにかく国際的な場では先程のような言い方は避けていただきたいのと、実際に橋国には大和と違ってたくさんの現人神様がいらっしゃる、ということだけご理解いただければ。広義で言えば【国】ごとに、狭義で言えば【各地域】ごとに適した現人神が居るということです」

「うん、わかったわ」

撫子は頷きながらも何だかドキドキした。海を越えれば自分の仲間がたくさん居るという事実が幼い彼女を高揚させる。

「撫子が会うことを打診されている秋の代行者様は橋国に居るたくさんの現人神様達の内の一人。佳州と呼ばれる土地の秋の代行者様ですね。広さは大和より少し大きいくらいです」

「橋国、かしゅうの秋の代行者さま……」

「橋国の中で撫子と一番歳が近い秋の代行者様が、佳州の方だそうです。あと、佳州は大和とも比較的国際交流が盛んな州ですので、受け入れやすいという意味もあるのでしょう。大和にも姉妹都市として制定されている街もあるくらいですから」

橋国は州ごとに法律も違う。あちら側も色々折り合いを考えた上で招致しているようだ。

「なんだかしらないことがいっぱい……」

「説明ばかりになってすみません。【互助制度】の話に一度戻しますが、四季庁の外交部……今回の話を担当している部署は反対しています」

竜胆は撫子に外交部について説明した。

四季庁外交部は情報部署だ。世界中に存在する四季の一族達と連帯していく為に結成された。業務は諸外国とのやり取りが主なものだ。

違う場所に住んでいたとしても四季の血族として神から託された至上命令は同じ。一致団結とまでは行かなくとも、結束の気持ちを持っていこうという思いの下に発足されている。

それとは別に、諸外国の四季団体と面倒な摩擦が起きた時に対応するのもこの部署である。

「【一匹兎角】が台頭してきて代行者保護の風向きが強くなっていますから。いま【互助制度】を復活させるのは大和国内の四季界隈の政治的に悪手だとさすがにわかっているようです。ただ、中には前向きに検討すべきだと言う人もいるようですが……」

竜胆の言葉に、撫子は夏に起きた一連の事件を思い出した。

【一匹兎角】とは四季の末裔の中で存在する革新派の考えを持つ者達だ。

反対に保守派は【老獪亀】とも呼ばれている。

今までは【老獪亀】が里や四季庁で政権を握っていた。

それが昨年の春から【老獪亀】側から逮捕者が多く出て、夏にいわゆる政権交代が起きた。

まだ、完全に【一匹兎角】が主流というわけではないが、その時流ではある。

代行者軽視の傾向が大きかった【老獪亀】と比べて、【一匹兎角】は代行者保護派が多い。

「この時勢に賛成派も居るというのは……そこは【一匹兎角】だからという矛盾が入ります。

より良い改革を、新しいことを、と勇み立つ者達なので、代行者保護派と国際交流推進派で枝分かれして存在してしまっているんです。賛成派は保守層が封じてきていたことを、自分達ならうまくやれると思っているのでしょうね。花葉様が十年ぶりに復活された時、各国の四季の代行者からお祝いが届いたのを知っていますか？　ああいうことに感激した外交部の一部の者達がそろそろこの鎖国のような対応を緩めないか、と言い始めているんです」

一気に説明されて、撫子は少々頭がこんがらがりつつもなんとか情報を咀嚼した。

「……したいひとと、したくないひとがいるのね」

「そうです。そして俺はしたくない人で、したい人をくそ食らえと思っているわけですが」

「……り、りんどう。おくちがわるいわ」

「すみません。より良い改革は結構ですが、机の上だけで議論して実際には命令するだけで動きもしない輩が国際交流、国際交流と呑気に言っているのが耐えられないんですよ。ただ、幸いなことに外交推進派は少数です。俺も、推進派と連帯する気は毛頭ありません」

最後は吐き捨てるように言い切った。

その気持ちは真葛も白萩も理解出来るのか、竜胆に同意を示す。

「撫子様のことをお考えになったら渡航するという舵取りは普通あり得ませんからね」

「秋の護衛陣としても反対です」

「そう……なの」

彼らとて、いざ本決まりになったら大和よりテロリストの攻撃が激しい国へ護衛任務をしに行かねばならない。撫子の身を案じているのが一番の理由だが、御免被りたい、というのが本音だろう。

「ここまで聞いて撫子はどう思いましたか？」

「……ごじょせいどはこわい」

「ええ……」

「でも、橋国の秋の代行者さまのことはきになるわ……こんなお話じゃなければよかったのにね……」

だが、世界のどこかに自分とそう変わらぬ歳の子どもが同じ季節を授けている、という事実はいま受けている不安とは別に心を踊らせるものだった。

お友達になり得る誰かと会ってみたい、と。それはちいさな子どもが持つ純粋な祈りだ。

竜胆がまた微妙な顔をしているのを見て、撫子は慌てて補足する。

「あのね、なかよくなれたら嬉しい……ただそれだけよ」

「……そうですね。特に橋国は代替わりが著しくて……あまり代行者同士で交流が出来ていないと思います。佳州の代行者も知り合いが増える分には良い刺激になるでしょう。しかしこの流れ自体が奴らの術中にはまっているとも言えるのですが……」

撫子は【じゅつちゅう】という意味がわからなかった。

彼女が答える前に竜胆が言う。

「いえ……。わかりました。撫子は互助制度復活には反対だが、海外の代行者様との交流は賛成よりではあるということですね」

「うん。お友だちは……ほしいもの……」

寂しげに言ったつもりはなかったのだろうが、撫子の言葉はそのように響いた。

「……貴女に同世代の子らと交流させてあげられないのは俺の責任でもあります」

受け答えをした竜胆の返事もまた寂しく響く。

「そんなことないわ！　あ、あ……」

撫子は竜胆が自分を責める前に話題を方向転換した。

「もし、のおはなしだけれど、おひきうけした場合どうやって国際交流するの？」

「……あちらに行って、食事会や会議などして終わりだと思います。正直この現代機器が発達した時世に危険を冒してでも実際に会う意味が見出だせませんけど……」

言われて、撫子もその手段に気づいた。

何もわざわざ渡航せずとも電子機器を使えば遠い人と会話することくらい可能だ。

「俺も通信会議で交流を深めましょうと言われたら譲歩出来ました……」

「……」

「わざわざ渡航なんて馬鹿ですよ」

「……」

「愚かの極みです」

「……」

「そんなに会いたきゃ端末で通信して終わりでいいだろ。俺の撫子を何故危険に晒す」

撫子が考えている間に竜胆は暴言を吐きまくる。本当に嫌なのだろう。

「……た、たしかに。通信会議じゃだめなのかしら？」

撫子は竜胆を気遣うように疑問を投げかけた。

「かやさまとも端末でおはなしして、それでいろいろかいけつできたのに」

昨年の立冬すぎに、撫子と竜胆は暁の射手である巫覡花矢の守り人、巫覡弓弦の救命をする為に不知火へ旅していた。どうやったら弓弦を助けられるかということについて、黄昏の射手巫覡輝矢、その守り人巫覡慧剣を交えて通信会議を開いたのだ。

撫子は花矢とは初対面だったが、端末越しだからといって何か不足があったわけではなかった。むしろ、すぐに会談が出来たからこそどうにか出来たことがたくさんあった。

現代っ子である竜胆や撫子の感覚ではそれで良いのでは、と思ってしまう案件だ。

これには真葛が苦笑い気味に口を挟んだ。

「……お偉方や、国際交流を進めている人々はやはり代表同士が会わないのは変だし、交流の場として双方に失礼にあたると思われているんです」

「わたくし、失礼におもわないわ。通信、べんりよ」

だいじょうぶだよ、という意味合いで撫子は返したのだが、真葛は眉を下げる。

「残念ながら……撫子様がどんなにお優しくそう言ってくださっても、話を進めている方々が聞いてくれないんです」

「どうして」

「この国際交流を成功させることで、自分達の経歴に何らかの実績が出来る、箔がつくと思っている人達が山ほど居るので……。また、四季庁が別の事柄についてあちら側と会談したい可能性も否定出来ません。会って対話したという事実が欲しいのかもしれませんね」

「……？」

撫子は疑問符を浮かべた。

「真葛さん、いい……憶測にすぎない。仮に当たっていたとしても大人のくだらん事情だ」

「すみません、確かにここまで説明は不要ですね……。撫子様。とにかく、とっても頑固な人達が相手で、嫌だと言ってるのに聞いてもらえないのだと理解していただければ」

けれど、と真葛は言葉を足した。

「阿左美様が頑張って海外に行かないように努力してくれています。私達は変わらず日常を過ごしましょう。今日もそういうお気遣いで阿左美様と白萩くんが連れ出してくださったんですよ。ね、そうですよね阿左美様」

「……そうです。真葛さんと撫子はとにかく普通に暮らしててください。せっかく花葉様の季節が来てるんですから、春を楽しんで」

竜胆がいい具合に話をまとめてくれたのだが、撫子はそれですっきり終わることは出来なかった。

「でも、さっきご家族のことをおはなしされたでしょう？　りんどうがお断りすると、あざみいちもんのかたにご迷惑がかかるんじゃないかしら……。お断りすることで秋の護衛陣のみなさまも、上のかたがたに怒られたりしない……？」

八歳の娘がすることではないが、彼女の【立場】がそうさせた。

祝月撫子は大和の【秋】。そして現人神。周囲の人間は守るべき人の子だ。

「わたくしならだいじょうぶよ」

撫子には主として配下の者を思いやる義務があった。否、そうしたいという気持ちがあった。

「きけんなのは怖いけど、もしあちらの方々がお迎えにきてくださるならわたくしだけ行ってもいいし。みんな、じぶんのことを考えて、いいけつだんをしてもらうほうがわたくし……」

そのほうが心が楽だと。

「撫子……」

そんなことを言われるとは一同思ってもいなかった。一人で行くなんて。

怖がられるかもしれないという心配はしていたが、この反応は幼子にふさわしくない。

日に日に大人びていく撫子。それを立派にも思うが、危険なことが伴う事柄すら他人を優先し呑み込むのは良いことなのか。竜胆は語りかけるように言う。

「俺は貴女が一番ですよ」

「……」

「だから貴女の安全を優先する。撫子も怖いことにわざわざ首を突っ込むなんて嫌でしょう？」

「…………それは、そうだけれど」

竜胆の言葉は撫子の心の内を温かくしてくれたが、同時にざわざわとした焦燥も齎した。

そうは言っても、竜胆の立場も彼の家族の立場も悪くはなるだろう。

撫子が話したように、断り続ければ秋護衛陣全体への心証も良くない。

組織に所属している限り、自由な振る舞いは許されない。ある程度の協調性は強要される。

もし竜胆がこの案件を拒否し続けることで撫子を守る大人達に不利益が働いたら。将来の可能性が潰えたら。それを考えるだけでも喉がカラカラと渇いてしまう。

「でも……」

撫子は心配だった。子どもの自分を守る生活をみなにさせて、精神をすり減らさせ、そして最後に待ち受ける結末がどんなものか。

——おとなのひとにめんどうだと思われたくない。

撫子は知っていた。

撫子の心中をよそに、竜胆は励ますように明るく言った。

「貴女はそんなこと気にしなくていいんですよ。すみません……言うべきではなかったかもしれません」

「そんなことないわ、ちがうの」

貴方がどれだけ自分を守ろうとしてくれているか知っている。そんな気持ちを込めて竜胆を見つめた。どれだけ感謝しても、足りないくらいだ。

「はなしてほしいわ。なんでも」

「本当ですか？」

「うん。言わずに悩んでほしくないわ。わたくしも、悩んでいるときはりんどうにおはなししたいもの……たすけになりたいの……」

竜胆はまた目を何度か瞬いた。

「きいてもらえるだけでも、安心することってあると思うの。わたくしがそうだから……」

彼女の利発さは、時々本当に不思議に思うほどだ。

「ええ……本当にそうですね。撫子が聞いてくれたことで、俺も気持ちの整理がつきました。ありがとうございます……」

「だったら……」

「けど、この話はもうおしまいです。俺が話したせいであまり楽しめなくなってしまったかもしれませんが、花見の続きをしましょう。写真でも撮りましょうか」

竜胆が話を畳んでしまったので、撫子はそれ以上何も言えなくなる。真葛と白萩も気にしないようにと声をかけてくれたが、すぐに忘れることは出来ない。

撫子の胸が急に重くなった。何かが、撫子の中で溜まる。

「……」

それは柔らかな枯葉の集まりのように思えた。一葉、一葉は軽いので大したことない重みだ。

しかし溜まり過ぎると喉元まで届いて息ができなくなる。

胸の内で起こっていることなのでどうすればいいか人に相談することも出来ない。

大人に言っても困らせるだけだろう。

「……うん」

仕方なく撫子はいつも通り振る舞うことにした。

「わたくし、いう通りにするわ」

いい子でいれば大抵のことはうまくいく。いや、そうしなければいけないのだ。

――いい子でいないと、だめ。

悪い子は、生きていけない。神様が【人間】の世界で生きるのは大変だ。

春の桜狩りは、そのようにして終わった。

その日の夜、撫子は夢を見た。

もう何度も見ている夢だ。

夢の中で撫子は竜胆を目の前にしていた。

それが夢だとわかったのは、現実とあまりにも異なる点が多いからだった。

場所は破壊されたはずの秋離宮。

離宮の中はまるで水族館のように水と魚で満たされている。

二人はその中に居るのだが、呼吸は問題なく出来ていて、視界も明瞭だった。

海の底の世界はとても美しいが、光は乏しい。

外も海の底ならば、この屋敷から出て上に泳いでいけば孤独ではなくなりそうだが、撫子も竜胆も離宮に留まっていた。

撫子の横には深海魚に交じって淡水魚も泳いでいる。

果てはスプーンやフォーク、ティーポットにティーカップ、撫子が竜胆からもらったぬいぐるみも当然のように水の中に浮かんでいた。

現実とかけ離れている部分は他にも存在した。

――まただわ。

撫子の身体は大きく成長していた。

年齢は不明だが少なくとも八歳ではない。

海の中の離宮に居る撫子の視点はちょうど竜胆の胸板あたりだった。

成長して背が高くなれば叶うかもしれない距離。成人したくらいだろう。

撫子はこのような状態の夢をもう何度も見ていた。

――これくらい大きくなっても竜胆は傍に居てくれるかしら。

状況が異常だと自覚してはいるのだが、受け入れている。

なにせ夢の中なのだ。自分がどんな姿をしていようが関係ない。

現実ではないのだから。

そして夢の中の竜胆も、撫子の異変を気にしている様子はなかった。

撫子の言葉に耳を傾けて、優しい眼差しを注いでいる。

『りんどうは愛された子どもでよかった』

撫子がそう言うと、夢の中の竜胆は只々、寂しそうに笑った。

桜狩りから数日経ち、三月を迎えた頃。

竜胆は相変わらず別部署からの呼び出しや連絡会議が多く、撫子の傍を離れがちだった。

遂には撫子を置いて帝州帝都に出張に出かけることになった。

「外交部のほうも顔を出されるので？」

秋の里本殿、護衛陣が利用する会議室にて竜胆が慌ただしく出張準備をしている。白萩がそれを手伝いながら声をかけた。

「ああ、事務処理ついでに訪問してみる。担当者は居るようだからな」

「大和もですが、橋国も最近情勢が不安定ですからやはり渡航は遠慮したいですね」

「そうだな、うちのほうが国内の賊は落ち着いている。やはり春の事件で代行者自ら粛清したのが大きな抑止力となっているんだろう。その点でいうと橋国も好戦的な戦法をして迎撃しているが、最近はテロの最中に亡くなる方が多くて賊優勢の印象だ。お前、覚えてるか。昨年だったか、橋国のどこかの州の冬の代行者様が亡くなられた事件……。拉致された末に拷問されて、代行者様の権能が暴走、それで賊諸共死んだだろう」

「ああ……」

白萩が嘆息した。黎明二十年一月。

橋国のとある州の冬の代行者が拉致される事件が発生していた。

捜索開始から三日後、拉致されていたと思われる賊のアジト周辺一帯で大規模な季節顕現が起こり、広大な凍土が出来た。この悲劇により当該代行者は死亡している。

事件現場が工場地帯だったこともあり、一般市民はおろか、企業にも被害が及ぶような事件だったので、当時は民間の報道番組でもそのニュースを目にすることが多かった。

ただ、大和は大和でその後春帰還と四季庁襲撃事件が起きているのですぐ話題は消えた。

この件以外にも橋国の代行者は年間を通してぽつりぽつりと亡くなっている。

「確か亡くなられたのは十九歳くらいの方でしたよね。俺とそう変わらない……お可哀想に」

「本当にな……」

竜胆は神妙に頷きつつも、ハタとなった。

「あれ、お前、何歳だったけ……」

「二十歳です。十八歳から働いてます。阿左美様それ聞くの五回目くらいですよ」

竜胆は顎に手を当ててしみじみと言う。

「若いな……」

「阿左美様もそんなに変わらないでしょう」

「そうなんだけど、お前と真葛さん、見た目と年齢が一致しない組み合わせだから脳がよく誤作動を起こしてしまう……」

真葛は少女に見える成熟した女性であり、白萩は熟練した大人に見える若き青年なので、本人達には申し訳ないが竜胆が言うことも一理あった。

「悲しいのでそんなこと仰らないでください。今でさえ三十代に見えるらしいんで」

竜胆は素直に『すまん』と謝った。

話がそれてしまったので二人は話題を戻す。

「それにしても、橋国は拉致された末に亡くなる方が多い印象がありますね。賊の攻撃の苛烈さを物語っているようです……」

「ああ。賊も死ぬのを躊躇わないらしいからな。何というか……。あちらの賊の多くは代行者拉致を政府との交渉材料の為にするというよりかは、存在の否定の為にやっているところがあるからたちが悪い。宗教的な部分もあるから扱いも難しいし……」

白萩があまりわかっていない様子だったので、竜胆は付け足して言った。

「大和も橋国も政教分離型の国家だが、あちらは一神教がかなり根付いている。大和は比較的宗教観がおおらかで多神教的な考えが浸透しているだろう？　無宗教も多い」

「はい」

「一神教は大雑把に言えば唯一神なるものが存在し、それ以外の神は諸霊や属性的存在とみなされる。多神教は様々な神々が存在する。それこそ千万神なんて考えは正に多神教の考え方だ。最高神的存在もいるとされているが、その方が万物すべてを担うわけではない。四季の代行者や巫の射手は現人神であり、その前身として四季や朝夜の神々が御座す。神話の伝わり方は各国で違えど世界構造として確かにいらっしゃる。するとどうなるかというと、多神教的観点がある国では違和感なく現人神の存在が受け入れられるが、一神教的観点が強い国では拒否反応が出やすい。神は他に居ると」

「……なる、ほど」

歯切れが悪い返事だった。こういったことは若い彼には、特に国外へ出たことがない四季の一族には実感しにくいものだろう。

「じゃあどういう風に受け入れるかというと、一神教での現人神の扱いはそれこそ唯一神の下に居る【何か】という形になる。確か精霊扱いだ。現人神様達も【精霊の代行者】となる」

「精霊なんですか？」

「そう。何せ他に神が居るからな。ここで難しいのが一神教の熱心な教徒の方々のごく一部、本当に一部だぞ？　そういう方々にとっては四季や朝夜の現人神が目障りだということなんだ」

「な、何故ですか」

「【現人神教会】が幅を利かせているからだろうな。彼らは『いやいや、神は現に居るだろう。現人神が居なければ季節も朝も夜も来ない。一神教はおかしい』と主張している」

【現人神教会】とはその名の通り現人神を崇拝する教会だ。大和国内のみならず世界中に信徒が存在する大規模な宗教団体と言えた。

段々と展開がわかってきたのか、白萩は苦い顔をした。

「一神教からすると『いいや、お前達が信仰しているそれらは諸霊。我らが主の属性物。神とは代替わりして死んでいくような人間ではない』という主張が出る。これはどっちが正しい、悪い、とかではなく、解釈違いで共存がしにくい思想というだけだ。同じ一神教でも宗派によっては他の宗教の存在を認めているし……寛容は悪ではないんだが……」

中々に難しい問題だ。思想の違いというものは歴史的に見ても争いを生むものだと証明されてきている。避けようと思っても、避けられないのだろう。

「……こう言ってはなんですが宗教戦争みたいになっているんですね」

「それに近い。実際に双方間で血が流れてきているし……。よそはよそ、うちはうちで良いのではと思うのだが、それは俺が大して信仰心がない人間だからだしなぁ」

白萩は目を瞬いた。

「阿左美様、信仰はないんですか」

四季の代行者護衛官とは思えない発言ではあるので、驚いて然りだ。竜胆は訂正する。

「もちろん四季の神々は崇拝の対象だ。だが教義を守った生活をしている方々と比べると、果たしてそう言っていいものか……」

「ああ、そういう意味なら自分もです。四季の信徒ではありますが、祖父母と比べるとまったく教えを守っていません。神棚の掃除とかはしますが、祝詞もいちいち唱えませんし」

「そうなんだよ。大和のみならず海外でも暮らしていた身からすると、本当に【信徒】と言える方々には到底及ばない。俺にとって……誰を信じているか、尊んでいるかという質問ならば撫子になるし……。しかし、だからといって他の宗教を否定するとかではない。世界中には万物に対し様々な解釈があるとフラットな目線で見ている」

「阿左美様らしいです。俺も強いて言うなら撫子様になります」

　これには竜胆のほうが驚いた。

「そうなのか？」

「はい。この身で現人神の権能を体験しましたから」

「……嗚呼」

　同意するような、嘆くような声が竜胆の口から漏れる。

「撫子様のおかげでまた歩けるようになりました」

　そう言う白萩に悲愴感はなく、紡ぐ言葉におべっかや嘘もなかった。

　白萩はあの秋離宮襲撃事件で倒壊した壁の下敷きになり重傷を負った人間だった。

　おまけに新人として配属されて右も左もわからない頃だ。最初は何が起きたかすら理解出来なかった。目覚めた時には地獄絵図で、ただ救助隊を待った。

救出されるまでに時間がかかり、その結果、助け出された病院で下半身不随状態だと診断を受ける。意識が戻らない者もいる中で、足以外は無事だった白萩は幸運とも言えた。

だが、自分に降りかかった突然の暴力を『良かった』とすぐ割り切れる者など早々いない。

見舞いに来てくれた母親の涙を見るとやるせなさが無限に湧いた。

丈夫な身体に産んでくれたのに、大事に育ててくれたのに。

悲しませてしまったことが、取り返しの付かないことに思えた。

どうしてこんなことに、と創紫の病院で失意の日々を過ごす。

そんな時に撫子が里の息がかかった病院を訪問して白萩の前に姿を見せたのだ。

挨拶を少し交わす程度。いつも遠くで見ていた少女神。

幼い貴人が『まきこんでしまいもうしわけありません』と頭を下げた。

小さな身体が更に小さく見えた。

事件の全容は白萩のような末端には届いていなかったので、生きていたことにまず驚いた。

貴方も大変でしたね、とでも言うべきなのか。しかしそれはあまりにも不敬なのでは。

どう対応すべきか困っている内に撫子が『いまからちりょうをします』と言って、問答無用で生命腐敗の権能で治療を始めた。何が起きているかもわからないまま神の御業を受けた白萩は、その後、好転反応とも言うべき作用が身体にかかって気絶。

再度目覚めた時には撫子はおらず、自分の足が全ての感覚を取り戻して復活したことを知る。

少しの療養後、狐につままれたようになっている他の者達と同じく里に戻され、元の健脚のままに歩いて帰宅した白萩を見て母は腰を抜かした。そして大泣きして喜んだ。たくさん泣いた後に『神様に感謝しなさい』とも言われた。

正に、奇跡のような体験だった。

他にも撫子が治療した者達はたくさんいた。

白萩は大勢の中の一人だった。

だが、白萩にとっては撫子だけが【神】となった。

そういうわけで、白萩はまた神の元へ馳せ参じた。

「俺ばかり傾倒しているわけではありませんよ。うちの母もです。まさか現人神様自ら負傷者を治療してくださるとは思わないじゃないですか」

離宮に居た者達がほとんど離職し、再編成に苦悩していた竜胆にとって、このように純粋な気持ちを持って職場に帰ってきてくれた人材は重宝すべき存在だった。

かくして白萩は最側近にまで上り詰める。

「まあ無闇やたらにはな……。神通力を使うと弊害もあるし、霊脈のこともある。あれは重傷者にのみ特別にだ。外で言うなよ」

「はい。でも何というか、すごい御方にお仕えしていることをひしひしと感じられる体験でした。撫子様が俺の主なのだと思えることでもありました」

「そうか……」

言いながら竜胆は白萩に感心する。

——あまり後輩を可愛がる、というようなことをしてきていないのだが。

彼のことは目にかけてやりたいという気持ちがある。

「……そう思ってくれているなら同じ主に仕える仲間として嬉しいよ」

「はい」

こくりと素直に頷く様子だけは幼い。

竜胆は後輩への愛情表現で白萩の背中を大きく叩いた。

それから竜胆は引き継ぎなどの作業を終えてから白萩と共に会議室を出た。

撫子にはあらかじめ出張があると伝えていたが、本殿の私室に向かい挨拶に行く。

ノックをすると、待ち構えていたように撫子と花桐が飛び出してきた。

真葛も後ろから顔を出す。

「りんどう、もう四季庁にいくの？」

「あら、もうお出かけですか」

二人の問いに竜胆は困り眉になりながら言う。

「ええ、ちょっと新体制の諸々の書類や申請で不足のものがありまして。それを済ませるのと同時に、外交部とやり取りをしにいこうかと。あちらで仕事をしたほうが事が進みますから。真葛さん、撫子をお願いします」

「ええ、それはもちろんですが……」

真葛は撫子の様子を窺う。秋の女王は寂しそうに床に視線を落としていた。

竜胆は励ますように言う。

「長期滞在ではありませんから。戻るのはすぐですよ」

「うん」

彼が単身で出張すること自体は前からあった。

撫子には申し訳ないが、幼子を連れて行くより置いていくほうが仕事もはかどる。

連れて行く場合、作業の合間、暇にさせておくのも可哀想ではあるし、賊の襲撃が無いとも言い切れない。他の季節と合流してお茶など、という行事があるなら別だが、そうでないなら本殿に居てもらったほうがいい。

単身出張は二人の為でもあった。

「帝州へ足を運ぶ形になりますから日帰りは難しいです。数日、本殿を空けてしまうことになりますが白萩と真葛さんもいますから……」

そう言う竜胆は撫子から見ても疲弊していた。幼子とて観察眼はある。
彼の笑顔は爽やかでスーツやシャツはパリっと糊がきいているが、顔に疲労が滲み出ている。寝不足な様子も見て取れた。

「……ごめんなさい」

すべては撫子を橋国へ行かせない為だ。
撫子は申し訳無さそうにうなだれる。

「どうして撫子が謝るんです。いまは俺が謝るべき時なんですが……。護衛官であるというのにお傍を離れることをどうかお許しください」

竜胆が抱きしめようと手を伸ばしたが、撫子はその手から逃げてしまった。
いまそれをするのは違う、と言いたいのだろう。

「撫子……」

「そんな、そんなのいいのよ。わたくしはだいじょうぶなの。違うの」

少女神はこのもどかしさをうまく伝えられないことが悔しい様子だ。

「ですがお辛そうなので……。寂しい思いをさせます」

「これは違うの。りんどうが大変そうなのがつらいの……。わたくし、りんどうが好きだから、りんどうがつらいのが、嫌なの……。そういうつらい、なの……」

幼い心は、幼い唇は、大切な人へ紡ぐ言葉の言語化がうまく出来ない。

だからこそ、撫子は必死に訴える。

「わたくしが子どもでごめんね……。もっと、大きかったら……みんなのためにできることもあったのに……」

撫子は理解していた。

周囲の者が役割の為に自分の傍に居てくれる人であると。

無条件で傍にいる家族とは違う。その家族ですら撫子にとっては遠い。特殊な環境が彼女に【気後れ】を与える。それが標準の考え方になる。自分なんかの為に申し訳ない、と。

彼女はいま正にそういう気分だった。

まだ八歳の少女神は従者を守るような立場にすら至れていない。

ただ翻弄されるばかり。それが歯がゆくて仕方がないのだろう。

「撫子……」

もっと子どもらしく構えていてもいいのだが、そう出来たらいまの撫子はいない。

竜胆は、抱きしめさせてくれない彼女を複雑な心地で見る。

自分を気遣ってくれる主。

彼女の為ならやはり頑張りたいという気持ちが強くなる。

「俺も貴女が平穏に暮らせないことが辛くて許せません」

そう言ってから膝をついて目を合わせた。撫子は口をへの字にしている。

「……りんどうの主が、もっとおとなだったら。それか、ろうせいさまみたいにお力のあるひとだったら……」

「貴女以外に仕えろと言いたいのですか」

凄むように言われて撫子は肩を縮こませる。

「そうじゃないけど……」

「俺は貴女だけですよ」

「……」

「貴女だけです。というか、なぜ御自分を悪く言うのです？」

「だってりんどうの、秋のみんなの役にたたないから……」

せめて謝意の姿勢を見せたいと。そう撫子は言いたいらしい。竜胆は嘆息した。

「撫子。外野がやあやあ煩いのを言い返すのは俺達の仕事です」

白萩と真葛も口々に『そうですよ』と言う。

「貴女がすることではない。これは俺に任せていいことなんです。大体……他の季節と比べるのであれば彼らの在り方を思い出してください。みなさん素晴らしい方々ですが、それぞれ苦手なところ、得意なところがあり、不足は護衛官の存在で補っています。役割分担もしっかり出来ている。いまは俺の出番だから俺が張り切っているだけです。今回に関しては貴女の出番ではない。ただそれだけです」

「もし、していただけるならそうですね。俺が帰ってくる時に、一番に迎えに出て『おかえり』と言ってくだされば。それが俺にとっての労いになります」

撫子は不思議に思ったが、竜胆は本気のようだった。

「そんなことが嬉しいの？」

言われずとも、するようなことだ。

「ええ。俺にとってはそれが疲れが吹き飛ぶほど嬉しいことです」

撫子はわからない。自分のことを慕ってくれる存在で湧く勇気というものを。

「……」

竜胆もわからない。彼がくれる言葉一つ一つが、撫子にとってどれほど必要なものかを。

わからない同士の二人。それでもやっていけているのは、互いを思いやる心があるからこそ。

「わかったわ。わたくし、一番におでむかえします」

撫子がそう言うと、竜胆は大きく頷いてもう一度両腕を広げた。

――いつかはこういうことも嫌がられるんだろうな。

そう思いつつも、いまは彼女からの無垢な愛情を受けたかった。

撫子は竜胆が受け止めてくれるとわかっているので飛び込むように抱きつく。

竜胆もすぐに抱擁の手を後ろに回した。

「………」

「りんどう、大好き」

年齢が離れている二人、どんなに互いが好きでも、無邪気に抱きしめあえるのはきっとあと数年のことだろう。

抱擁されながら撫子はおずおずとした様子で更に申し出た。

「あのね、帰ってきたら……おかえりのお姫様の口づけもしていい？」

断られないだろうかという不安が撫子の顔に見え隠れしている。竜胆は嬉しくなって笑った。更にぎゅっと撫子を抱きしめてから囁く。

「もちろんです。けれどその前にいってらっしゃいの口づけでは。俺のお姫様……？」

茶目っ気たっぷりに竜胆が言ったので、撫子もようやくそこで普段通り笑ってキスの雨を降らせることが出来た。いつも通りの秋主従の様子に見守っていた二人も安堵する。

その日の午後には竜胆は本殿を後にした。

留守番の間は真葛と白萩が撫子の世話してくれた。もちろん、護衛犬花桐も。

二人と一匹の気遣いがわかっていたから、撫子は不安を感じることは少なかった。

せっかくなので、三人で本殿の一角で午後のおやつの時間を過ごしている時に、前から気になっていたことも聞いてみた。

「おふたりは、いつもわたくしといてくれるけど……お家に帰らなくてだいじょうぶなの？」

これは撫子にとって重要な質問だった。

真葛と白萩はそのことに気づいた様子はなかったが。

「私は本殿住まいですから。侍女頭になったのでお部屋も広いのをいただいているんですよ」

先に真葛が答えてくれた。だから朝から晩まで世話が出来るのだと。

竜胆と一緒の仕事形態と言える。彼も護衛官専用の広い部屋を本殿内で授かっていた。

特権が与えられる代わりに、仕事の責任も重い。拘束時間も長いのだ。

「……ご不便とか、ない……？」

「むしろ利便性が良すぎて……。台所もお風呂もついていますし、自分の小さな城をもらったようなものです。大満足です」

「お家の人にあえなくてさみしいとか、ない……？」

真葛は口元は微笑んでいるが目は笑っていない状態で言う。

「撫子様……撫子様も大きくなったら真葛が言うことがわかる日が来ます……。我ら四季の末裔の未婚の娘は兎角、口うるさく言われるものなんですよ。私は特にそうしたお小言を言われる家に育ちました。出産のことを考えると出世なんてしても無駄だとも。それが嫌で嫌でたまりませんでした。けれど大きな役職をいただいて、本殿住まいも出来るようになった。いまがとても幸せです。お家の人に会えないほうが平和な心が保てる人間もいるんです」

「そうなの……」

「ええ、そうなんです」

よほど親に抑圧されてきたのだろう。真葛は清々しいほどの言い切り方だった。

四季の代行者の血族に生まれた者の宿命として【結婚】というものは特に女性に重く伸し掛かる。産めよ増やせよが奨励されているからだ。

里違いであっても同血族との婚姻が望ましいとされてはいるが、外部との婚姻も禁じられてはいない。近親交配を避ける動きが、時代の流れでちゃんと出来ていた。

だからこそ、相手が居るならさあ婚姻を、さあさあ、と迫られる。

では同性愛は、無性愛は、性自認が違う者は。そもそも婚姻という制度に懐疑的な者は、他者との生活を苦痛に感じる者は。子どもを望んでいない者、身体的に望めない者は。

そういったことは、暗黙の了解で無視されがちだった。なので夏の代行者葉桜あやめと老鶯連理のような契約結婚組が生まれたりもする。世間体は保ちつつ、自分達の未来を守るのだ。

あの二人が両思いになり幸せな結婚が出来たのは、本当に不幸中の幸いだった。

「じゃあ、さねかずらさんはここにいるほうが幸せ？」

「はい。それはもう。仕事頑張りたいです。出て行けと言われたら泣いてしまいます」

「そんなことはぜったいにないわ！」

撫子が力説するように拳をぎゅっと握る。真葛は主の言葉を聞いて嬉しそうに頬を染めた。

そしてしみじみと言う。

「真葛はいまが一番人生で楽しいかもしれません……」

撫子はきょとんと首を傾げた。

「どうして？」

「自分で色んなことが選べる、采配出来る。そんな自由があります。何より、私がすることで撫子様や他の方が喜んでくれる。そういうのを見られる仕事というのはやり甲斐があります」

「……まえは自由がなかったの？」

「ええ、前は自由がなかったんです。何でもかんでも他の人が決めてしまって……」

「……」

話から察するにそれが彼女の家庭事情なのかもしれない。

選択肢のない生活。自分の意見を言えない環境。それを仕方ないと我慢して生きてきた。

しかしようやく自分の力を認められ、思う存分能力を活かせる場所にたどり着いた。

管理されることが当たり前すぎて、そうされることに安堵すら覚えている撫子にはあまりわからない感覚かもしれない。

「本当は自分で色々決めてみたかったんですよ。自分でお金を稼いで、自立して。これが私の人生だ、と言えるようなことをしたかったんです」

言ってから、真葛は自分語りをしてしまったと恥じた。

「三十代にもなって、そんなことを言い出すのは色々と遅すぎるのかもしれませんが……」

「そんなことはないわ！」

撫子と白萩が同時に言う。すると、真葛は照れた様子で微笑んだ。

「ありがとうございます。やはり真葛はいまが一番自由で楽しいです。人生一度きり。老いていく以上、いまが一番若いんですし。何事も挑戦しなくては」

とても良い話だ、と撫子は素直に思う。しかし同時に疑念を抱いた。

「その……それはわたくしのお世話でだいじょうぶなのかしら？」

待遇面では良いかもしれないが、真葛が望んでいるような仕事なのだろうか。つい不安で尋ねてしまう。

「……撫子様。私は秋の里の侍女頭。本殿の家政を司る立場。これはすごいことなんですよ。一族の中で一番出世しました。しかも主がこんなにお可愛い。私は勝者です」

真葛はそれを聞いて『わかっていない』という顔で撫子を見た。

「そ、そうなの」

「あと今年の正月は帰省させないでください。本当は帰りたくありませんでした」

「う、うん……わかった。ごめんなさい」

撫子はそう言いつつもホッと胸をなでおろした。今度は白萩に向き合う。

「しらはぎさんは、おうちに帰らなくてだいじょうぶなの？」

撫子のおやつの時間のご相伴にあずかる形で苺大福を食べていた白萩はごくりと甘味を飲み込んでから答える。

「俺は家から通っていますよ」

口元に大福の白い粉がついているのを真葛が目ざとく見つけて、さっと懐紙を出した。

白萩は照れた様子で懐紙を受け取り口を拭う。

「でもいつもいっしょにいてくださるわ」

「それが仕事ですから。撫子様の護衛ですし……」

「ご不便ではない？」

「ないです。お気遣いありがとうございます」

「……お父さまとお母さまは、このお仕事、おゆるしになっているの？」

八歳児に立て続けに大人びた質問をされて、白萩もさすがに笑みが漏れた。

「うちは母子家庭で母親しかいませんが、立派な仕事だと言ってくれていますよ」

「そう……お家のひとと仲がいいのね。すてきだわ」

「母一人、子一人ですからね」

「まあ」

「母には苦労をかけたので、そう言ってもらえる仕事に就けてよかったと俺も思っています。手当もたくさんありますし。撫子様にお仕え出来るおかげでうちは助かってます」

きっと、白萩は『だから大丈夫だ』と言いたかったのだろう。

子どもである撫子が自分のことを気にかける必要などないと教えたかったのだ。

彼なりの気遣いだった。撫子は白萩の家の事情を知らない。彼がどんな思いでここにやってきたかもこれまで伝えてきてはいなかった。主に知らせるのも野暮だと感じたのだろう。

「……そう」

最側近の二人は自分と居ることで不満はないらしい。そしてどちらも仕事に意欲的だ。

――いいのかしら。

二人が良いと言っているのだから、素直にそう受け止めればいいのに。撫子はそう思えなかった。秋の里に預けられて数年。ここでの暮らしに慣れたからこそ思うことがある。

――長くわたくしと一緒にいて、いやにならないかしら。

何せ、生みの親とはしばらく会っていない。彼らは嫌になったようなのだ。

撫子は正月も里で暮らし、親の顔を見ていなかった。もちろん、今年になってからも。

昨年の立冬過ぎに竜胆に『忙しいので娘は任せます』と言ったきり音沙汰が無い。

ちょうどその頃起きた、暁の射手の守り人を巡る事件。あれが悪かったのかもしれない。

秋はお咎めなしで済んだが、撫子自身の評判は下がった。

「撫子様、どうかなさいましたか？」

撫子は親の面汚しをしてしまったのだ。

「うーん……しらはぎさんが」

「俺が？」

「……わたくしを守るせいで、また危険なことにあわないかしんぱいで」

白萩は目をぱちくりと瞬く。

「撫子様……それが俺の仕事です」

何を仰る、という白萩の目線に撫子はたじたじになる。

「そ、そうなんだけれど……」

言いたいことはそういうことではない。案じているのは確かだが、その言葉が出た意図は言葉通りではなかった。本当はこう言いたかったのだ。

「……ただしんぱいなの……」

貴方は自分と一緒に居て苦痛にならないか。自分を恥ずかしいと思わないか、と。

「…………わたくし、しんぱいなのよ」

感受性が育っていく度に、自分が親に放任されている事実、評判の良し悪しで大人からの扱いがころっと変わる状況が重く伸し掛かっていた。誰にも言えていない撫子の秘密だ。

「……撫子様。白萩くんが最側近に選ばれているのは忠義心だけじゃありませんよ。実力があるから選ばれているんです。危険なことがあっても白萩くんなら乗り越えられる。そう判断されたからですよ」

白萩は真葛の言葉が嬉しかったのか『そうらしいです』とはにかんで言う。

真葛が撫子の頭を撫でながら言う。

「撫子様は気配り屋さんすぎて心配ですね」

「わたくし気配りやさんなんかじゃないわ」

「そんなことありません。気配り屋さん選手権がありましたら撫子様が一位です」

架空の選手権を出されて、撫子は困ったように笑う。

「さねかずらさんのほうが一位をとれるわ」

撫子は本当にそう思った。この侍女頭は就任してからずっと撫子を支えてくれている。

まるで娘か妹のように可愛がってくれるのだ。

——だっていまも。

真葛は何の躊躇いもなく撫子に触れてくれているのだから。

「……真葛は少し撫子様が心配です。優しい方は、他の方に搾取されてしまいますから」

真葛がため息をついて言う。撫子は聞き返した。

「さくしゅ？」

「ええ、優しいから許されるだろうと、虐げられる。そういうことがありそうで……。もちろん、そんな者を見つけましたら真葛が成敗致しますが」

「成敗は俺達護衛陣がします」

「でも私もキックやパンチくらい出来るんじゃないかしら」

「真葛さんしたことあるんですか？」

「ないわ……習おうかしら」

真葛と白萩は運動初心者はどういう防衛手段を持つべきかという話をし始める。

——優しい。

優しい二人。撫子が接してきた大人達は大体二種類だった。

撫子に興味があるか、ないか。興味があったとしても優しいとは限らない。興味がない場合は物や家畜と同じだ。それか空気のようなものだろう。

あまりにも優しい人に会うと、撫子はどきどきしてしまう。

自分という存在が危険を呼ぶ者だと一連の事件を経て自覚していた。だから、護衛も侍女も撫子のことを何とも思っていない人のほうがやりやすいと思うように気持ちが変化していた。きっと何かあった時に見捨てて逃げてくれるだろうから安心する。良い子で居続けないと嫌われるだろうという心配もない。既に好かれる余地もないのだし。でもこの二人は違う。

「撫子様、どうされましたか？」

真葛の温かな視線を受けて、撫子はいつものように『なんでもない』と答えた。

撫子の胸の内にまた一葉、枯葉が溜まった。

そんな撫子に寝耳に水の話が来たのはその日の夕方近くだった。

『花桐、元気にしてる？　撫子ちゃん』

双子の夏の代行者の片割れ、葉桜瑠璃から電話が来たのだ。

「るりさま！」

本殿内の一角にある座敷で花桐と遊んでいた時のことだった。傍には真葛が居て、瑠璃からの電話だとわかると邪魔にならないように少し離れた場所で控えてくれた。このところ、元気がなかった撫子だったが、年上の友人からの連絡は彼女をとても喜ばせた。

「はなきりをくださってありがとうございます。はなきり、元気です。ほら、はなきり。育ててくれたるりさまよ」

撫子は子犬花桐を近くに呼び寄せて嬉しそうに喋る。

「るりさま、はなきりの声きこえますか？」

花桐は撫子の求めに応じるように携帯端末に向かって吠えた。端末から聞こえる瑠璃の声に反応しているようだ。ひとしきり吠えると、『これでいいですか？』とでも言うように撫子のほうを見上げた。

『うん、元気そうだね。撫子ちゃんのこと守ってますって言ってて安心した』

撫子は花桐と思わず目を合わせる。

「でんわごしでも言葉がわかるんですか？」

『わかるよ！　特に花桐は撫子ちゃんのとこに迎えてもらうまで一緒に訓練したからね』

「はなきり、わたくしを守ってくれているのね……」

撫子の感嘆の言葉に花桐はどこか誇らしげな顔を見せた。

黎明二十年の春、賊の襲撃により起きた一連の大事件。

それらの不幸な出来事は、夏と秋の関係性を以前より深めるきっかけとなった。

現人神同士の交流も活発になり、撫子が誘拐されたことも鑑みて、夏が調教した犬を護衛としてそちらに贈ると約束をしていたのだ。

しかし、春の誘拐事件の後に暗狼事件と呼ばれる陰謀が起きた。瑠璃とあやめは双子神誕生に難癖をつけられ、凶兆の烙印を押され、あれよあれよという間に子犬を育てている状況ではなくなった。婚約者達の活躍もあり、葉桜姉妹は里の反対を押し切って昨年の秋にようやく結婚。やっと腰を落ち着ける状況になり、その後に花桐を修行し始め、年明けにわざわざ創紫に訪れて撫子に護衛犬を進呈してくれた、という次第だ。

『とはいえ、花桐はあんまり護衛犬って感じじゃない犬種なんだけど、大丈夫そう？』

「はい。護衛もありがたいですが……どちらかというと、わたくし家族が欲しくて。こういうわんこを家族にしたかったんです……」

『ならよかった。見た目はぽわぽわだけど勇敢な男の子だから、大事に育ててあげてね』

どういう犬が良いかは事前に相談がなされ、最終的には撫子の意向が優先されていた。

本来なら、大和の国家治安機構犬として登録されている犬種が推奨されるべきではあるのだが、彼女が飼いたい犬がこの綿菓子のような子犬だったのだ。

花桐は自分のことを話されていると理解しているのか、撫子の周りをわざわざぐるぐると回って存在を更に主張した。

撫子はくすくすと笑いながら花桐を片手で抱き寄せた。

「そういえば、るりさまとあやめさま、今年の夏顕現もうすぐですね」

『うん。時間経つの早いよね。この前雛菊さまに春顕現頑張ってね！　応援してるよって連絡したばかりなのに、次はあたし達なんだもん。でもね、去年よりは不安ないよ。あやめと二人で夏顕現するのも二回目だし、雷鳥さんと連理さんも同行してくれるの』

「らいちょうさま、れんりさま……あやめさまもお元気ですか？　ご結婚されてどうですか？」

『元気だよ～！　雷鳥さんとは喧嘩もするけど基本的に仲良いよ。連理さんとあやめはいっつも仲良さそうにしてる。あたしの結婚生活の目下の悩みは食事だね。今までご飯とか作ってきてなかったし、雷鳥さんもそうだったから二人で毎日ご飯を実験してるところあるよ』

「ごはん、じっけん……」

『四季庁の人は監視と護衛込みで通いの家事手伝いさん入れたがってるけど、新婚だから断ってるんだ。あと、夏の里はまだまだ人間関係が疑心暗鬼でさ。えっと、疑心暗鬼ってこの人本当にあたしの味方？　みたいな状況になってるってこと。そういうこともあって夫婦だけで暮らしているんだよ。代わりに家の周囲に警備巡回は入ってもらってるよ』

暗狼事件、そしてそこから暴かれた政治腐敗の影響は年が明けても遺恨があるようだ。

当事者の葉桜姉妹が外部との関わりに慎重になるのも致し方ない。

一度は姉妹揃って暗殺されかけたのだから。それでも、前向きに生きている。

「そうなんですね……いろいろ大変……」

『えへへ、でも楽しいことのほうが多いから大丈夫だよ！』

どんなことがあっても役目から逃げず、日常を続けている瑠璃の姿は撫子にとって頼もしい先輩そのものだった。

『そういえばさ、そっちにも橋国の話きた？』

ひとしきり世間話をした後に、瑠璃は思わず撫子が正座してしまうような話題を振ってきた。

撫子の声が少しだけ裏返る。

「ど……どうしてしってるんですか？」

『どうしてって、うちにも打診来てるんだよ』

「夏に……？」

撫子は焦って真葛のほうを見た。これは国家機密なのだと思っていた。

主の視線を受け止め、真葛(さねかずら)はすぐ用向きを尋ねに来てくれた。

「どうされましたか、撫子(なでしこ)様」

「あのね、さねかずらさん……夏のるりさまにも橋国(きょうこく)のおはなしがきているんですって」

「あら……」

どうやら真葛(さねかずら)も知らなかったようだ。今度は彼女が白萩(しらはぎ)を呼んで、至急情報共有した。

彼もまた知らない様子だった。

『あれ、撫子(なでしこ)ちゃんのとこはもっと前に来てたの？』

水面下で、何かが起きている。

「……はい。うちはりんどうがお断りしていて……わたくしたちがお断りしたからそちらにおはなしがいったのかもしれません……」

自分達が断ったせいで、他の季節にも打診がいっているらしい。撫子(なでしこ)の歯切れの悪さを気にせず瑠璃(るり)は言う。

『そうなんだ。あれ困るよね。じゃああたし達も断ったから他の季節の所に話が行っちゃったかな？』

「わかりません……あの、わたくしりんどうにきいてみます。るりさまごめんなさい……」

『え、何で撫子(なでしこ)ちゃんが謝るの？　四季庁(しきちょう)の外交部だかなんだかの人達が勝手に言っていることなんだから責任感じることないよ』

「でも……」

『うちは連理さんと雷鳥さんが央語強いから打診されたらしいの。ほら、連理さんは元々お医者さんだし、頭良いから読み書きも央語会話も問題なく出来るんだって。すごいよね。雷鳥さんはあたしにも教えてくれないんだけど、婚約する前は四季庁の他言無用の部署に居たらしくて、海外の活動もあったんだって。文法はちゃんとしてないけど、簡単な会話は出来るって言ってた』

それが打診された理由だと言いたいのだろう。だが、断った後の秋陣営からしてみれば、自分達が蹴った厄介事が他に行ってしまったことには変わりない。

「撫子様、至急阿左美様にご報告し、春と冬にも連絡を取ってみます」

真葛が耳打ちした。撫子は神妙な顔で頷いた。それから瑠璃に質問する。

「……るりさまも橋国佳州の秋の代行者さまとおはなししてくださいって、そうたのまれた、ということであってますか？」

『うん。あっちの秋の小さな男の子と。それがさ、何で夏じゃないのって聞いたらいまはあちらも夏の顕現準備で忙しいからだって。あたし達だって忙しいよ。意味わからないよね。四季庁って役所じゃないけど本当お役所仕事なとこあるよ。じゃあ夏顕現が終わってから……とも言われたけどあやめが断固反対。撫子ちゃん【互助制度】について聞いたかな？　あれのことをあやめが知ってたからお断りですって即断ってた。自分も妹も行かせませんって』

さすが元代行者護衛官。決断力がある。

「……るりさまとあやめさまがお断りしてくださってあんしんしました」

『断るよ〜！　撫子ちゃんも受けちゃやだめだよ！』

「はい、ほかのみなさまもお断りしてくださるといいんですが……」

瑠璃との電話は秋陣営に小さな衝撃を齎した。

その後、出張の為移動中の竜胆が他の四季にも確認したところ春と冬にも直接外交部の担当者が赴き、打診が行われていたことがわかった。

竜胆が聞いたところによると他の季節は既に断った後だった。

春の代行者護衛官姫鷹さくらは、現在春顕現真っ最中だと言うのに訪ねてきた外交部の担当者から、【互助制度】の説明時に自分の主の例を引き合いに出され、何か礼を欠いた扱いを受けたらしく、あからさまに鯉口を切って見せたらしい。

冬の代行者護衛官寒月凍蝶は冬の里で管理している歴史的書物から【互助制度】にまつわる事件の資料を持ち出し、歴史を繰り返すことがいかに愚かか滔々と語ったという。

剛柔の責めを受けた四季庁外交部の担当者も、少々哀れではあった。

竜胆が言うように国際交流推進派は少数。

外交部自体の総意見としては【互助制度】復活は反対。橋国との会合は望んでいない。

しかし四季庁は独立機関であっても大和国と足並みを合わせて動く部分もけして少なくはなく、国交がある国の四季機関から外交部宛に再三の要求を受ければ無下にも出来ない。

部署の振る舞いは国の振る舞いにも通ずる。他国に悪印象を与えるやり取りはご法度だ。

四季庁外交部は針のむしろ状態に陥っていた。

現人神達からは責められ、橋国からも責められる。やがてしびれを切らした橋国が、それならこちらが大和に訪問するという代替案も提案してきた。その場合は莫大な防衛費と接待費用がかかる。最後には回り回ってまた外交部の者が竜胆に泣きついてきた。

「本当に、うちも困ってるんです」

ストレスで胃に穴が空き入院した前担当者の代わりに赴任した新任の声は憔悴していた。

「……」

創紫から帝州に渡り、四季庁で直にその話を聞いた竜胆の胃にも穴が空きそうだった。

もし、現状の流れのまま橋国の秋の代行者が大和に来た場合、もう対面は避けられない。同じ季節ということで撫子が接待に駆り出されることは確定事項だろう。

「このままでは大和でうちが橋国の対応をせねばならなくなると……」

相手側に礼を欠いてまで対面を拒否する理由が竜胆達にはない。また、秋が相手をしないとなったら一連の出来事と同じく他の今代の四季の代行者が召喚されるだけだ。

「橋国側が来る場合、地の利を生かした警備は出来ますが」

警備はしやすいという利点以外に良いことがなかった。

「あちらの賊が我が国に乗り込んでくる可能性はあります」

外交部の担当者の言葉は重く響いた。脅しているように聞こえるが、そうではない。竜胆が撫子に言っていた通り、代行者の天敵である【賊】の攻撃の苛烈さは橋国側の方が遥かに上という事情がある。これを機にとんでもないテロリストが大和国に入国する見込みは零とは言えない。そうなると犠牲になるのは大和の民だ。

「……大規模テロなど起きた時にはたまったものではないな」

「はい。大和の民が巻き込まれる可能性はけして無いとは言い切れません。橋国の代行者の入れ替わりが激しいことはご存知ですか？　佳州の秋は五年持たなかったとか。あちらはうちとはまた違う問題を抱えていますから」

さらりと残酷な情報が会話の中で流れた。代行者は死ねば直ちに新しい代行者が生まれる。

超自然的に次代の現人神が選ばれるのだ。その秋の代行者が何歳だったのかはわからないが、五年しか在任期間がなかったのであれば十代か二十代で死んだと仮定して良いだろう。よほど大病など患っていない限り他殺と見て間違いない。

「万が一、そのようなことがあれば批判は橋国だけでなく、里や四季庁、またその時のホストである秋に集中するでしょう」

——失敗したら、瑠璃様やあやめ様のように凶兆扱いされるというわけだ。

悩ましい問題だった。撫子を守りつつテロリストが待ち受ける橋国に行くか、橋国から来た代行者と撫子、そして大和の民も守るか。どちらも厳しい道が待ち受けている。

若き護衛官は苦悩した。

どちらにせよ対応しなくてはならない案件なら、できる限り権限が欲しい。撫子の心身を守る手立てを、思いつく限りすべて実行出来るように。

「わかった。主の同意を得てからになるが、秋は橋国に行く」

最終的には、要求をしやすい立場で徹底警護し、渡航することを選んだ。

秋の代行者祝月撫子が、大和全体を想って下した従者の決断を断るはずもない。

秋主従の橋国渡航は決定となり、それから慌ただしく準備が始まった。

まずは海外までの【足】の確保。

民間飛行機はもってのほか。四季庁所有のプライベートジェットは現在春主従が季節顕現の為使用期間に入っている。そもそも国内用なので長時間飛行が可能な機体を探さねばならない。

これに関しては橋国側が融通を利かせてくれた。秋一行が乗るには巨体すぎる機体ではあったが、選択肢が更に増えた。増員をどれだけしても問題ない【足】が手に入ったからだ。

選択肢の一つには撫子の護衛犬【花桐】の存在もあった。

当初、渡航で受けるであろうストレスなども加味して花桐は里に留守番としていたが、話を聞きつけた夏の代行者葉桜瑠璃と葉桜あやめが『連れて行け』と促した。

夏の代行者から離れてはいるが、生まれた時から現人神が調教している生命体は他と一線を画す個体となる。人間が入れない場所も、犬なら入れる。万能の従者だと。

撫子は家族として扱っているが、それは護衛として育てた、連れて行け。

というのが二人の言い分だった。

【生命使役】の力を持つ夏の代行者は、生物に対し優しさと厳しさの目を兼ね揃えている。

命を守る為に他を使役し、外敵を攻撃させる彼女達の言葉には重みがあった。

現人神が戦うことを仕込んだ生き物は単なる愛玩動物ではないのだ、と。

人員は着々と決まっていった。

滞在日数は現状の予定では四日間となっている。一日目は橋国到着日。二日目以降に会談、並びに交流日程。橋国からの要求も受けて余裕を持たせた日程なので、状況を見て早く切り上げることも考えている。秋陣営は約一ヶ月の準備期間を経て、渡航日を四月五日に決めた。

編成人員に関しては以下となる。


秋の代行者祝月撫子。

秋の代行者護衛官阿左美竜胆。

秋の里護衛陣、白萩今宵他五名。

秋の里家政部署侍従職侍女頭、真葛美夜日。

四季庁保全部警備課秋部門職員、計五名。これに護衛犬花桐も加わった編成だ。


大和国【秋】の警備ということもあり、国家治安機構から近接保護官のチームも出向されてきた。黄昏の射手巫覡輝矢の身辺警護も担当していた荒神月燈率いる要人警護部隊。

こちらは月燈を含めて計八名となっている。

また、渡航日に急遽駆けつけた助っ人も居た。

「阿左美先輩の振りをして嘘をついた罪を償いにきました。馬車馬の如く働きます」

新任の夏の代行者護衛官であり葉桜瑠璃の夫、君影雷鳥こと葉桜雷鳥。

そして彼が新編成した夏の里護衛陣五名。

「夏を代表して助太刀するよ！　あ、ジメジメブリザードマンも本当に来たんだ……」

夏の代行者の双子の片割れ、葉桜瑠璃。

「うるさい葉桜妹。季節の祖として本来俺が行くべきだった」

昨年の冬も賊狩りの称号をほしいままにしていた冬の代行者寒椿狼星。

「……阿左美君。もうこの際私達のことは部下としてうまく使ってくれ」

大和の最年長護衛官、そして苦労症の男、寒月凍蝶。彼が率いる冬の護衛陣六名だ。

こうして、計三十七名と一匹は橋国へと旅することになった。

恥ずかしいと思われたくありませんでした。

第二章 葵藿の志

じぶんが愛されていないことに、気づくのは残酷です。

ひとがいつかは死んでしまうとはじめてしった時のように。

どうすることもできない未来におびえてくらすのは怖いことです。

同じように、愛されていない子どもたちはある日突然気づくのでしょうか。

生まれてこなくてもよかった命だということに。


わたくしがそれをしってしまったのは秋の神様になった時でした。


りょうしんがわたくしを【本殿】にひきわたすとき、いつもより機嫌がよかったからです。

とても上機嫌でした。不要なものがきれいにかたづいた、というようなかんじ。

それまでも傾向はありました。ただ、わたくしが見ないようにしていたのです。

ふたりの仲がわるくなるたびに、生まれたわたくしの価値がどんどんさがっていく。

あのふたりもかわいそうなんです。愛だと思っていたものが、愛じゃなかったのね。

もっと小さなころは……そう、わたくしがぬいぐるみぐらいの大きさだったころは。

嗚呼、あの頃はきっとほんとうに愛されていた。ふたりも仲がよかった。

でも価値というものはかわってしまうのです。いえ、さがってしまう。

それがわかっていたのに、わかりたくなかった。わたくし、物わかりがわるいのです。

だから、りょうしんにもみはなされてしまったのでしょう。

だって可愛いなら別れたくないはず。きっと会いにきてくれる。
一日か二日だけのお別れだとかんちがいしていたことがばかみたい。
待っていれば迎えにきてくれるのだとひたすら信じていたことも。
いまとなっては、ただただ、はずかしい。

『代行者の親は子を拒絶することが多いが、あれはそもそも放置されている』

こそこそと話されるかげぐちにわたくしはなんど涙をながしたことでしょう。
どうしてきこえるように言うの。でもまちがいではありません。
もっと愛されるような、そういうそぶりができるかしこい子どもならばよかった。
わたくしはそうではないから、見捨てられてしまったのでしょうか。
誰にも抗議できない。居心地がわるい世界で生きねばならないのはじぶんのせい。
煩わしいと思われれば、たちまちむしされてしまいます。
すくなくともおうちではそうでした。だからたえなくては。
わたくしたち子どもはひとりで生きていけないのです。おとながひつようなんです。
であるならば、わたくしはおとなたちがのぞむような子どもになるべきでした。
生きるためにそのようにつとめました。

がまんをしていれば、みんな優しくしてくれる。

嗚呼よかった。わたくし、これでまた生きていける。

でも、心はどんどんしずんでいきます。枯葉がむねのなかにたまるのです。

それがたまりすぎると息ができなくなる。

だんだんとわたくしが弱っていくのがわかったのか、おとなたちはあることを決めました。

代行者護衛官をつけようと。愛してくれる人間をおかないと神様はおかしくなるのですって。

神様になりすぎると、はやく死んでしまうのですって。

だれかひとりにでもたいせつにしてもらえないと、長く生きられない生き物。

ふしぎね、神様ってまるで子猫か子犬、それか子どもみたい。


彼とはじめて出逢った時のことをよくおぼえています。


季節は夏。とくべつ暑い日でした。

広い座敷でスーツを着た男のひとが汗をぽたりぽたりと落としながらひざまずいていました。

これから終生守ってくれる人間だとおとなたちにおしえられ、目をパチクリとしたものです。

彼はわたくしに言いました。

一生、その身をわたくしに捧げる。そして守り抜くと。

『何から、まもるの……？』
わたくしがたずねると彼はようやく顔をあげました。
『あらゆるものからです。だが……強いて言うなら……』
彼の瞳は刃のようで、声は冷えていて、でも同時に熱もあって。
他のおとなたちとはちがういきものだと本能的にかんじました。
『代行者にとって天敵である【賊】から……と答えておきましょう。俺の秋よ』
わたくし、物わかりがわるいのに、その時はわかりました。

嗚呼、このかたはわたくしを守ってくれるひとなのだと。

ようやく、わたくしの人生にそんなおとなが来てくれたのだと、そう思いました。
わたくし、嬉しくて嬉しくて彼に夢中になりました。
彼も優しくしてくれる。優しいうそが混じっていたっていい。
ずっとこんな生活がつづけばいいのにな。
でも、うぬぼれてはいけません。ゆだんしてもいけません。
嫌われて捨てられるだなんてこと、世の中にはよくあること。
ええ、気をつけなきゃ。

良い子でいたら、いつまで愛してくれますか。

四月五日、橋国への渡航当日。

「みなさま、ついてきてくださるの……？」

大和の空の玄関とも呼ばれる帝州空港にて集まってくれた者達を見て、撫子は只々驚いた。

全員一般人に紛れる為にスーツもしくは私服を着ている。

空港という特異な場所ということもあり、集団で居ても不審がられはしないが、度々好奇の視線は受けていた。

民はこの国の【夏】と【秋】と【冬】が出国しようとしているとは思いもしないだろう。

「ご無沙汰しております、秋の代行者様。我々にも警護を任せていただき光栄です」

国家治安機構の要人警護部隊を率いる部隊長、荒神月燈が緊張と高揚が混じった面持ちで挨拶をする。夏の事件では途中から秋の面倒も見てくれた人物だ。

現人神信仰の環境の元で育ち、大学では宗教学を学んだ文武両道の才女。

竜胆や他の護衛官から見ても安心して背中を任せられる相手だった。

彼女の部隊人員も黄昏の射手巫覡輝矢と長らく生活して警護していたこともあり、現人神に好意的だ。夏夫妻の結婚式の警備も担当してくれていた。

「たいちょうさん……わたくしも、守っていただけるなんてとても光栄です……」

撫子が英雄でも見るようなきらきらとした眼差しで月燈を見上げる。

月燈はしばらく真面目な顔をしていたが、途中でたまらずふにゃりと微笑んだ。初対面の時もこの幼気な大和の【秋】に骨抜きにされていたので、今もそうなっているのだろう。

部隊の隊員達の顔にも『我が国の秋、お可愛らしい』と書かれてある。

「ひとまず、移動を開始いたしましょう。長旅となります。何かご不安な点がありましたら代行者様方、並びにお付きの方も気兼ねなくお申し付けください」

月燈の号令で一行はプライベートジェット機へ搭乗する為に空港内を移動することとなった。

撫子はまごつきながら大人達と共に歩き出す。

夏の代行者の葉桜瑠璃は恐縮している撫子の傍に近寄った。そして言う。

「撫子ちゃん大丈夫だよ」

太陽のような笑顔だ。撫子は不安げに尋ねる。

「でもるりさま、夏は季節顕現の準備があるのに……」

「立夏までまだ日もあるし、何よりうちはあやめと連理さんが居るから。あの二人がいれば問題ないない。むしろあたしがいたら邪魔かも！」

明るく言っているが、さすがにそれは嘘だと撫子もわかる。

季節顕現の準備は何も書類仕事だけではない。

それまでに体力づくりなり、舞や歌の練習なり、警備計画の確認なり、避難訓練なり、やることはたくさんあるのだ。

「……橋国いきはきけんなんじゃ……」

撫子としては自分が人身御供となるつもりだった。そうしたら他の者達は安全なのだと。

しかし夏と冬はそれを分かち合おうとしてくれている。

どうしても申し訳ないという気持ちが消えない。

「だからこそだよ」

その台詞だけは瑠璃は大真面目な顔で言った。それからパッとまた笑顔になって言う。

「秋だけ渡航させるわけないじゃん。ね、竜胆さま」

竜胆は感謝しつつもこの判断で良かったのか迷いがあるようだ。歯切れの悪い返事をした。

撫子は同じく傍で歩く竜胆を見て言う。

「りんどうはしってたの？」

見上げた彼は目の下に濃いクマが出来ていた。疲れは限界に来ているようだ。

「つい先日両季節に同行を打診されまして……」

声にも疲労が滲み出ている。

「打診の段階では同行していただけるか不明な状態でした。現に橋国側から同行許可を勝ち取れたのが昨日の深夜なんですよ。さすがにそこから各陣営旅行の準備をしてやってくるのは無理だろうと思ったんですが、皆さん死ぬ気で間に合わせてくれました……」

言われてみれば、夏と冬の陣営は少々眠たげな顔をしている。

エニシと衣世から大慌てで飛行機に乗って帝州にやってきたのなら、渡航前にひと仕事しているようなものだ。

「正直、間に合うか読めない状況でしたから撫子にぬか喜びさせたくなくて。すみません」

驚かせたかったわけではなく、本当にギリギリまで招集人員が確定しなかったのだろう。

撫子は竜胆の体調が心配になった。彼はずっとこの橋国問題に振り回されてばかりだ。

「ううん、りんどうがいつもわたくしを想っていろんなことを考えてくれているって……わたくしわかっているわ。りんどう、ありがとう……」

「撫子……」

主から感謝されるのは従者にとって誉そのもの。いまの言葉はそれこそ疲労に効くだろう。

温かな雰囲気に一時なりかけたのだが、そこに水を差すような一言が飛んだ。

「橋国側は賓客対応にてんてこ舞いになるだろうがな。まあ困らせておけばいい」

冷たく言い放ったのは冬の代行者寒椿狼星だ。今回、春主従は現在進行系で季節顕現の最中なので不在。よって、常態で愛想の悪い狼星が存在している。

「感じわる……」

瑠璃がボソリとつぶやくが、当然のように狼星は無視した。

「ろうせいさま……」

後ろを歩いている狼星のほうを振り向いて撫子は言う。

「何だ、撫子？」

とは言え、撫子には比較的優しい態度だ。声音が明らかに柔らかい。

「ひなぎくさまの春は……？」

見守らなくていいのか、と撫子は聞きたかった。

冬が春を寵愛していることは四季の中ではもう常識だ。撫子すらそれはわかっている。

寒椿狼星という男が花葉雛菊の春よりこちらを優先したことに驚きを隠せない。

途中まで言いたいことはわかったのか、狼星は首を横に振った。

「見守りたい気持ちはあるがひなの傍にはうちの護衛も居る。春顕現も予定通りいけばあと少しで終わる。そして最後に回っているのは俺達冬が居るエニシだ。既に里から派遣出来る人員は送れるだけ送った。春顕現が終わった後もしばらく護衛するよう言いつけている。さくらも冬の里の者となら知り合いもいるしうまくやれるだろう。それにな、【互助制度】復活は阻止せねば最終的に四季全体に困難が降りかかる。これは春の為でもあるんだ」

「で、でも」

「撫子、子どもが気を遣うな」

「……はい」

しゅんとしてしまった撫子に、狼星が眉を下げる。

「一応明言しておくが、お前や阿左美殿を侮っているわけではない。そもそも今回の件は最上位の季節として俺が出るべきことなんだ。申し訳なく思うこと自体が間違いなんだよ」

狼星は凍蝶をちらりと見た。

「うちの護衛官が断ったせいだ。秋には面倒をかけた」

言われて主に随行していた凍蝶は困った様子でため息をつく。

「……狼星、あの時点ではああすべきだった」

親の心子知らずというべきか、従者の心主知らずというべきか。

「護衛官なら全員同じ行動をとるぞ」

凍蝶とて、狼星が大切だからこそ打診を断っていた。そこを責められると辛いものがある。

だが狼星はお構いなしに言う。

「そうだろうが、うちは冬だぞ」

「言いたいことはわかる。お前が言うように最終的に我々が処理するべき問題だ。そう思い、大局を見定めていたら対応が後手に回ってしまった。そこは謝る。だが間に合わせただろう」

誰もが認める代行者護衛官寒月凍蝶。彼が他者より一歩遅れるのは珍しい。

凍蝶もこの騒動を引き受けるのは自分達【冬】だという共通認識は持っていたようだ。

冬は四季の中で序列第一位。四季全体を担っている立場でもある。

それ故に彼は自分で口にしていたように相手側の出方を見ていたのだろう。

まず外交部からの申し出を断った。その上で橋国が引き下がるのならよし。尚も言い募るのなら『そこまで言うならば』と外交部にも橋国にも優位性を持った状態で渡航に挑める。

他の季節も『御免だ』と断ることは見越した上での戦略的行動だった。

だが、そうこうしている内に秋が責任感を抱き、自分達だけで頑張る、という舵取りをしてしまったので慌ててフォロー体制に入ったのだと思われる。

紡いだ絆、四季の共同戦線が互いを思いやるが故に今回はすれ違いを齎してしまった。

「俺が言いたいのは共有不足だよ。結局俺が出るんだからその時報告すべきだろう。お前、俺に黙っていること多すぎないか？　残雪殿のことといい……」

狼星も凍蝶に過失がないことくらいわかっているだろうが不満気だ。昨年の夏、突然現れた花葉残雪の存在、並びに彼の動きを伝えなかったことをまだ根に持っているらしい。

「花葉のご令息のことも謝っただろう。あれも時期を見て話すつもりでいた。お前を守る為に言わないこと、情勢を見て黙っていることは当然ある。私はお前の護衛官だからな。そういうものなんだ。こらえなさい」

「ずいぶん偉そうな護衛官だな」

「主に似たのかもしれない」

狼星が素早く繰り出した手刀を凍蝶が軽くいなした。次に蹴りが凍蝶のふくらはぎに当たった。凍蝶は腕を伸ばして狼星の耳を引っ張る。狼星が痛いと叫ぶ。

さらなる肉体言語の発展に至る前に竜胆が割って入った。

「寒椿様。寒月様の言う通り、主を思えばこそです！　仰る通り、護衛官ならこの話は初手で跳ね除けます！」

「ろうせいさま、喧嘩しちゃいやっ」

さすがに大人気ない振る舞いが恥ずかしくなったか、狼星は渋々凍蝶から離れた。

「……しかしな、俺にも立場というものが……」

竜胆はまた撫子の傍に戻ってから首を横に振る。

「これは秋に来ていた依頼です。本来なら俺と外交部だけでやり取りを終えられればよかった。それが出来なかったのですから、秋の過失です。俺の調整力が足りませんでした」

凍蝶は衣服の乱れを瞬時に正してから声をかけた。

「阿左美君、そんなことはない。むしろ一人で抱え込みすぎだ。相談して欲しかった」

「みなさま、わたくし、わっ」

撫子は後ろを振り向いて歩いていたせいか足がもつれた。竜胆がさっと撫子を抱き上げる。

「大丈夫ですか？」

「うん……」

大人達に囲まれて歩かせるより抱き上げたほうが安全だ。

慣れた手付きで白萩が竜胆の荷物を肩代わりする。

目線が上がった撫子は竜胆に『ありがとう』と言った後、凍蝶のほうに視線を向けた。

「わたくしもなにもできなかったの……。主なのに。いてちょうさまも、ごめんなさい」

竜胆が慌てて何か言う前に、凍蝶が寄り添うような声音で言った。

「いいえ撫子様。秋に責はありません」

口調は柔らかかったが、きっぱりとした否定ではあった。

「でもわたくしは大和の秋だから……」

「そうですね。しかし今回のことは偶々秋が最初に打診されたというだけで実際は四季全体の問題なんです。であれば狼星が言うように季節の祖である冬がやるべきことでした。貴方様が心を痛めることなど何一つございません。冬の代行者護衛官として、今回の不手際お詫び申し上げます。それと、撫子様はきちんとご自身のお立場にあった振る舞いをされていますよ。従者を信じ、労をねぎらった。御身は為すべきことをしております。素晴らしい対応です」

「……そんな、わたくしは未熟です」

二人の会話を聞きながら、短気で狭量で従者を労わない冬の王は口を尖らせそっぽを向いた。

凍蝶はそれを見てくすっと笑う。瑠璃が王手をかけるように撫子に言った。

「あのね、押し付けがましいかもしれないけど、今回は人いっぱい居たほうが絶対いいよ。花桐も役立つだろうけどさ、人間同士の話し合いがあるんだもん。ね、雷鳥さん」

健気と言えるほどに撫子を励まそうとしている瑠璃は話を補強する為に夫を振り返った。

ダンプ車に愛を詰め込んで見事結婚してみせた愛妻家。

雷鳥は危険を伴うこの渡航をどう思っているのか。そこに注目が集まるところだったが、当の本人はあまり話を聞いていなかった。というよりかは、意識を別に向けていたというのが正しい。その相手は昨年の夏の事件で彼がしこたま怒られた阿左美竜胆だった。なんだかソワソワした様子で竜胆を見ている。恋でもしているのか、と問いたくなるほどに。

瑠璃は呆れた顔をしてから雷鳥に近づき服の袖を引っ張った。

「ねえ、聞いてる？　うちも大丈夫だよね！　みんな納得してるよね？」

妻にせがまれて雷鳥はようやく意識を戻す。

「あ、はい。これは夏全体の総意です。あやめさんと連理くんも納得して送り出してくれてますから大丈夫ですよ」

雷鳥は撫子に言いつつも、また竜胆のほうをチラチラと見ている。

竜胆は雷鳥からの視線に怪訝な表情を返すばかりだ。

「らいちょうさまは護衛官ですし、るりさまのだんなさまですからごふあんでしょう……」

「うーん……まあ、それは否定出来ませんね。一応、夏から出るのは僕と僕の部隊だけで良いとは言ったんですけど。うちの奥さん、人の話聞きませんから」

やはり最初は止めたらしい。夫として、護衛官として、当然と言えば当然だ。

「なら……いまからでも」

渡航を止めたほうがいいのでは、と言いかけたところで素早く瑠璃が言う。

「だーめ！　そりゃ警備だけなら雷鳥さん達に任せるけど……。あっちの神さまと会談するのに、撫子ちゃんと竜胆さまだけに任せるなんて駄目だよ。大体、これ、凍蝶さまが言うように秋に押し付けられてるだけで全体の問題だからね。橋国の押しが強いならこっちも押しで勝負よ！　いざとなったら恥も外聞もなくヤダヤダヤダヤダって暴れたげる」

「やだやだ……」

撫子は瑠璃が駄々をこねる姿を想像した。瑠璃はやると言ったらやる女だ。これは嘘ではない。きっと熱の入った駄々っ子ぶりを見せてくれるだろう。

雷鳥は妻の言葉にくすくすと笑った後に言う。

「僕としてもそこは確かにってなりました。いずれ自分達の身にも降りかかる火の粉ですから払わねばなりません。だったら押しが強い僕らが出て、あやめさんと連理くんはお留守番に、となりました。これも戦略です。夏顕現の準備もそうですが、春に何かあった時に駆けつけられるチームが居たほうがいいですからね。国内ならあやめさんが適任です」

「あたし達もちゃんと話し合いして決めたんだよ。誰も無理強いとかされてないから。ね？」

「はい……」

撫子は冷えていた心が温まるような心地になった。大人達が十分、撫子に言葉をつくしてくれたからだ。瑠璃が言うように夏も本当に色々と考えてくれたのだろう。

瑠璃に加わる形であやめも夏の代行者になった夏は、単純に言えば戦力が二つ存在する。夏の代行者として冬に次ぐ在位年数を持つベテランの現人神、瑠璃。夏の代行者としては新米だが、代行者護衛官としては熟練した域に居るあやめだ。

雷鳥が言うように国内での立ち回りはあやめの専売特許。春に問題が起きれば四季庁や国家治安機構と連携して冷静に対処してくれるに違いない。

夫の連理も夏の側仕え四季庁職員として正式に採用されてから主に事務方面になるが主戦力になっている。立夏以降の旅の準備も四苦八苦しながらやっていることだろう。

だから瑠璃と雷鳥も二人に任せて動くことが出来たのだ。

気になるところは警備面だが、そもそもあやめが常人より強い。

子どもの頃から賊と死闘を繰り広げていた娘が夏の神様にまでなってしまったので戦闘能力は推して知るべしだ。ある意味、最強の女神が誕生してしまった感がある。

問題が残るとすれば、瑠璃があやめと分かれて行動することに心細さを感じることくらいか。そこはやはり撫子の為に呑み込んでくれているのだろう。気丈に振る舞っている。

「……」

ほう、と撫子の小さな唇から息が漏れた。

——みんな、助けてくれる。

他の現人神がついてきてくれたらどんなに心強いだろうかと想像はしていたのだ。

ただ、それは撫子の口からけして漏れ出はしなかった。

――まだ、助けてもらえる。

わがままを言ってはいけないと思ったからだ。

撫子の胸の内に溜まる枯葉は『大人を困らせるな』と再三訴える。

――わがままを言いすぎてはだめ。

自分の振る舞いの結果は自分に返ってくるからだ。撫子は昨年した暁の射手への人助けを悪いことだと思っていない。だが、親は撫子に会いたくないとなったらしく、今日という日にも空港に見送りに来てくれない。両親に橋国行きの知らせは行っているはずだが、来ないということは八歳の娘が初めて海外に行くというのに心配ではないのだろう。

「……」

娘の評判が下がる毎に彼らは撫子に無関心になっていく。

――もし、里のおとなにも見捨てられたら。

果たしてどうやって生きていけばいいのだろうと撫子は不安になる。現実的に考えて彼女が放り出されることが無いとしても、子どもは庇護者に捨てられることを想像して怯える。

――でも、みんなは頼まれずとも来てくれた。

それが心細さを隠している幼子にどれだけ安堵を与えてくれたか、きっと大人はわからない。

「撫子様、良かったですね。真葛も皆さんが居てくださって心強いです」

貴人達の手前、同行しつつも喋らずにいた真葛が折を見て撫子に声をかける。

「さねかずらさん……」

「そんなに暗い顔をしないでくださいな。きっと楽しいこともありますよ。海外旅行なんて滅多に出来るものじゃありませんし」

「……うん」

「実は真葛も海外旅行は初めてなんです」

「そうなの？」

「はい。白萩くんもそうよね？」

白萩は問われて頷く。

「撫子様の侍女になってから新しい体験ばかり。ありがたいですね」

「ええ。母に良い土産を買えます」

二人はこの旅をまるで怖がってない様子に見える。

しかし、彼らの言葉を額面通りに受け取ってはいけない、と撫子は思った。

――わたくしのための嘘だわ。

賊の襲撃があるという可能性は捨てきれない。そのような危険な旅に真葛と白萩は同行しているのだ。呑気に海外旅行を楽しむという発想はないはずだ。

「央語でお買い物ちゃんと出来るかしら」

「俺もそれが心配です……。あと、母にどんな土産を買えばいいか……」

「お母様、何歳くらいなのかしら？　私で良ければ一緒に考えてあげる。撫子様、撫子様も一緒にお土産になるものを選びましょうね」

撫子を怖がらせない為に言ってくれている。それくらい、撫子とてわかる。

「……うん……」

心の奥底が、何とも切なくなった。

やがて撫子は改めて集まってくれた面々を見た。

「……みなさま、ありがとうございます」

感謝の言葉を贈る。

そして撫子は竜胆の首にぎゅっとすがりついた。

「撫子？」

顔を隠してしまった撫子の名を竜胆が呼ぶ。

撫子は内緒話をするように耳元で囁いた。

「りんどう。わたくし、独りぼっちじゃなくてあんしんしちゃった……」

竜胆はぴくりと肩を震わせた。

「ほんとはね、怖かったの」

「……ええ」

「でもわたくしがいけば解決するし」

「……」

「一人だけでいけばいいのに、たくさんひとがついてきてくれて嬉しいなんて、ぜいたくね」

ぽつりぽつりと語る言葉の端々に、撫子が今回の渡航を彼女なりにたくさん悩んでいたことが滲み出ている。

「……贅沢なんかじゃ、ありませんよ」

そして一等大切な彼の【秋】をより強く抱きしめて囁き返した。

彼の立場からすると、自分だけで処理出来なかったという事実は不甲斐なさを感じてしまうことだろう。凍蝶に相談出来なかったのも責任感があるが故にだ。

だが、竜胆は昨年の春で学んでいた。

自身の矜持を保つことより、最愛の人を守ることのほうが大事だということを。

「皆様、道中どうぞよろしくお願いいたします」

竜胆はみなに聞こえるように、改めて声に出して言った。

秋の旅路はそのようにして始まった。

一方その頃、エニシの某所にて春主従が雪景色の中佇んでいた。

大和国最北端、冬季には極寒の地となる大島エニシ。

降雪こそないが色彩に春めいたものはない。

吐く息は白く、取り巻く空気は冷たい。音が消える世界、雪景色だ。

同じ大和という国の中でも季節の違いでこれだけ環境がガラリと変わる。

そしてそれを左右しているのは、民が想像しているよりもずっと普通で、日常を愛す人間であり、しかしやはり特別な時間を生きねばならぬ者達だ。

古より結ばれた契約を守る為、神より賜りし力を振るう現人神。

大和国の春の代行者花葉雛菊は冬特有の薄暗い空を見上げていた。

春の妖精のような姿の者が冬の情景に佇むのはどこか趣深い。冬の薄暗い空を見上げているのは理由があった。

「……」

飛行機で橋国に行くと、雛菊は狼星に教えてもらっていたからだ。

他の季節は秋の為に渡航するのに自分達は駆けつけられない。それ故、今回の旅に関わる者達全員の無事を祈らずにはいられなかった。

祈る春の神さまの豪奢な髪を、寒風がぴゅうと揺らした。雛菊は身震いする。

橋国渡航組は既に春服だったが、エニシはまだまだコートとマフラーが必須だ。

「雛菊様、お寒いですか。もうすぐお出番ですが、今だけでも温まってください」

素早く主の体調を気遣ったのは春の代行者護衛官姫鷹さくらだ。

自身の首に巻いていたストールをそっと主の肩にかける。

「大事なお体ですから……」

春の刀は今日も凛として美しい。

「だいじょぶ、だよ」

「首が疲れませんか。先程から上を見るばかりじゃありませんか」

「うん……ここから、みんなの、飛行機、見えたら、いい、のに、と思って……」

砂糖菓子のような声音は少し寂しげに響いた。此処はエニシ。橋国渡航組は帝州から橋国に向かう。さすがに乗っている飛行機を見ることは叶わない。主の言葉にさくらが苦笑した。

「ご心配になるお気持ちはわかりますが、御身はまずご自分のことを。それに……あと少しで今年の春顕現も終わりですよ。皆様から土産話を直接聞けるように、いまはエニシを春にいたしましょう。狼星とも雛菊様のお誕生日にお会いする約束をされているじゃありませんか」

「うん……そう、だね」

雛菊は目線を頭上からさくらに、それから周囲の景色に移動させる。

「おしごと……まず、がんばり、ます。エニシで、さいご。雪、しばらく、お別れ……だから、だいじに、春、ふらす、ね……」

「ええ、大和の民もそれを待ち望んでおりますとも。……それにしても雛菊様、ご自身の季節が来ることは誇らしくお思いにならないのですか？」

　春をないがしろにしている、とまではいかないが、どうも雛菊は自身の季節より冬を大事にしているように見える。春と言えば愛される季節の筆頭と言っても過言ではなかろうに。

「うーん……でも、雛菊、冬、好きだから」

　回答は単純だった。さくらは益々不可解な気持ちになる。

――それは【冬】が好きなのではなく、【冬を齎してくれる男】が好きなのでは。

　従者の立場で邪推してしまうその心とは。

「……雛菊様」

　主への愛故に発生する嫉妬だ。

「そんなに冬がお好きですか……」

　さくらは何だか口を尖らせたくなってきた。主は先程から冬のことばかり。自分のこともあまり見てくれない。きっと空を見上げながら狼星を想っていた。しゃくなので別なことを言う。

「けれど春にすれば夏が来ます。夏が来れば秋が。そしてどうせまた冬が来るのです。寂しく思うことなど……冬にそこまでお心を割かずともよいでしょうに」

自分も冬の男が好きで、狼星のことも友人として認めており、主達の未発達な恋を黙認してはいるのに、大好きな友人を他に盗られたくない。相反した複雑な乙女心だった。

　さくらの胸中を知らぬ雛菊は首をかしげる。

「さくら、は、春終わる時、悲しんで、くれる。それと、同じ、だよ」

　主の優しい指摘にさくらは納得しなかった。そして言う。

「はい。さくらは良いんです」

「え」

「さくらは良いんです」

　清々するほどの言い切り方だ。

「どし、て……？」

「どうしてもです」

「ず、ずるい」

「ずるくありません」

「ずるい、雛菊、それ、ずるく、感じ、ます」

「ずるくありません。主の季節を慈しむのは代行者護衛官の性というもの。雛菊様と言えど、私の愛は止められません」

「ええ……」

雛菊は困った。愛を出されると、何だかもう言えることがない。それが自分のことを最も愛してくれている女の子からの言葉なら尚更だ。

「……さくら、すね、てる？」

「拗ねてません」

拗ねている。どうやら傍に居てくれる大切な人をないがしろにしてしまったということに、それに雛菊もようやく気づいた。時間にすれば数分。ほんの少し、空を見ていただけなのだが。それに狼星のことだけを想っていたわけではない。もしかしたら、春より冬が好きだと正直に言ったのが悪かったかもしれない。従者の嫉妬が愛らしくて雛菊はくすくすと笑った。

「雛菊も、さくら、好き、だよ……」

そして、素直に愛情を返した。

「誰も、とめられ、ません」

それが出来る娘だった。そしてしてあげたいと思える相手が、さくらだった。

「雛菊様……」

すると、先程まで拗ねた子猫のような態度だったさくらが、じわじわと満面の笑顔を見せ始める。すすす、と近寄り、雛菊の手を握った。そして繋いだ手を揺らしながら言う。

「……さくらはもっともっと貴方様が好きです」

「ふ、ふふ。雛菊、は、もっと、もっと、もっと、さくら、好き……」

少女主従が互いに恥じらいながら微笑み合う。水魚の交わりを近くで見守る者も居た。

冬の里から出向の形で仕えている凍蝶の部下達だ。

「仲がよろしくて何よりだ」

三十代、いわゆる【出来る男】である藤堂雪見。

「見ていて顔から火が出そうです……」

二十代、若くして現人神の護衛に選ばれた冬の護衛陣のエース、霜月倫太郎。

二人は昨年の春の事件以降、正式に春主従の護衛として採用されていた。仕えてもうすぐ一年。そろそろ慣れてもいいはずだが、霜月は未だに春主従のこうしたやり取りに照れてしまう。

「藤堂さんは慣れましたか？」

「愛らしいじゃないか」

藤堂は後輩の青年に笑いながら言う。負けじと霜月も言い返す。

「だから戸惑うんです」

藤堂と霜月の軽口は続く。

「霜月は微笑ましい光景が苦手か」

「……俺には眩しすぎて。それに、うちのボス達とは大違いじゃありませんか」

言われて藤堂は自身の【ボス達】を思い浮かべた。何をしていても気品があるが、尊大で喧嘩っ早い狼星。主に躊躇なくやり返す従者凍蝶。春主従とは確かに在り方は違う。

「そうだが、比べるほうが間違っていると思うがね」

どう考えても、肉体言語で語る男二人と仲睦まじい娘二人を比較してはいけない。

「仰るとおりです。自分でもよくわかりません……。女の子が苦手とかじゃないんです。ただ……可愛らしい存在が仲良く喋っているのが自分の人生で縁遠すぎて、それでむずがゆくなってしまうのかと」

藤堂は霜月を眺める。甘い顔つきだが中身は硬派な男だ。

そして生まれは女性より男性が多いとされる男社会の冬の里。冬の護衛陣もほぼ男社会。更に上司があの二人であれば、春主従の甘い空気は珍しいものとして目に映っても致し方ないのかもしれない。平時は春主従とも仲良く話しているので、恋仲のような仲睦まじさが発動された時にだけ空気にあてられてしまうのだろう。

「なるほど……。けれど、狼星様と寒月様のやり取りもわたしは微笑ましくて可愛らしいと思うよ。わたしが二人より年上だからそう思うのかもしれないが……」

「ええ……」

霜月が『それはない』という顔をしたので藤堂はまた笑った。

空気にあてられるという話はさておき、春主従があんな風にまったりお喋りが出来るのもこの二人を含めた護衛陣のおかげだろう。周辺は追加で投入された冬の護衛陣、更に付近を四季庁春職員と国家治安機構が警護している形だ。何があっても対応出来る布陣が揃えられていた。

そうこうしている内に、周囲に異常なしとの周辺警備報告が藤堂の元に入ってきた。
「お姫さまがた。そろそろ出番だそうです」
藤堂が茶目っ気と敬意も込めた愛称で呼びかけると、二人は慌てて準備を始めた。
いよいよこれから歌舞を奉納し季節顕現を行う。
冬の色彩の中、雛菊がぶるりと震えてからコートを脱ぎ、さくらがそれを預かった。
すると、どこからか携帯端末の着信音が聞こえた。複数鳴り響きそれぞれが確認する。
どうやら冬の護衛陣に一斉送信されたようだ。業務連絡だろう。
数秒遅れで、今度はさくらの懐に隠れていた携帯端末が着信音を鳴らした。
さくらは片手にコート、片手に携帯端末という形で着信を確認する。
「……」
そこにはこう書かれていた。
『さくら、いまから飛行機が離陸する。しばらく連絡が出来ない。
時差があるので電話は控えるが、次に私からメールが来たら返事をして欲しい。
あと、お前がきっと喜ぶと思ったから撫子様の護衛犬の写真を撮らせてもらった。
花桐君というらしい。同じ護衛職として切磋琢磨しようと思う。
離れていても、お前と雛菊様の旅の無事を祈っているよ。身体に気をつけて』

それは、弟子を想う気持ちと、好いている娘を喜ばせたいという一人の男としての気持ちが滲み出ている文面だった。

「……………」

メールに添付されていた花桐の愛らしい写真に思わずふっと笑みが漏れる。普段は冷静沈着なさくらが、小動物や可愛らしい物に目がないことを、彼女の師はもちろん知っていた。

――私の為に、くれた写真か。

師に可愛がられている愛弟子の立場というものはなんともむずがゆいものだ。甘やかされているという事実が恥ずかしく、しかし嬉しい気持ちは抑えられない。

昨年、さくらと凍蝶の間には大きな変化があった。

凍蝶はこの春の娘に告白こそしていないが『お嫁に行くな』と引き止めている。

さくらはさくらで、凍蝶に好かれているとは思っていないが、もしかしたら頑張っていればこの男が振り向いてくれることがあるのだろうか、と希望を持った状態だ。

両片想いの二人は、憎しみ、憎しみられの期間を越え、また信頼関係を紡ぎ、いまはこうしてささやかながら温かい交流をする師弟関係に戻っていた。

さくらは『また花桐くんの写真が欲しい。そちらも身体に気をつけて。いってらっしゃい』とだけ素早く文面を入力すると送信した。

そんなさくらの様子を、扇子の開閉をしていた雛菊が微笑ましそうに見る。

「さくら、凍蝶、お兄、さま？」

彼女の表情に変化が出る時は大抵そうだ。そして雛菊の勘は当たっていた。

「はい。離陸するそうです。次に連絡出来るのは少し先だと」

「狼星さま、も、瑠璃、さま、撫子さま、も、さっき、いってくるね、めーる、くれました。ひこうき、たいへん、なんだってね……」

「ええ、十時間ぐらい飛行機に乗って……それからホテルへ移動だそうですから、大変だと思いますよ。狼星から次の連絡が入るのは明日以降でしょうね。あいつ、時差があることわかっているかな……。いや、さすがに凍蝶が注意するか……」

「じさ、どれ、くらい？」

「確か約十六時間ほどだと。いま大和は朝ですから、橋国に着くのはこちらの時間帯で言うと夕方頃。しかし橋国では日付をまたいで深夜になります」

雛菊は驚いてあんぐりと口を開けた。

「わ……ぜんぜん、ちがう、ね」

「はい」

「……みんな、に、ごれんらく、むずかしい、かな」

そして少ししょんぼりとした表情になった。

仲間の安否を知りたいが、相手側の迷惑を考えるとそれは難しいと考えたのだろう。

先程は嫉妬でちょっとした意地悪を言ってしまったさくらだが、主の悲しい顔は見たくない。

「メールは時間差で返してくださるはずですよ。先方も送られて嫌な気はしないかと」

すぐに言葉を付け足した。

「問題は狼星との恒例の電話ですが……そうですね、明日のお昼頃にお電話の打診をしてはいかがでしょう。そうするとちょうどあちらでは夜ですから、寝る前の余暇の時間にあたるかと思います。橋国の秋の代行者様は撫子様よりも一つ年下の男の子だそうですから、深夜に会食などはしないと思われます。狼星も打診されたほうがかけやすいでしょう」

護衛官は秘書的業務もこなす。さくらの理路整然とした話のまとめ方に雛菊は大いに感心した。それから頷く。

「うん、さくら、ありがとう」

「はい」

「めーる、お電話、楽しみに、がんばる」

雛菊は扇を顔に寄せて微笑んだ。

さくらの嫉妬の心がまた顔をもたげたが、先程主従愛を充電してもらえたので今度はちゃんと微笑むことが出来た。

「はい、それを楽しみに頑張りましょう」

「さくら、も、お電話、する？　凍蝶、お兄さま、に……」

さくらは問われて一時停止状態になり、すぐにさっと視線を逸らした。

「いえ、私からは……弟子が師を困らせてはいけません。……あちらから電話があるようなら別ですが」

雛菊は自分のせいで苦労を重ねてきた従者の幸せを純粋に願っている。

「凍蝶お兄さま、なら、してくれる、よ」

優しく雛菊がそう言うと、さくらは照れ隠しなのかやはりそっぽを向いたまま返す。

「別に期待してません。あいつからの電話なんて」

「うそ、だあ」

「嘘じゃありません。本当です」

雛菊はさくらの頬を指先でツンとつついた。素直じゃない彼女の横顔が愛おしい。

「凍蝶、お兄さま、帰ってきたら、ふたりで、でかけて、いいんだよ」

雛菊が思い切ってそう言うと、さくらは目に見えてうろたえた。

「し、しません」

「凍蝶、お兄さま、から、誘われ、ても？」

「あいつが誘うわけありません！」

これは何か根回しをしないと駄目だなと雛菊は黙ってにこにこ微笑みながら思った。

同じくエニシ、その地方都市である【不知火】では暁の射手が春の行方を見守っていた。

既にこの地では雛菊が春顕現を済ませており、山々には桜の蕾が顔を覗かせている。

朝の現人神、巫覡花矢は本日の神儀を終えた後だった。

自宅である屋敷に戻り、長椅子の上に寝転がって携帯端末をいじっている姿は休みの日の女子高生そのものだ。彼女がぼうっと眺めている情報の渦は春に関するものだった。追っていけば素人でも自然と春の旅路がわかる。ごろごろと体勢を変えながら端末を眺めていると、輝く黒髪がぱさりと顔にかかって、くしゃみを誘った。

「花矢様」

すると、すぐに下僕の声が降ってくる。

「春休み最終日を満喫されるのは良いですが、お布団に戻られてはいかがですか。それかお風呂に入ってください。山から戻って身体が冷えたままでしょう」

花矢の従者、暁の射手の守り人をしている巫覡弓弦が端正な顔立ちを花矢に向ける。見つめられればこちらが恥じらってしまいそうな美青年だが花矢は鼻をすすって答えた。

「身体が冷えたからくしゃみしたんじゃない。弓弦、ヘアゴム取って。髪の毛結びたい」

弓弦はすぐに命に従った。洗面所に向かい戻ってきた彼の手にはヘアゴムだけでなく櫛も握られている。

「さあ起き上がって。寝たままでは結べません」

弓弦は自分が主に使われることを不満に思わず、むしろ歓迎している様子だ。

「え、いいよ。くるくるってまとめるだけで。自分でやる」

「貴方はおれから仕事を取り上げるおつもりですか？」

「そんな大袈裟な……」

この主従は力関係がよくわからない。弓弦が軽く睨むと花矢が瞬く間に降参した。

「わかったよ、起こして」

花矢が当然のように手を伸ばす。弓弦も当然のようにその手を摑んで上体を起こすのを手伝った。弓弦は嬉しそうだ。二人で仲良く長椅子に座り、言葉を交わす。

「巻いたら駄目ですか」

「ヘアアイロン持ってきてないだろ」

「いま持ってきます」

「後でお風呂入る」

「じゃあ諦めます」

「何でそんなに私の髪をいじるの好きなんだ？」

貴方に触れるのは自分の特権だから、という言葉は弓弦の口から出ない。

「貴方は主らしくない人ですが、普通は従者が身の回りの世話をするものなんです」

「でも自立した主のほうが弓弦も助かるだろ？」

「貴方はおれから仕事を取り上げるおつもりですか？」

「時間が巻き戻ったか？　堂々巡りだ……」

「おれは譲らない」

花矢は『別に喧嘩したいわけじゃない』と言ってから、背後で花矢の髪を櫛でとかしている弓弦に携帯端末の画面を見せた。

「ほら見て弓弦。春の代行者達の経路がわかる」

「桜前線ですね。花葉様方と今年ご挨拶出来て良かったですね」

弓弦の言葉に花矢ははにかみながら頷く。

昨年、暁主従はとある不幸が招いた奇妙な縁により、秋と冬の両陣営と知り合いになっていた。四季の代行者に世話になった年だったのだ。

そして今年の春。通常であれば他の現人神と交流することはない花矢が、四季の代行者が季節顕現で立ち寄る不知火神社を経由して春主従に面会を申し出た。昨年は季節の方々にご迷惑をかけたと謝罪したのだ。これは非常に勇気が要ることだった。すると春の代行者花葉雛菊も昨年の夏に花矢が黄昏の射手に連絡の橋渡しをしたことを覚えていて感謝の言葉を述べた。

『ほんと、は、お正月、ごあいさつ、しようかって、まよって、ました……』

雛菊の言葉には訳があった。黎明二十年から二十一年の年越し、春主従は冬主従と共に此処不知火にある冬離宮で過ごしていたのだ。冬主従は既に暁主従と面識があったので、年明けに挨拶をしに行こうかという話は狼星と凍蝶の中で自然に出ていた。春主従にもその話をした。しかし、家族と過ごすであろう時期に、自分達が突然伺いたいと言えば相手方を困らせてしまうかもしれないと協議の末、控えたらしい。

つまり、雛菊としてもこの顔合わせは望んでいたものだった。

お互い悪印象がないと分かればあとは打ち解けるのも早い。現人神同士、同じ身分の知り合いが増えるのは心強いものだ。おまけに花矢も雛菊も年齢が近い。従者のさくらと守り人の弓弦も主同士の穏やかな交流を見守り、最終的にみんなで連絡先を交換した。

立夏がくれば夏主従もきっと挨拶に来たがると思うからよろしく。

そう言って春主従は不知火を後にした。

「夏の御方とも歳が近いらしいし、女の子の友達が増えるの嬉しい……」

「そうですね」

「花葉様も姫鷹様も優しくて良い人達だった。また遊びに来てくれないかな……」

「避暑にお誘いしては？　季節顕現が終わった後なら来てくださる可能性はあるでしょう」

「照れて誘えないよ。でもでも、桜前線がエニシを駆け巡った後にお疲れ様でしたってメールくらいしても良いよな？」

「その時にお誘いすれば？」

「馬鹿弓弦、照れて出来ないんだよ」

「堂々巡りじゃないですか」

「うん」

花矢は困っているが、その悩みすら嬉しいもののようだ。弓弦は苦笑してしまう。

弓弦は主の髪を丹念に取り扱いながら言う。

「おれも嬉しいですよ。此処に民を呼ぶことは出来ません。貴方の住まいは神の住まいだから」

「……うん」

「しかし神同士ならそれを気にすることはない。相手を招くことしかおれ達は出来ませんが、来てくださった時に精一杯おもてなしをして、また足を運んでもらいましょう」

「…………」

弓弦が髪を結び終えると、花矢は彼の方に向き直った。

「弓弦。お前寂しいか」

率直な問いかけに、弓弦はすぐ答える。

「いいえ」

「私と二人きりで寂しくなったら、いつでも何処かに遊びに行け」

「花矢様……」

　今までとは違う返しに、弓弦は瞳を瞬く。

「帰ってくるのを約束してだぞ」

「前も言った気がするが、お前が色んな土地に行ってお土産を買ってきてくれるのを待つのは悪くないと思うんだ。お前が居ない間は寂しいかもしれんが……。だからな、弓弦」

「貴方はどうしておれの気持ちを考えないのか」

「考えたから言ってる！」

「おれが貴方と離れることが耐え難いという考えには至っていないのに？」

　弓弦がそう言うと、花矢は口を閉ざした。それから弓弦を見て、照れ隠しをするように彼の腹に顔をうずめる。『離れたくない』と言葉にしてもらえたことがたまらなかった様子だ。

　――こういうことをしてきても、こちらに堕ちてはくれないんだよな。

　心の中で弓弦はそう思う。花矢は弓弦に触れながら言う。

「じゃあ一緒にメール送ってよ……。夏に遊びに来ませんかって」

　弓弦は手の内に居る神様に自ら触れることはせず、微笑み返した。

「ええ、一緒に」

　神様を射落とす予定の青年は、主に喜びをくれた春主従の旅の無事を祈った。

北に神があれば南にも神が居る。

黄昏の射手、巫覡輝矢は花矢の仕事である朝の兆しを確認した後に、同じように自室でくつろいでいた。自室、とは言っても新しい屋敷が建設中の現在、まだ竜宮神社に仮住まいをさせてもらっている。

「……」

突如、携帯端末のメール着信音が鳴り、手を伸ばす。特定の人しか連絡が来ないのである程度予想はついていたが待ち人だった。

『これからしばらく大和から離れます。任務について深く語れませんが、帰ってきたら休みをもらってそちらに遊びに行ってもいいですか？』

荒神月燈から届いた健気な恋文に輝矢は破顔する。

『ぜひ。お待ちしています。任務に差し支えない程度で、いつ頃こちらに来るかわかり次第教えてもらえると助かります。空港に迎えに行くよ』

人差し指で文章を紡いでいき、送信するとすぐ返事が来た。

『お仕事のご褒美をいまからねだってもいいですか？　輝矢様のご飯が食べたいです』

あまりにもささやかな願いに輝矢はまた笑ってしまう。

『なんでも作ります。怪我だけは気をつけて。月燈さんの安全を祈願しているよ』

月燈から最後に『いってきます』という文章が返ってきて、それでやり取りは終わった。

輝矢はスッと立ち上がり、部屋から出る。長い廊下を歩いていると、途中で守り人の慧剣と鉢合わせした。手にはお茶菓子が載った盆を持っていた。

「あれ、お出かけですか輝矢様」

昨年は痩せ細り心身共に病んでいた彼だったが、今は健康優良児。背もぐんぐん伸びていた。

「一緒にお茶を飲もうと思ったのに」

しかし心はいつまでも少年のままだ。

「後でいただくよ。拝殿でお参りしようかと」

「輝矢様、ご自身が神様なのによく拝殿に行きますよね」

慧剣の指摘に輝矢は苦笑する。

「最初は俺も自分の行為に疑問を持っていたんだが、段々と神がそこに御わすなら仲良くなっておくことに越したことはないんじゃないかという考えに至ったんだ。特に、地元の神様なら尚更ね」

なるほど、と慧剣は頷き、その場で足踏みをする。

「お部屋にお菓子を運んですぐ追いつきますから、おれも一緒に行って良いですか？」

「いいよ。待っているからおいで」

主から快諾をもらうと、慧剣は小走りでその場から去り、またすぐに戻ってきた。

「慧剣は俺が拝殿に行くことに疑問を持つのに、一緒に行きたがるよな」

子犬のような従者を引き連れながら輝矢は廊下を歩き出す。

「そんなに変ですか？　輝矢様の行く所におれが在りたいというだけなんですけど」

素直な返しに輝矢は目を細めた。

「……それはどうも。いや、つまらないだろうと思って。俺がお祈りしている間、暇だろう」

「輝矢様が目を瞑って祈願している時、おれなりに地元の神様と交信していますよ」

交信、という単語が飛び出してきたことに輝矢は多少なりとも驚いた。

恐る恐る尋ねる。

「……声が聞こえるとか言い出さないよな？」

「まさか。一方的に話しかけてます。昨日の晩ごはんは美味しかったとか、怖い話を読みすぎて眠れなくなりましたとか」

――この子はいつも俺の予想の斜め上を行くな。

あまりにも身近に神が居すぎて、竜宮の産土神やその他千万神ですら世間話をしていいものだと認識している節がある。

「…………守り人のお前だから許されると思うが、あんまり不敬なことは祈るなよ。俺達には見えていないけど、いらっしゃるかもしれないんだから。いや、いらっしゃると仮定して行動すべきだ」

慧剣は頷いてから尋ねる。

「輝矢様は霊的な存在を感じとれたりはしないんですね」

「ないな。見えたら怖いから見えなくていい」

「でもいつかは超自然的な何かに目覚めるかも。目覚めたら教えてください」

「お前は何で俺を変な方向に持っていこうとするの？」

「輝矢様は神秘的存在じゃないですか」

「まあ、民からすればそうか」

「おれは輝矢様が好きです」

「ありがとう」

「その延長線でどこか不可思議なものも好きになりつつあって」

「雲行きが怪しくなってきたな」

「民俗学という学問にハマりつつあり」

「……」

「怖い話も好きになってきて」

「…………」

「なんだか不思議な出来事が起きないかなと願っている自分がいます」

——俺がした情操教育に問題が？

輝矢は困惑したが、慧剣は平然としている。

——いや、でも……この子が想像力たくましいのは個性なんだよな。

慧剣は守り人の能力である【神聖秘匿】を卓越に操る才能の持ち主だ。【神聖秘匿】は発想する力が強ければ強いほど優れた術者になるとされている。なので総合すると輝矢が危惧するような問題は無いと思われた。

ちょっと不思議なことが好きな男の子、それだけだ。

「あのな、楽しむ分なら良いと思うが、身を滅ぼすほどに宗教的なものに傾倒したりしてはいけないぞ。そうなりそうになったら俺に言いなさい」

慧剣はきょとんとした表情を浮かべる。

「輝矢様にもう傾倒しているのにですか？」

「俺は何かの宗教じゃ……いや、現人神信仰にはなるのか」

「もしかしておれがオカルトにはまり、悪い人から怪しい壺とかを買い出すことを心配されてるのかもしれませんが、輝矢様は壺を売らないからそれは大丈夫ですよ」

「俺は壺を売らない。それはそうだ」

「輝矢様が神秘的だから、漠然と他の神秘的なものもなんだか好きかも、という感じです。とてもふわっとしてます」

「ふわっとか……なら良いか」

慧剣はくすくすと笑う。

「輝矢様がおれを心配してくれて嬉しいです」

「こら、笑い事じゃないんだぞ」

「すみません。そういえば何を祈願しに行くんですか？」

「月燈さんの旅の安全だよ。海外に行くようだから旅路が無事でありますようにと」

「それならおれもちゃんとお祈りします！」

　無邪気だが、どこか危うくて目が離せない男の子。そんな慧剣に振り回されつつも夜の神様は彼と共に恋慕う人の一路平安を祈願しに拝殿へと向かった。

時同じくして既に春を迎えた衣世では、夏の里の屋敷から山桜を見るあやめの姿があった。

緑生い茂る山々の中に混ざって咲く桃色は鮮やかで美しい。

少し前ならこの桜を見て微笑むことが出来た。春主従が今年は夏主従の新居に立ち寄ってくれて、ささやかながらおもてなしをした思い出があったからだ。

縁を紡いだ少女神達と過ごした時間はとても楽しく、幸せなものだった。

「……」

だが、今日は山桜を見ても晴れ晴れしい気持ちになれない。

妹の瑠璃の橋国渡航を案じていた。

「あやめちゃん、こっちの端末でも見られるようにしたよ」

背後から夫の連理が声をかける。声音からしてあやめを気遣っているのがわかった。

リビングのローテーブルにノート型の端末が置かれていて。画面には脈拍と思われる数値が二種類並んでいた。リアルタイムで更新されている様子だ。

「これ見て落ち着いて。二人共、お風呂入っている以外は時計してくれてるはずだから安心でしょう？　ほら、生きてる」

二種類のデータには【瑠璃】と【雷鳥】と記されている。

脈拍計などその他の機能がついた腕時計を渡してつけさせたのだろう。

計測するアプリケーションから送られるデータを共有してもらっているようだ。確かに、これを見ていれば生きているのはわかる。

数字の羅列でしかないが、遠くでも存在を観測出来ることによすがを見出せる。

「……はい」

あやめが不安そうにしているので、連理は端末前のソファーに座らせた。今日は暖かな春陽の日なのだが、あやめの心中が顔色を曇らせるのか、寒そうに見えた。

自身も隣に座り、肩を抱いてやった。細い肩から不安が伝わってくる。

「心配だね」

「はい……」

「でも大丈夫。雷鳥さんがついてる。普段はあれな人だけど、瑠璃ちゃんを守ることに関しては本当にすごいから」

「……そうですね」

連理は妻の落ち込んだ気持ちをどうにかしてやりたいと思いつつも他に出来ることがわからない。彼女達双子がこんなにも離れて暮らすのは生まれて初めてのことだった。

――俺がわかってあげられることじゃない。

それを慮ることは出来ても、軽々しく『わかるよ』とは言えるものではなかった。

あやめが連理の幼少期の孤独をすべてわかってやれぬように、人は誰かの気持ちを推し量ることしか出来ない。連理が出来ることは、夫としてなるべくあやめに寄り添ってやることくらいだ。

「……」

黙っていると、あやめが連理のほうを見て言う。

「ごめんなさい……」

「え、何が？」

「その……元気じゃなくて……。暗い気持ちにさせてしまいますよね」

連理はため息をつきたくなった。少し強めの口調で言う。

「逆に無理して元気な姿を見せられるほうが不安になるよ。こんな時まで人に気を遣わなくて良いんだよ」

そう言うと、あやめは弱々しく笑った。

何時だって誰かの為に気を張っている。そんなところがあやめにはある。

誰かの役に立つこと、必要とされること、特に妹の為になること。それが長らくあやめの人生の中で大きな部分を占めていた。

だからいま心にぽっかりと穴が開いたようになっているのだ。

連理は自身の携帯端末を見る。雷鳥からの最後のメールは元気に『いってきます！』と書かれていた。瑠璃からも『お姉ちゃんをよろしくね！』と連絡が入っている。

今頃二人は橋国行きの飛行機の中だろう。長旅で体調など崩さなければいいが、と親のように思ってしまう。

騒がしくてトラブルメーカーで、面倒に思う時もある二人。

だが、何時だって連理とあやめの精神的支柱を担ってくれていた。

最初から二人暮らしなのに、今日は妙に家の中が静かで寂しい。

連理は自分があやめにしてあげられることはなんだろうかと考えた。物を買ってあげたり、何処かに連れて行って気晴らしをさせたりするのは違うと感じた。

きっとあやめは外に出たがらない。ならば、と連理はソファーから立ち上がる。

そして、彼女の綺麗な額に軽く口づけを落とした。

「あやめちゃん、俺ご飯作るから、何か食べよ」

連理が優しくそう囁くと、あやめは口づけされた額に手を当てて、少し恥ずかしそうな表情を浮かべてからこくりと頷いた。

その日は空の下で様々な人々の思惑が交錯していた。

海を越えた橋国では、少年の姿をした秋の神様が大和の神の到来を待っていた。

とは言っても、部屋の中で黙ってカレンダーを眺めているだけだ。

少年神の私室はとても都会的な内装だった。調度品も洒落ていて、ラグジュアリーな雰囲気が漂う。成人男性が使うなら理想的だが、十にも満たない子どもの部屋とは思えない。

なんというか、すべてが借り物のようだった。

寝台にちょこんと腰掛けているくまのぬいぐるみだけが、唯一この部屋に子どもが居るという証拠、この部屋の主を尊重されている部分だろうか。

「……」

まだその日ではないとわかっていても、意識せざるを得ないものがあるのだろう。

彼はとても印象的な人だった。世の中には見ずには居られない魅力的な雰囲気を纏う者が居るが、そういう類の人種だ。

長い睫毛、褐色の地肌、黒豹の如く艶やかな髪の毛。挑戦的な瞳は大きく、輝きは夜空にたゆたう星のよう。何故か、少し寂しげに感じられる雰囲気を纏う少年だった。

それは過ごしてきた人生がそう見せるのか、それとも秋の神故にか。

大和の【秋】が季節の儚さと彩りを体現しているとすれば、橋国の【秋】はその時にしか抱けない郷愁めいた何かを思い出させる器に身を落としている。そんな違いがあった。

少年神はやがてカレンダーから目を離す。少し発熱しているようだった。

恐らくは季節顕現の練習でもしてきたのだろう。

現人神は神通力を使いすぎると熱を出し、体調を崩すのが常だった。神の力をその身に宿し、放出すること。その代償としては軽すぎるが、本人は辛かろう。特に幼い子どもは不安を感じることが多いはず。

誰か看病してやるべきだが、部屋の中には彼しかいない。

少年は慣れた様子でキッチンのコップに水を汲み、用意されていた解熱鎮痛薬を飲み込んだ。

その後は重い足取りで寝台までたどり着くと、身を投げ入れた。小さな身体はそのまま寝台の上で少し弾む。やがて穴蔵に戻る野兎のように布団に潜り込んだ。

それから十数分布団の中でじっとしていても誰も現れなかった。

——父さんと母さん、みんな何してるかな。

少年はぼんやりと考える。

枕元にポンと置かれた携帯端末を確認してみると、メールが届いていた。

家族からのメールだったのか、少年は少しだけ嬉しそうな顔になり端末を操作する。

だが返事の作成などすぐに終わってしまい、その後はまた一人の時間が続いた。

しばらくそうして部屋の中で寝ていたら、ブザーが鳴った。

部屋は完全に施錠されていて、来訪者が現れると音が鳴る仕様だった。

少年は無言で扉まで行く。

「軽食をお持ちしました」

扉の外に居たのは家事手伝いの女性だった。クラシックメイドドレスが似合っている。日替わりの交代制なのでこういった人員はあと数人いた。名札も何もなく、自己紹介の時も名前を教えてもらえなかったのでこの人の呼び方を少年は知らない。

だが、わからなくてもいいのだ。

少年は誰とも近しい関係性を築くことは推奨されていなかった。

「ありがとう」

そう言って、食事が載った盆を受け取ろうとしたが、やんわりと首を振って断られ、食事は部屋の中の卓に置かれた。

一人しか住んでいないのに椅子が二脚あるので余計寂しさが強調される。

女性は早々に出ていこうとしたが、途中でもう一つ仕事があったことに気づいた。

「洗い物をいただきます」

そう言ってから隣室に入る。浴室があり、そこからランドリーバスケットごと持ってまた戻ってきた。扉へ行く最中にタオルが一枚落ちる。

「これ」

少年が拾って差し出す。抱えているバスケットに入れてやろうとしたら、あからさまに身を引かれた。

「……」

数秒の沈黙が流れる。

──触れるような距離じゃなかっただろ。

虚しさが溢れて、すべてがどうでもよくなりタオルはその場に捨てた。本当はそんなことしたくなかったが、相手はそのほうが安心することを少年は学習していた。

「……ひろえよ。近寄らないから」

彼女はバツの悪い顔でそれを拾ってそそくさと部屋から出ていった。少年は傷ついた心をどうしていいかわからず、また寝台の中に潜り込んだ。

それからまた十数分経過しただろうか。再度部屋のブザーが鳴る。

「……」

もう少年は扉を自分から開けはしなかった。すると勝手に扉が開いた。

「リアム、修行はどうだった？　今日はうまく出来たか？」

そう言って現れた男に少年は間髪を容れずに毒を吐いた。

「……うるさい、しね」

寝台から聞こえた地獄の地響きのような声に、男は苦笑いをする。

「オレには守るべき人がいるから死ねないな」

甘く囁くのが似合う男だった。二十代くらいだろうか。

綺麗に整えられた金髪、程よく鍛えられて均整の取れた肉体、白い肌、輝く歯、吸い込まれそうな青い瞳。知的な眼鏡も似合っている。文句の付け所がない。

美しい男にかしずかれる少年は、しかし彼に優しくはない。

「……誰だよそいつ」

舌打ち混じりに不機嫌を撒き散らす。男のその言葉は、少年ことリアムの心を傷つけた。

――どうせぼくじゃないんだろ。

【守るべき人】というのが自分ではないだろうと感じたのだ。

「……リアム」

逆に男はリアムの言葉で傷ついたようだった。

「誰って、君以外に誰がいるんだ。オレは君の護衛官だぞ……」

男はがっくりと肩を落とした。

打ちひしがれる姿は木枯しに抱かれて身体を縮こませる寒がりやのようだ。意気消沈した声音で言われて、リアムはぐっと言葉がつまる。しかし、謝る気はなかった。

「へえ。その身分のくせにたいしてそばに居てくれないじゃないか」

拗ねた口調でリアムは言う。

——あやまらないぞ。本当のことだ。

随分と底意地が悪い言い方をする。事実、意地悪でそう言っているのだろうが、リアムの態度には【寂しい】という気持ちが滲み出ていた。邪険な態度を取るのは、この男に自分を見て欲しいからだ。彼はこの男から反応が欲しい。自分に少しでも関心があるか確認したい。

佳州の秋の代行者は懐かない子猫のような少年だった。

少年の至極子どもらしい気持ちは男にも正しく伝わっているようで、彼は怒り出したりはしなかった。ただ、リアムを見つめて悲しそうに言った。

「オレがどれだけ君を大切にしているか、きっといつかわかる日が来るよ」

——いつかっていつだよ。

そんな機会があるなら、いま誠意を見せて欲しいものだとリアムは思った。

男はリアムの額に手を当てて尋ねた。

「熱は、少しある？」

「もうさがった」

「……それでも辛そうだが……支度は出来そうかい」

「べつに歩けないわけじゃないよ。でも、どこにいくんだ？」

「紳士服店だよ。前にも行ったところ。賓客に会う為に用意していた服がようやく今日仕上がった。テーラーが待っている。調整するだけだからすぐ終わるさ」

かった。

リアムはそれを聞いて布団の中にまた戻った。

「こらこら」

男が布団を引っ剝がす。体格差で敵わないことはわかっているので、それ以上の抵抗はしなかった。

「……あれ小洒落ててやだよ」

ただ、嫌という姿勢は崩さない。

「良い服だぞ？」

「いい服なんていらない。ぼくはそういうぜいたくはべつに好きじゃないんだ。そんなのより……おい、なんだよ！」

男はリアムの頭を何度も撫でた。猫可愛がりする。

「オレは君のそういう、つつましいところが好きだよ」

「貧乏がしみついてるってばかにしてるだろっ」

「してない。君が市井の人々の暮らしをちゃんと知っていて、贅沢過ぎるのは良くないと分別があることがどれだけ素晴らしいことか……。わからない人達に教えてあげたいね」

リアムは鼻で笑った。

「客商売してたらわかるよ。偉そうにぜいたくを見せびらかすやつらほど他のひとをゴミみたいにあつかうんだ。ぼくはそういう客が大嫌いだった。みんなにも嫌われてるのに自分は人気者だとおもってるんだ。そうなるのはごめんだね」

随分とすれた発言のようにも聞こえるが、幼い身空でそれなりに人を見てきているのだろう。どうやら橋国佳州の秋の代行者は、何かしらの商売をしていたらしい。

男は愉快そうに声を出して笑う。リアムはいまの話のどこに笑いどころがあったのかわからず、困惑した。

「なんだよ、馬鹿にしてんのか」

「くっ……違う。君があんまりにもはっきり言うものだから。面白くなった」

それから男はまだ寝台に転がったままのリアムの脇腹に両腕を差し込み、問答無用で抱き上げる。ふわり、とリアムの身体は宙に浮いた。

「あ、こら！」

「リアム！　オレの主は何て賢いんだろうな！」

そのまま天井に届かんばかりに持ち上げられて、リアムは暴れた。

「ぼくは赤ちゃんじゃない！」

構っては欲しいが、こういうことではないのだ。男は少年の繊細な機微がわからない。

「オレからすると君も赤子もそう変わらないよ」

「おまえ！　くそくそ！　ばか！　ばか！」

リアムが足で男の頭を蹴る。

「あいたっ」

男はすかさず地面にリアムを降ろした。そして憤慨している少年神に恭しく言う。

「暴力はよしてくれ。さあ、これでベッドからは出られた。支度しよう。オレの秋」

「ジュードのばか！」

「他では賢く見せないといけないから、君の前では馬鹿になれる。幸せをありがとう」

「ばかあほジュード！」

語彙のない罵倒に、青年護衛官ジュードはまた笑った。

もうこのまま何を言っても手玉に取られることはわかっていたので、リアムは渋々外出着に着替えた。支度を終えたところで、ジュードがおめかししたリアムを見て微笑んだ。

「格好良いよ、リアム」

「さっきぼくのこと【赤ちゃん】って言ったやつのことなんて信じない」

ジュードはまたくすくすと笑う。

少年神と青年従者はその後も互いに軽口を叩き合いながら外へ出た。

「ジュード、車で行くの？」

「……ああ」

先程まではあんなに朗らかだったのに、ジュードは一歩住居の外に出ると笑顔が消えた。

——切り替えたな。

リアムはそれがわかったので、もうお喋(しゃべ)りをやめた。

ジュードは周囲を警戒して急いでリアムを車に乗せる。

「ミスタージュード、どこまで？」

運転手に行き先を告げると、二人は更に無言になる。この運転手が数分前の彼らを見たら驚くことだろう。いまのリアムとジュードは、静かな若者達、もしくは大人に甘えない少年と彼のことを大して気遣いもしない寡黙な護衛官(ごえいかん)にしか見えない。

「……」

リアムにとって、ジュードのこの仮面ぶりは理解出来ないものだった。

二人きりの時はよく笑う男なのだが、周囲に誰かが居ると途端に静かになる。どちらが素なのかわからないが、さっきまでの時間が演技だと言われたら怖くてたまらないので、リアムはこちらが偽(にせ)のジュードだと思っている。ジュード本人が言っていたように、彼は他の者の前では【賢い秋の代行者護衛官(だいこうしゃごえいかん)】らしく見せなければならないのかもしれない。

――ぼくにだけああいう姿を見せてくれているのなら……良い。

それは少し、いやかなり優越感を抱けることだった。

移動距離はそれほどかからず、やがてテーラーの前に到着した。

「なあ……おまえ、おわったらどうせすぐ家にかえるんだろ」

周囲に人が居ないので、また普通に話しかけた。ジュードもいつもの彼に戻って頷(うなず)く。

「家に帰るというか、教会にまた戻らなきゃいけないな……」

「教会、教会、また教会。そればっかり」

「すまないリアム……。けど、オレは教会の出身だから……そこは仕方ないと思って欲しい」

リアムは口を尖らせた。この護衛官が自分とあまり一緒に居てくれないのは【教会】があるせいだというのはもう知っていた。

このジュードという青年は微妙な立ち位置にいるようだ。秋の代行者護衛官をしてはいるが、仕えているのはもっと大きな機関で、大人の事情でそちらが優先される。

リアムにとって【教会】とはジュードを奪うものだった。

そしてジュードも代行者の仕事と教会の仕事で板挟みになって苦しんでいる様子はある。本当は可愛がっている幼い主の傍に居たい。しかしそれが叶わない。

忙しい人が、それでも孤独な神様を守ろうと奔走しているというのが現状だった。

「リアム、何かして欲しいことがあるのかい？　ならいま言ってくれると嬉しい」

ジュードは機嫌を取るように言う。

「……べつに、いいよ。ただ言いたかっただけ。……ジュード、そんなにいそがしいの？」

「今回に関しては正しい忙しさだ。いつもやらされてるような雑用じゃあない。大和から秋の神様が来る。色々と準備があるんだ」

リアムは【大和】という言葉に反応を示す。期待や喜びといったものではない。

明確に怖れが含まれていた。

「……大和の神さまがきたら、ぼくはどうしたらいい」

自然と声が気落ちしたようになる。

「…………リアム、ほんとうに言われたとおりにしなきゃいけないのか」

「……リアム、それはまた今度ちゃんと話そう。ほら、店に入らないと」

「やだ！　いま言ってよ！」

ぐずってその場から動かないリアムに、ジュードはため息こそつかなかったが表情に苦悩を浮かべた。それから、頷いて答えた。

「そうだ。そうすることが君を守ることにも通じる。絶対にしなきゃ駄目なんだ」

「……いやだ！」

「わかるが、【教会】に楯突くほうが怖いことになる……」

ジュードの声が急に低くなった。まるで脅しているようだ。

「……」

「居心地が悪いかもしれないが、いまは【塔】にも【教会】にも協力の姿勢を見せないと。堪えてくれ。最終的には形骸化されたものになって無くなるはずだから……」

「……そうならなかったら？」

「リアム……」

「ぼくにせんたくしをあたえないくせに守るとか言うなよ。命令すればいいじゃないか。そっちのほうがまだマシだ。うそつきじゃない」

ジュードはそれを聞くと、少し黙ってからリアムに手を伸ばした。

少年の身体がびくりと一度震える。だが、危惧したような暴力はなく、親が子にするような抱擁をされた。

「オレは君を従えたいわけじゃない。守りたいからお願いをしているんだ」

この男は従わせたいことがある時に本当に甘くなる。

それがわかっているのに、嬉しくなってしまう自分が嫌だとリアムは思った。

「それとリアム。君がオレに命令をする立場だ。忘れるな。君こそがオレの秋だよ」

喜ぶ自分が卑しくて、嫌いだ。

「……おまえはずるい。そうやってぼくに言うことを聞かせるんだ」

橋国佳州の秋の代行者は、悔しそうに囁いた。

その日は、本当にたくさんの人の運命が大きな渦の中に投げ込まれた日だった。

第三章
時の花を挿頭にせよ

渡航初日。橋国渡航組は約十時間のフライトを味わった。

大国が用意した機体ということで四季庁所有のプライベートジェット機よりも内装は豪華で、座席も広々としていた。

体格の良い護衛達も寛いで過ごせるくらいだ。

心配されていたのは海外旅行が初の者達と、ケージに入れられた状態ではあるが座席に座ることを許された護衛犬花桐だ。

自由に動き回れない機内は子犬へのストレスが重い。

ただ、幸いなことにと言うべきか、不幸なことにと言うべきか、出発時刻に間に合わせる為にそれぞれがそれぞれのホームから大移動をして疲労困憊になっていたので離陸してしばらくすると花桐共々みな寝てしまった。

長時間フライトは暇を持て余すので寝るのが一番ではある。

最も元気だったのは月燈率いる国家治安機構要人警護部隊の面々だろう。

要人に付き添って海外での護衛任務、というのは彼らからすればよくある任務の一つだ。

全員でカードゲームをするくらいには余裕の様子だった。

やがて、無事橋国に到着したのは現地時刻で深夜二時過ぎ。

橋国側の迎えである黒服の近接保護官と橋国側の四季団体職員が待っており、すぐさまホテルへ案内された。空港に直結しているホテルだった為に移動は最小限。

時差ボケを治す為にもここからまた同日昼過ぎまで眠ろうという話になり、慌ただしくそれぞれホテルの部屋で就寝した。こうして渡航一日目は移動で終わった。

大和陣営。渡航二日目午後。

渡航二日目、と言っても大和陣営の時間感覚であり実際には橋国時間では四月五日午後二時頃の昼過ぎ。大和時間では四月六日の午前六時頃、朝方となっている。大和では四月五日に出発したのにこちらでは時差の関係でまだ四月五日のままだった。

大和渡航組が降り立った佳州は橋国西部に位置する。そして今回滞在する、西部最大の国際空港を置く佳州の街、【エンジェルタウン】は橋国の中でも大都会として名高い。

世界中から人が集まる国際色豊かな様子は到着時からも感じられていたが、空港直結のホテルから移動を開始すると、エンジェルタウンの異国感を肌に浴びることになった。

前日は深夜に到着したこともあってか、空港の栄えた様子を見ることがなかった。

その為、昼間の橋国国際空港の人の多さにまず圧倒される。

瞳の色、背丈の高さ、住んでいるところ、喋る言葉、信じているもの。

何もかも違う者達が紡ぐ共同体の熱量というものがそこにはあった。

「本日の予定は橋国の四季庁とも言われる【季節の塔】へ移動して先方とご挨拶します。ただ、目的としては現人神様同士の顔見せと懇親を兼ねた夕食会ですので、塔の職員を交えた話し合いは翌日以降に席を設けられるようです」

竜胆の説明に一同は頷く。いまは駐車場に向かう途中だ。

先導役である竜胆の疲れはここ数ヶ月で最高潮に達していた。何だかんだと佳州側と連携が多いのであまり睡眠もとれていない。

他の護衛官から仕事を分担してくれと言われたが、まだいけると断っている。

「阿左美先輩、僕、お荷物お持ちしましょうか」

「いや、うちの白萩がいるので結構です。それに雷鳥さんは瑠璃様のお荷物をお持ちでしょう」

「いくらでも持てますよ。では何か飲み物でも買ってきますか？」

「さっき自分で買いました」

「じゃあ不足があれば僕に言ってくださいね。この雷鳥に」

「……」

「貴女の愛すべき後輩、雷鳥です」

「……」

顔色が良くない先輩を気遣う後輩。関係だけで見ると心が温かくなってもよさそうだが、竜胆には雷鳥が笑っている悪魔にしか見えなかった。

――厄介な後輩の間違いだろ。

夏の代行者護衛官葉桜雷鳥、彼は事あるごとに竜胆を手伝おうとしてくる。

本人が言っていた通り過去の罪を贖おうとしてくれているのだろうが、竜胆はまだ雷鳥と仲良くしようという気になれなかった。

――瑠璃様の手前、邪険には出来ないが。

自分の声帯を利用されたという事実は重い。

というか、それが出来る人材だということが怖かった。

「阿左美先輩、あと僕のことどうぞ呼び捨てにしてください」

「……雷鳥さんのほうが年上なので」

「そんな、護衛官としては阿左美先輩のほうが先輩でしょう。どうぞ雷鳥と」

「……いや、それは」

「あだ名つけてもいいですよ。そう言えば僕、あだ名ってつけてもらったことないかも。雷ちゃん？　雷っち？　雷の字？　どれが良いですか」

「全部呼びたくないです」

そこだけはハッキリと竜胆は言う。雷鳥はでかい図体でわざとらしく肩を落とした。

「我儘だなあ、先輩」

そして困ったようにつぶやく。どの口が言うのか、と竜胆は思う。

「ちょっと雷鳥さん、竜胆さま困らせないでよ」

竜胆が後ずさりしていると、ようやく瑠璃からの助けが入った。竜胆は待ってましたと言わんばかりに対応を代わってもらう。

「瑠璃……だって」

「だってじゃない。やめなさい」

「だって阿左美先輩と仲良くなりたいんです」

「あのねえ、あたし経験者だから言うけど、押せ押せばかりだと逃げられるよ。雷鳥さんのそういう好き好き攻撃、普通に怖いからね？」

「どうして？　どこが」

「身体が大きいからかな。あと態度もでかいし」

「……」

「顔は格好良いけど、なんかこう、人を食べてしまいそうな感じがあるのよ」

「………」

「発言とか行動も規格外過ぎて、妻であるあたしも偶に理解出来ない」

「瑠璃、僕のこと本当に好き……？」

雷鳥と瑠璃が二人で会話し始めたので、竜胆はなんとか逃げることが出来た。

いまは味方なのでいいが、雷鳥は敵に回してはいけない人間である。

まず何をしでかすかわからないし、彼から向けられる愛情も怖い。距離を取りたいのだが、夏の事件で大層反省したのか、舎弟のようにうろちょろしてくるのでそれも叶わなかった。

「はあ……」

「りんどう、だいじょうぶ？」

少しため息をついていたら、主に心配されてしまった。竜胆はすぐ笑顔に切り替える。

「ええ。何も問題ありません。撫子、ここからは俺と離れてはいけませんよ」

「うん」

撫子は長旅に慣れていることもあって、体調を崩したりはしていないようだ。

何も問題ないだろう、きっと。

「今日はずっと傍に居られますからね」

「ほんとう？　いいの？」

ぱっと顔が華やいだ。わかりやすい反応を見て竜胆も嬉しくなる。

「ええ。だから俺から離れないで」

撫子は竜胆に近づき足にぎゅっとしがみついた。

「わかった。はなれないわ」

可愛らしい反応に竜胆の口角が自然と上がる。

「それだと動けないですね。お姫様がお望みなら、このまま運んでしまいましょうか」

「え、え、きゃあ！　ふふ」

しがみついた撫子を物ともせず歩く振りをすると、撫子は久しぶりに声を出して笑った。

秋主従がそのような戯れをしている間、冬主従はというと周囲を観察していた。

狼星は海外渡航が初めてのはずだ。凍蝶に話しかけてはあれは何かと聞いている。凍蝶は語学が堪能な様子だ。そして、狼星は凍蝶と会話しながら小型の端末を操作していた。

「狼星様は何をご覧に？」

竜胆が声をかけると、狼星は小型端末を見せてくれた。

「自動翻訳機。言語を選択すると喋った言葉を音声で通訳する。文書作成も出来る。カメラで外の風景を映すと言語に反応して看板とかも自動で自国表記に直す」

「ああ、便利ですね。俺も撫子に用意してあげればよかった」

「撫子、使ってみるか？」

狼星に話を振られて、撫子はこくこくと頷くと自動翻訳機を借りた。操作を教えてもらってカメラモードに切り替える。すると、瞬く間に央語の言葉が大和語に翻訳されていく。

撫子は目を輝かせ『わあ』と感嘆した。

「これは確かに、持っていると異国で良い過ごし方が出来ますね」

「面白いよな。対応言語も豊富だし」

「そうですね。音声もほぼほぼそのまま訳してます。細かいニュアンスは違いますが……意味を受け取るだけならまったく問題ないです。狼星様、良いお買い物かと」

「阿左美殿が言うなら間違いないな」

大人達がガジェットについて話している間も撫子はくるくると回りながら周囲を映している。

「気に入ったか？」

狼星が尋ねると撫子は花のような笑顔を咲かせた。

「うん！　あ……お、おもしろいです……」

言い直したあたり、冬への敬意が窺い知れる。狼星がくくっと笑った。

撫子の頭にポンと手を置いてから『やる』と短く言う。

「か、寒椿様。そんなつもりでは」

竜胆が慌てて返そうとするが、狼星が手で制する。

「うちは護衛陣全員に持たせる為に慌てて買ってな、予備もある。秋は阿左美殿が居るから本来不要だろうが、撫子が一人で暇な時に遊ばせてやれ。子どもはこういう物があるほうが学びやすかろう」

「それはそうなんですが……」

勉強に使え、と言われると断りづらい。そして狼星が言うように、待機時間などで撫子が暇になった時にとても役立ちそうではあった。

傍で控えていた凍蝶が後押しするように竜胆に話しかける。

「そちらも導入しては？　とても便利だよ。携帯端末の充電が減っても問題ないならアプリケーション版もある。これは経費申請範囲内だ。申請項目は消耗品費で良い」

「寒月様……」

「狼星から撫子様への贈り物に関してはどうか受け取ってくれ。後輩への可愛がりだ」

凍蝶が言うように、確かにこれは可愛がりの範疇なのだろう。現人神の子どもには一人遊びが出来るような物が喜ばれる。狼星は自分も孤独な少年時代を過ごしているからわかっているのだ。竜胆は冬の気遣いに感謝し、有り難くいただくことにした。

「ではお言葉に甘えまして……。撫子、寒椿様にありがとうございますとお礼を」

「ろうせいさま、ありがとうございます！」

撫子が高揚した面持ちでそう言うと、狼星は無言で目を細めた。黙っていれば人の時を止めてしまいそうな美青年なのでその仕草は魅力的だった。雛菊やさくらが居ないと、こうも静かで口数の少ない色男になるのだということがよくわかる。近寄り難い人物ではあるが、けして冷たいだけではないというのが正しく【冬】を体現しているかのようだ。

「……」

そんな秋と冬の様子を瑠璃が少し羨ましそうに見ていた。雷鳥が居るので困りはしないが、あれば使ってみたい。というのが本音だろう。夫の雷鳥がそんな彼女を見て言う。

「瑠璃、欲しいって言ったらどうですか」

「い、いらないもん」

「言ったらくれそうですけど。冬の御方、気前が良い人のようですし」

狼星は視線に気づいて瑠璃と目が合ったが、ぷいっと顔を背けた。

瑠璃がわかりやすく傷ついた顔をする。

「お、戦いを始めますか？　僕は寒月先輩と敵対したくないので静観しますが」

「そんなことしないもんっ」

瑠璃が悔しそうな様子で雷鳥の胸板をぽかぽかと殴る。

そうこうしていると、従者の凍蝶が恭しく瑠璃に予備の自動翻訳機を渡してくれた。

「凍蝶さま、いいよ。あたしにあげたらあいつ怒るよ……」

「あれが子どもですみません……。狼星が瑠璃様に差し上げるように私に耳打ちしたんですよ。態度の悪さは叱っておきますから、お許しください。雷鳥君は？」

「大丈夫です。僕は似たような物持っています。あの……寒月先輩、それとは別に経費申請でわからないもの後で聞いてもいいですか。僕、こういうの苦手で……」

「ああ。申請書の雛形は同じかな？　わからないものはすぐ聞いてくれ」

そのようなやり取りをしている内に、一行は国際空港を後にした。

安全の為車両は複数分かれて移動する。

撫子の車の人員は橋国側が手配してくれた運転手、竜胆、真葛、白萩、ペットキャリーバッグに入れられた花桐だ。身体の大きい白萩が助手席に行き、残りが撫子を挟む形で後部座席に乗る。ゆったりとした広さのある車内は三人と一匹でも窮屈ということはなかった。

「車の中だけでも花桐を出してあげたら駄目でしょうか、阿左美様」

「あ、ちょっと待ってください。一応確認取りますね」

竜胆が素早く央語で運転手に質問したところ、犬の毛を気にはしたが許可してくれた。

「はなきり、たいくつだったでしょう。ほら、橋国よ」

撫子がキャリーバッグから解放された花桐を撫でてから、抱き上げて窓の風景を見せようとした。しかし真ん中の席に居るのでうまくいかない。真葛が代わりに花桐を膝に乗せて景色を味わわせてやった。花桐は舌を出して興味深そうに窓の外を眺める。

現時点では自由に歩き回ることは許されないので橋国側が用意した黒塗りの防弾車の中で街を見る、というのが観光の代わりになりそうだった。

「いい景色ですねえ」

真葛が感慨深い様子で言う。

「なんだか、人も建物も木もみんな背がたかいわ」

「確かに。俺でもそう感じますから撫子は更にそうでしょうね」

空港から主要都市までの道はどこまでも続く地平線。

道路を飾るのは定間隔で植えられている椰子の木と砂っぽい大地。

そして雲ひとつない青空だ。

からっとした晴天は大和の民からすると春というより夏を想起させる。人の手が加えられている場所と自然のままの場所の区別がはっきりしていた。

高速道路に入ると、何車線もあるハイウェイをたくさんの車両が物凄い速さで飛ばしていった。大和全国を様々な交通手段で移動し、車の旅に慣れている撫子から見ても少し不安になるくらいの速度だ。

「お車がはやいわ」

「本当ですね。すごいスピードだこと。それに車が多いですね。こういうものなんですか、阿左美様」

「佳州は車社会なんですよ。特にエンジェルタウンでは車がないと生活がとても不便です。何せほら、広いですから」

だからこんなに道路の本数も多いのだと竜胆が言う。

大和も地方へ行けばそれはそれは広い大地を見ることが出来るのだが、明らかに規模が違う。こちらはそれこそ【果てしない】という言葉がぴったりな無辺際さだ。

もしこの道の途中で遭難し歩くことになったら、死を覚悟してしまうかもしれない。

「ただ弊害もあります。車社会ゆえに、渋滞も多いです。夕方頃は帰宅する車の波に飲み込まれるともう抜け出すのが難しい。だからこの微妙な時間帯に移動しています」

「あら、大変そう」

「いまのうちなのね」

「そうです、一度渋滞にハマるともうおしまいですからいまのうちです」

いまは道路が混雑していないので、渋滞の様子が想像出来なかったが、運が悪ければ十分で帰れる距離が一時間以上かかってしまうことも珍しくないと竜胆は説明する。

大和は公共交通機関の発達がめざましい。

地方であれば車がないと生活が厳しいが、大きな街なら自動車を所有することはむしろ維持費ばかりかかって不要になる場合が多い。自然とバスや電車、それか列車、割り切って自転車などを乗る者が多くなる。帰宅ラッシュもあるが、移動の選択肢が多いのでみんながそれぞれの行動経路にあったものを選んでいる。だが、こちらは土地の広大さ故に年間通しての行動を考えれば車を持っている者が強い、という状態にあるようだ。

公共交通機関がないわけではないが、竜胆が言うように車社会ということ、広大な大地での時間の有効活用を考えると、自然とみんな車を持つようになるのだろう。

「あと、橋国は危険区域が存在します。佳州も例に漏れずそうです。そういうことも踏まえるとやはり車のほうが良いですね。もし自分の知り合いが佳州に遊びに行くとなったら、夜八時までに用事を済ませてそれ以降はけして外を歩くなと言います。いや、六時かな……」

「私のような大人もですか、阿左美様」

「真葛さんはむしろ気をつけたほうがいいでしょう。こちらの人からすると子どもに見えると思いますから。大和でもそうなのに橋国なんて」

「……」

竜胆としては心の底から真葛を案じて言ったのだが、真葛はそう受け取らず無表情になった。華奢で可愛らしいのだが、本人は小柄であることを気にしているらしい。

「どうせちんちくりんですよ……」

舌打ちせんばかりの顔で言う。

「大変失礼しました。いえ、その、特に女性は気をつけたほうがいいということです。人の見た目のことを言ってはいけない。俺はなんて配慮がない男なんでしょう。真葛さんは大人の女性ですよ。そうだ、せっかくだからエンジェルタウンのマップで学習しましょうか」

竜胆は早口で流れるように謝罪しつつ話題をそらした。携帯端末で街の地図を二人に見せる。危険区域の地図だ。赤く塗られている区域と無色の区域があるようだった。

「いまから行く街は地区によって治安の悪さが大きく異なります。それこそ、道路挟んであちら側は日中でも行くな、というような場所が。見えますか？　赤が危険区域です」

撫子(なでしこ)と真葛(さねかずら)は地図を凝視した。それから首を傾(かし)げて言う。

「ほとんど赤いじゃありませんか」

「りんどう、真っ赤なところばかりだわ」

確かに地図は赤い区域ばかりだった。竜胆(りんどう)はこくりと頷(うなず)いた。

「ですが此処(ここ)と此処(ここ)と此処(ここ)は隣接していても比較的平和ですよ」

無色の区域を指差されるが赤にばかり目が行く。撫子(なでしこ)はうろたえた。

「でも真っ赤がおおいわ」

竜胆(りんどう)は何でもないように返す。

「そういう土地なんです」

「そんな身も蓋もない……」

真葛(さねかずら)が嘆くように言うが、事実だった。強盗、暴行が看過されている地域が確かにある。

そして人々は悪行を為す者と共存を選び、生活している。

そうしないと生きていけないから甘んじて受け入れている、とも言えるが。

「ほんとうにこわいところなのね……」

――まずいな。怖がらせてしまった。

撫子(なでしこ)の反応を見て、竜胆(りんどう)は慌てて言う。

「大丈夫ですよ、歩く場所を選べばいいだけなんです。じゃないとみんな暮らせないでしょう?」

「うん……」

竜胆は海外在住期間が長いのでこうしたマップの存在自体にも慣れてしまっているが、海外旅行初心者の撫子はその感覚が信じられないようだ。

真葛も心配になったのか、尋ねる。

「国家治安機構のような治安維持の組織はこういったことに対処をしていないのですか？」

「……橋国保安庁、通称保安隊というものが居ますが、国防の職務を担っている方々でもなるべく近づかないです。大和にも、撫子が知らないだけでそういった場所はありますが……やはり危険の度合いが違います。変な人に遭うかも、ではなく……怖い人に殺されるかも、という基準になるので。死んでもそんなところに行ったのが悪い、という風潮があります」

撫子が唖然とした顔を見せた。

また怖がらせてしまったが、ここまで来たら本当のことを言うしかない。無垢な子どもに警戒心を持たせる為に世界にはそういう所もあるのだと教えることも必要だ。

「事件があったらさすがに動きますよ。ただ……好き好んで治安維持に行けるような場所ではないんです。橋国の国防組織が脆弱なのではなく、そこに手を出していては彼らの命がいくつあっても足りない……。ですから職務の怠慢などではなく、治安維持故に暗黙の了解とされている、ということですね」

「ほんとうにほんとうに危険なのね……」

「はい。ですが危険な区域がありつつも観光地として栄えています。先程も言いましたが歩くところと時間帯を間違えなければ素晴らしい都市なんですよ。我々が行くところは、佳州のビジネス街と呼べる場所でして、そこは大和系列の企業や大使館も存在します。車から出てすぐに危険が襲ってくるような場所ではありませんのでご安心を」

「……」

「俺がいます。貴方を必ず守る」

そう言ったところで、車内の電動パーティションが作動し、前の座席に居る白萩が顔を出してきた。

「阿左美様、後ろをずっとついてくる車があるようです。真後ろ、白い車です」

こんな話をした後に、と竜胆は思ったが危険は時と場所を選ばない。竜胆は落ち着かせるように撫子の背に手を当てた。

「了解。撫子、大丈夫ですよ。けど後ろを見てはいけません。二人共、防弾車ですが、念の為頭を下げていてもらえますか?」

「うん……」

撫子は慣れた様子で頭を手で抱えぴったりと身体を折り曲げた。

「撫子様、すぐ済みますよ。花桐、貴方は足元にいるのよ」

撫子と花桐のことは真葛に任せ、竜胆は対応に当たった。後ろを確認する。

特殊なフィルムが貼られたリアガラスなので相手側からはこちらの様子があまり見えない。

確かに車間距離がやけに近い車が張り付いていることがわかった。

「もしかしたら、ただの煽り運転かもしれませんが……」

「そうだな。運転が荒いドライバーが多い道だし。これが本当に不審者かまだわからない……」

「もうすぐ高速を降ります。そこでもついてくるようなら正規の道ではなく迂回してもらいましょうか」

「ああ、違う誘導車が入るはずだから対応を任せよう。共有する」

竜胆は腕時計型の端末を操作する。

「全車に通達。秋の車が何者かにつけられています。賊か一般人かの判断はまだついていません。高速を降りてもついてくる場合、保安隊に間に入ってもらいます」

乗車した時から耳につけていたイヤホンから応答が聞こえた。

『冬、了解』

『夏、了解です』

『国家治安機構荒神、了解致しました』

他にも各車の隊長から続々と反応が返ってくる。竜胆が決断すると、こちらの車の運転手が無線で待機中の誘導車に煽り運転をされている旨を伝える。間に入ってもらう準備は出来た。

「白萩、防弾ベスト着てるか？」

「はい着てます」

「撫子、あともう少しだけその姿勢で我慢してくださいね」

彼女から返事はなく、代わりに竜胆のほうに手をすっと伸ばした。竜胆はその手に自分の手を重ねる。

「大丈夫です」

それから、高速を降りた段階で後ろをつけていた車は待ち伏せしていた保安隊の車に背後をぴったりとつけられ、サイレンを鳴らされた。

すると、スピードを上げて一気に秋の車を追い越して逃げていく。

竜胆は運転手を確認したが、気の強そうな橋国人の若い男が中指を突き立てていくのだけが見えた。竜胆は呆れてしまう。

開いたままだったパーティションから見える白萩の表情も呆れきっていた。

「阿左美様、すみません……一般人だったようです」

声が小さい。自分が報告をした手前、相手が賊でもないただの民だったことが申し訳なくなったのだろう。竜胆は叱咤しつつも励ますように返した。

「馬鹿言え。当然の対応だ。謝る必要なんかない。全車に通達。どうやらただの迷惑なドライバーだった模様。保安隊は威信をかけて追ってくれるでしょうから、溜飲を下げていただけると助かります」

『冬、了解。白萩君、落ち込むことないぞ。警備はこういうことの繰り返しだ』

『夏、了解です。ドライバーの名前が知りたいなぁ。ナンバーは控えましたから、万が一保安隊が逃したら僕が何かしら報復しますよ』

『国家治安機構荒神、了解です。何はともあれ皆様の安全が保たれて安心しました。改めて気を引き締めて行きましょう』

会話が聞こえていたのか、みな温かな反応をしてくれた。

「白萩、引き続き不審な点があれば報告を。いいか、報告を躊躇うなよ」

「はい」

白萩は緊張が少しほぐれた様子だった。竜胆は女性陣を見る。まだ頭を下げていた。

「撫子、真葛さん、すみません。もう大丈夫ですよ」

慌てて顔を上げさせる。真葛は緊張から解き放たれたように安堵の顔を見せた。

「ああ驚いた。撫子様、頑張りましたね」

そして撫子の背中をさすってやる。撫子は胸のあたりを押さえながら息を吐いた。

「こわかった……」

弱々しく言う撫子に、竜胆が勇気づける。

「大丈夫、これだけの警備ですよ」

「うん。りんどうがね、守ってくれるのはわかっていたの。でも……」

「それと怖いのは別ですよね」

「うん……」

「よく堪えてくださいました」

撫子が落ちつくまで、竜胆は彼女の頭を撫で続けた。

撫子は大人しい時の花桐のように、いつまでも竜胆のほうに頭を傾けてそれを受け入れた。

先程まで心躍る気持ちで見ていた異国の風景が急に怖く思えてきたのか、その後ずっと竜胆の服の袖を摑んでいた。

後に竜胆に報告が来たが、件の人物は交通違反常連の走り屋だったらしい。

竜胆達と車間距離を詰めていたのも、高級車が妬ましかったからという理由で、また白萩と呆れて顔を見合わせてしまった。

「むしろ、傷をつけた場合の保障とかを心配しないんですかね」

「逃げられる自信があったんだろうさ」

「何度も捕まっているのにですか？」

「俺に犯罪者の心理を聞くなよ」

真葛にも竜胆から報告したが、彼女は怒りすぎて本当に地団駄を踏んで見せた。

賊ではないことは安心したが、幸先があまり良いとは言えない出来事との遭遇に、全員がなんとなく警戒心を強めることとなった。

そんな事件もありつつも、一行はやがて目的地にたどり着いた。

竜胆が撫子に伝えていたように、そこは大きなビルが立ち並ぶビジネス街だった。

犬の散歩をしている近隣住人なども見かけるが、労働者が慣れた足取りで道路を渡る姿のほうが多い。国際的な労働者の区域ということで、それに対応するように飲食店も多国籍料理が目立った。大和との違いは道路の広さだろうか。

同じく大都市の帝都などは人口と街の大きさが合っていない。人が溢れ、すし詰め状態だ。

その為、人々はみな一様に忙しなく動いているように見える。

エンジェルタウンが牧歌的というわけではないのだが、人が密集している地域であってもゆったりとした落ち着きが感じられるのはやはり土地の使い方、街の見せ方のせいだろう。

代行者達が足を運んだのは赤煉瓦造りの古びた建物だった。

そちらが通称【季節の塔】と呼ばれる橋国の四季管理団体、その佳州支部だ。

外壁に蔦が絡まり青々とした緑が太陽の下美しく照らされている。五階建てということで大きさは十分だが、他のビルに比べると小さい。

塔という割には、普通の建物だが、名前の由来は実際に管理する拠点地が昔は塔の形態をしていたからという理由らしい。

時代と共に塔は崩され、街に馴染んだ建物に変化しても呼び名だけはそのまま残った。

風情のある建物ではあったが、この街には他にも昔の建築物を利用した物はいくらでもあったので、そこまで目立つ存在でもなかった。

むしろ、きらびやかな最新の建築物が多いビジネス街の中でその一角だけくすんで見える。にも拘わらず、警備だけは何処よりも厳重だった。いかつい警備員が敷地前、敷地外もうろうろしている。何か企んで近づこうものなら、直ちに彼らに阻まれてしまうだろう。

塔内に入ると、現地人の塔職員が待ち構えていた。

セキュリティチェックを受けてから施設案内が始まる。

世話役の塔職員は簡単な大和言葉が喋れるようだった。ちゃんとした通訳は会食の席で待機しているとのことで、とにかくそこまで案内すると言われる。

歩きながら、塔職員はこの建物について教えてくれた。ある程度のことはわかったが、細かい説明は竜胆が嚙み砕いてみなに伝えた。

「塔という形状は一度攻め込まれると防衛が厳しいので、早い段階で塔の下に主幹機関を設置するように変えたそうです。なのでこの橋国佳州の季節の塔も伝統に倣って地上から見えている部分のビルは庶務業務の者達の働き場となっています」

「ホンキョチは、したです」

案内役の塔職員が頷きながら補足する。

「だからといって警備が手薄というわけではありませんのでご安心を」

竜胆の言葉に、同行している面々は頷いた。護衛陣は武器の所持は許可されているが、個人認証の時間は長く、賊が紛れていないか入念に確認された上での携帯だった。部外者はそもそも侵入が困難な造りだ。

しばらく廊下を歩くとエレベーターホールにぶつかり、人数を分けて下りた。地下の番号は書いておらず、造語の記号のボタンしかないエレベーターは、やがて最下層と思しきところへ到着した。出ると、そこはまるで帝都迎賓館のような高級宿泊施設の装いだった。

広いロビー、四季の花を模した輝く照明、敷き詰められた絨毯。壁には名画の数々が飾られている。とても優雅な空間だが、監視カメラは隠すこともなくあらゆる場所に設置されていた。

——秋離宮を彷彿とさせる。

内装はまったく違うが、こうした完全警備システムを持つ様式は竜胆がかつていたあの場所と似ていた。恐らく、同じようにどこかに警備室があり、監視カメラが捉えた様子を映す画面がずらりと広がっていることだろう。竜胆は壊れてしまった思い出の場所を懐かしく思った。

いまの本殿暮らしよりもっと自由があって、撫子を支配しようとする者達の目も少なかった。

自然環境も素晴らしく、撫子を伸び伸びと育てられる気がした。

もう二度と足を踏み入れることは出来ない。

賊に一度荒らされた土地は放棄すると決められている。

「竜胆さま、地下にまで賊が来ちゃったら何処に逃げるの？」

瑠璃から質問が飛び、竜胆は郷愁じみた想いをすぐ捨てた。

「後で護衛陣の方には確認していただきますが、地上までの非常口がいくつかあります。地下鉄にも通じているそうですよ」

「へえ、出勤しやすいね？」

これには塔職員も笑った。『フダンはあきません』と片言で返してくれる。

「地下組織っぽくてなんか格好良い。それに四季庁より警備の人も強そう。うちも真似すればいいのに。そしたら去年の事件もさあ……」

「うーん、場所も環境も違うのでなんとも。というか帝州帝都のあの好立地の建物で何か攻撃を受ければ、普通は程なく捕まる想定ではあるんですよ。あそこを攻撃すること自体が自殺覚悟の特攻に近いので……。春の時は癒着に賄賂、脅迫のオンパレードで国家治安機構や消防がすぐ動かなかっただけです」

三人の会話に四季庁職員達と国家治安機構所属近接保護官達はみんなそっと気まずそうな顔をした。純粋な瑠璃の質問がその後も無害で良心的な同行者達の心を刺していったが、しばらくすると一行は応接間前にたどり着いた。

「ヨロシイでしょうか」

案内役の塔職員が扉前で尋ねる。みな少し緊張した面持ちで頷いた。護衛陣はここで中に入る者と扉前で警戒する者と分かれる予定だ。

ノックの後に、誰かの返事があり恭しく扉が開かれた。

室内は広く、テーブルクロスに包まれた長卓が部屋の真ん中に数列用意されていた。会食組全員が座っても問題ないだろう。代行者達が来ることがわかっていたのか、橋国側の面々は立ってこちらを迎え入れてくれた。その中で、全員の視線が集中する人物がいた。

大人に囲まれた小柄な少年だ。

扉を開けた瞬間から強烈な存在感で自然と人目を引いた。

赤銅の肌、鉄黒の髪、強気な瞳。纏う雰囲気は正しく神威。

幼くとも堂々たる異国の【秋】だ。彼が佳州の少年代行者であることは間違いないだろう。

他に気になる点があるとしたら、とても緊張した面持ちをしていることくらいだ。

隣には驚くほど四肢がすらりと長い金髪碧眼の男性が立っていた。

洒落たスーツがよく似合っている。見たところ二十代か。

恐らく彼が代行者護衛官だ。

待機の姿勢があまりにも真っ直ぐで美しい。

「では皆々様、名札があるところにどうぞお座りください」

通訳だと思われる大柄な男性が声高らかに言う。

よく通る彼の声のおかげで、自然とみな動き出した。

だが、何故か竜胆はその場で立ち止まっていた。

「……」

絶句してその通訳の男性を見つめている。

『どういうことだ？』と。

やがて、状況を理解したのか絶望した表情で竜胆が言った。

「何してるんだ、あんた……」

放たれた言葉に、座席に着席しようとしていた大和側の関係者がみな振り返った。

竜胆の傍にいた撫子も、ペットキャリーバッグに入っていた花桐もその人物を見る。

後に判明することだが、此度の橋国来訪に際し阿左美一門が取っ掛かりにされたということで、連動して動いた人物が先に現地入りしていた。

野性的な魅力がある通訳男性は息子に向かって快活に笑って言う。

「何って、父さん仕事だぞ」

父親の言葉に、竜胆は顔を両手で覆った。

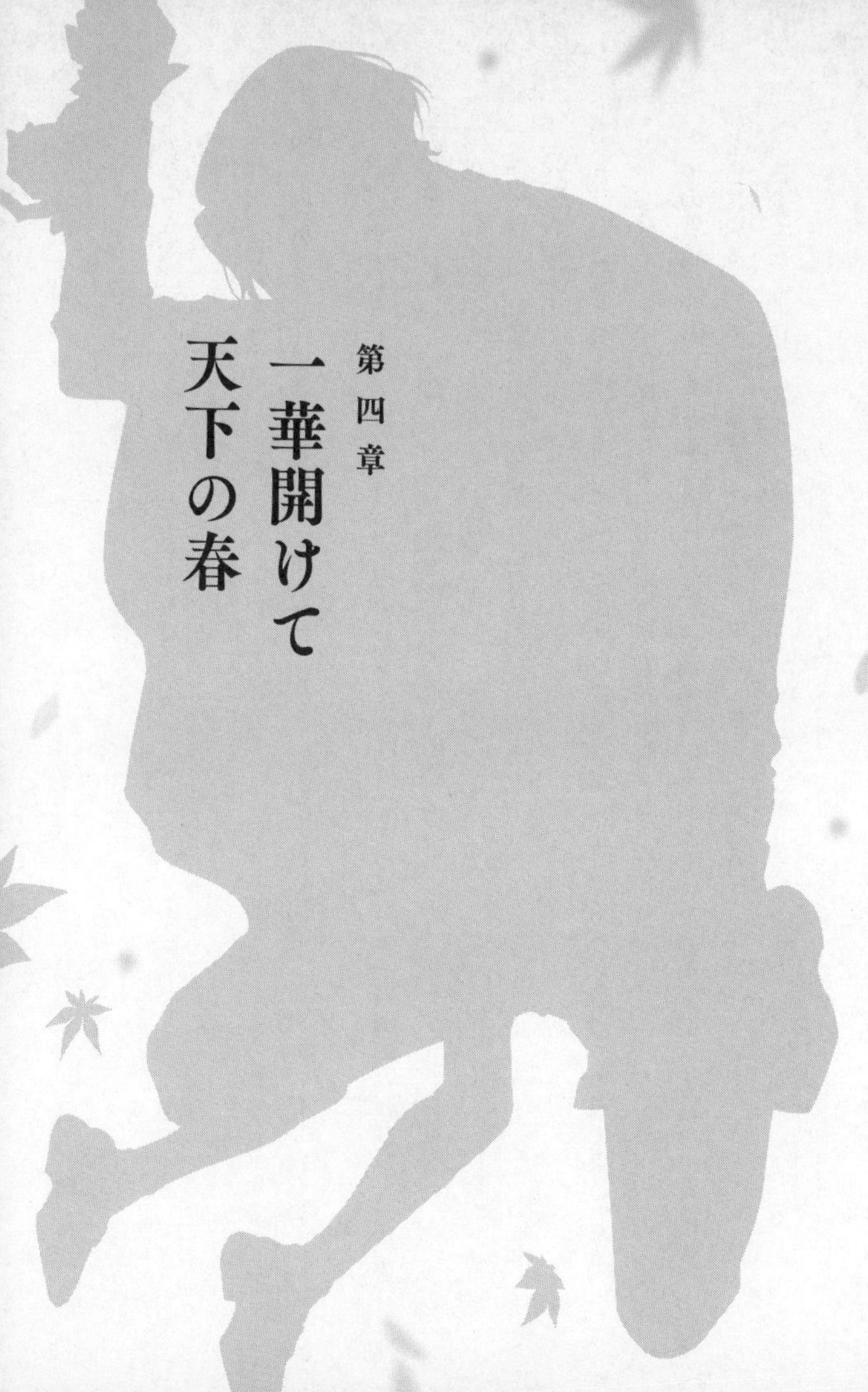

第四章

一華開けて天下の春

その人物は朗らかな笑顔を見せながら言った。

「通訳を務めさせていただきます、阿左美菊花です。本日より夏、秋、冬の皆々様それぞれに四季庁外交部渉外課の者が侍ります。ご入用なことがあれば何でもお言いつけください」

阿左美菊花。可憐な名前だが、その名を与えられている男は職業が格闘家と言われても納得の体格をしていた。顔立ちも竜胆の涼し気な凛々しさとはまったく違い、野性味が強い。

息子の年齢を考えると、父親は四十代か五十代だろう。

突然現れた竜胆の父に大和陣営は騒然としている。

「また、愚息がお世話になっております」

そして【愚息】は拳を握って声を荒らげるのを我慢していた。いくら突然家族が現れて驚いたとは言っても、此処は外交の場。私事を優先することは許されない。

他の者達は、というと橋国側は通訳と竜胆の関係を知っていたのか静観していた。家族がそちらに居るなら簡単な挨拶くらい先に許そう、ということなのだろう。

「白萩くん、聞いてた？」

「いえ、何も。ここで渉外課が来るとは思いませんでした。しかも阿左美様の御父上とは」

明らかに動揺している上司を見ながら、真葛と白萩は何事かと思う。渉外とは外部と連絡や交渉をする仕事。里で護衛をしている彼らとはあまり関わり合いのない職種にはなる。

——一体どういうことなんだ。何も聞かされていないぞ。

何事かと思っているのは竜胆も同じだった。ただでさえストレス状態だというのに、ここでまた刺客が現れた。阿左美竜胆の一番嫌いなことは自分が無様な姿を晒すことだ。

最近は彼も大人になり、そういったことに躍起になるのは馬鹿らしいと理解し始めたが、それでも苦手としているしそうならないように努めている。特に、自分を王子様だと思っている撫子に無様な姿を見せたくない。冷静さを装いながら竜胆が小声で尋ねた。

「どうして俺に教えなかったんだ」

菊花は満面の笑みで答えた。

「サプラーイズ」

——殴りたい。

菊花は竜胆が何を言えば怒るのか熟知している様子だった。

周囲に人が居なければ、竜胆は実父に大和柔術をしかけて壁にぶん投げていたことだろう。

——四季庁も四季庁だ。何故俺に伝達しない。

最初に秋に打診されていた理由の通り、阿左美一門が取っ掛かりとされ、別ルートで菊花に依頼があったと推測される。

竜胆に共有していないのは、当然親子なのだから互いに連絡すると思われたのだろうか。生憎と、竜胆は父親と親密にやり取りする仲ではなかった。

「……りんどうの、おとうさま？」

撫子がぽつりとつぶやく。彼女もまた、菊花の登場に驚いていた。

すると、菊花が視線を撫子に向けた。

先程の飄々とした様子とは一変させてその場で跪き、バリトンボイスでしっとりと囁く。

「我らが秋よ。お初にお目にかかります。竜胆の父です。秋の里阿左美家一門の者として、かけがえのない御方にお会いできたことを光栄に思います」

「は、はい」

「お聞きしていた通り、花の如く可憐な御方ですね。ぜひ歓談の時間などいただければと思うのですが……いまは外交の場、またあとでちゃんとご挨拶させてください。もちろん、他の代行者様方も」

その場に居る現人神達に目礼をしてから、菊花は撫子に完璧なウインクを送った。

「はい……」

撫子は目をぱちくりと瞬いてから生返事をする。少し照れた様子を見せた。

竜胆に向けるような恋心溢れるものではなかったが、大人の男の雰囲気にどぎまぎした感はある。こういう人たらしな所は竜胆の父だと言えた。

竜胆は勢いよく撫子を自分の方に引き寄せて隠した。

「やめろ。無礼者、恥知らず」

小声ではあったが早口で罵った。菊花はそんな息子の反応を見て笑った。撫子は竜胆の腕の中でじたばたする。

「りんどう、わたくしごあいさつしたい。りんどうのお父さまに」

「駄目です」

「でも、わたくしあるじとしていつもおせわになってますって……」

竜胆は撫子を抱きしめながら首を横にぶんぶんと振った。

「撫子、いまは橋国へのご挨拶が先ですから……。真葛さん、白萩、席へ」

強引に彼女と手を繋ぎ席へと向かう。

竜胆の行動には私情が入ってはいたが、確かに橋国側との自己紹介が先だ。

その場に居る者達は指示通り名札がある場所へ腰を掛けた。

他数名の渉外課職員は夏、秋、冬の各陣営と、近接保護官達にそれぞれ付く形で同席する。

突然身内が現れて動揺させられた竜胆は可哀想だが、この配慮はとても助かるものだと言えた。何せ人数が多い。遠い席の者も居るので、これくらい通訳が居るほうが会話が本格的に始まっても困ることがないだろう。橋国側にも同じように複数の通訳がついていた。

『それでは、大和国の皆様からご紹介させていただきます』

菊花が通訳のまとめ役なのか、彼だけが立った状態で話を始める。

そして彼が喋ると、渉外課職員もすぐさま大和の言葉で通訳をし始めた。

『まず大和国の代行者様、並びに護衛官様をご紹介致します。冬の代行者、寒椿狼星様。冬の代行者護衛官寒月凍蝶様』

名前を呼ばれると、それぞれ目礼を橋国側に向けてする。

『夏の代行者葉桜瑠璃様。その代行者護衛官、また夫君であらせられる葉桜雷鳥様』

一言も喋っていない橋国の少年代行者は年齢の割にはとても落ち着いている。

『そして秋の代行者祝月撫子様。秋の代行者護衛官阿左美竜胆』

撫子の名前が呼ばれると、じっと彼女を見た。

自然と彼女も彼を見つめ返す。しばしの見つめ合いの後、おずおずと撫子が微笑んだ。

橋国の秋の代行者は、ハッとした様子で途端に目を逸らした。照れているようにも見えるが、拒絶したとも受け取れる。撫子がしょぼんと下を向くのを見て、竜胆は憤りを感じた。

『以上が大和からいらっしゃいました。また、この会合の旅の供として護衛のスペシャリスト達が同席しております』

締めくくりとして、他の護衛陣達が立ち上がって礼をした。

「では続きまして。橋国の代行者様と護衛官様をご紹介します」

菊花は滑らかに央語と大和語の言語を切り替えた。

「橋国佳州秋の代行者リアム様。佳州秋の代行者護衛官ジュード様でございます」

リアムはもちろん少年代行者。ジュードはリアムの傍で控えていた金髪碧眼の男性だ。

室内には橋国側の護衛陣が他にも居たが、名前の紹介があったのは彼らだけだった。

「機密保持の為に橋国の皆様は偽名を使って生活されています。ですが、お気兼ねなくいまご紹介したお名前でお呼びになってください」

菊花の一言に、少なからず大和国側に衝撃が走った。

偽名を使わせるということは、そもそも秘匿存在である現人神、その関係者にも秘密のヴェールを更にかけるような所業だ。一体どういう意図でそうしているのか、という疑問がみなの顔に出たところで菊花が言う。

「橋国は大和と違い、四季の代行者の末裔の管理体制が万全ではありません。歴史の過程で地域の分断が起こり、一族は散り散りとなり管理体制は崩壊しました。それから再度ネットワークを形成していますが、取りこぼれる方も多いです。現に、当世の秋の代行者であらせられるリアム様は彼が住んでいた街からの通報で保護に至りました。ご家族を賊から守る為に、リアム様はそれまでのご自身を捨て、リアム様になった、ということです」

驚くべきことだが、それが橋国で四季の代行者が生きるべき環境なのだろう。彼を守る者達も同じく偽名を強いられるのは、それだけ橋国の【賊】が危険ということなのかもしれない。

引っかかることがあるとすればあくまで自分で捨てたような言い方をしていたことだ。

公での説明上、そうせざるを得なかったのだろうが、代行者が自ら偽名を名乗りたいと言い出したとは思えない。実際は年端も行かぬ少年にそれまでの人生を捨てさせて、記録の抹消を強要させたのだろう。

――むごいことをする。

竜胆はその点に関しては佳州の秋の代行者に同情した。

その後も菊花は両国の歴史、橋国の季節の塔の歴史について簡単に説明を始めた。

どう振る舞えばいいかわからずじっとしている撫子に竜胆が声をかける。

「撫子、先程の橋国のお話、わかりましたか？」

バツの悪そうな顔で撫子が言う。

「あんまり……」

「大丈夫ですよ。会談を迅速にこなす為でしょうが、大人向けの説明で言葉足らずでした。身内に代わってお詫びします。俺が噛み砕いてご説明しても？」

撫子はこくこくと首を動かし頷いた。

現在菊花が話している内容は聞き流しても問題がない。

部屋中で同時通訳が入っているので多少会話していても不審がる者もいない。

なのでそのまま竜胆は小声で話し続けることにした。

「要するに、橋国では【里】と呼べるようなものがないとお考えください。実際には近しいコミュニティーは存在するのですが、大和のように古くから地図にない場所に隠され、そこでみんなで静かに暮らしている、ということが我々の国ほど出来ていないんです」

「うんと……わたくしも帝州のマンションにすんでたわよ」

「撫子のご両親は四季庁勤めでしょう。管理されている人員がただ創紫から帝州の関連施設に引っ越しただけです。そもそも、四季庁も我らが一族が築いたものですし」

「あ、そうね……。でも、大和でも管理されていない人はいるのではなくて？」

「居るとは思いますが数はすごく少ないでしょうね。管理外の人間は様々な保護が受けられないんです。現人神の末裔はとっても窮屈な生活を強いられていますが、同時にとても守られているとも言えるんですよ。大人になれば外界にも提示出来るような身分証をもらえますが、それも管理されていることが確認された上で更新されますし……。民の中でも発生している無戸籍問題に近いとも言えます」

「むこせきもんだい」

「やむにやまれぬ事情で大和国政府の管理下に戸籍がないという人はいるんです……。そうした方は何が困るかというと、まずは働き口ですね。民間企業は採用時に自分がどこの生まれで誰の子どもで、住所はここで、このように暮らしています……というのをしっかりと証明するのですが、それが出来ない。存在の証とも言える身分証明書なども発行出来ません。結婚も厳しいです。また、何か困った時に行政に助けを求めても聞いてもらえないかもしれません」

「管理外の者は【よそ者】扱いされるんですよ。本当はそうじゃなかったとしても。里から追い出されるようなことがあれば、それは野垂れ死ねと言われているのと同義です。稀に自らはぐれる者も出ますが、基本的には追跡されて戻されます。もしくは自分で戻ってきます。やはり、真っ当に生きるのは難しくなりますから。若い頃無茶出来たとしても、歳をとってから生活に困りますしね……」

「そんな……」

撫子はとても心を痛めているようだった。

誰にも助けてもらえない、という状況は幼子にとって想像するだけでも辛く苦しい。

——あの方はきっと大変だっただろうな。

竜胆は言ってから春の代行者護衛官姫鷹さくらのことを頭に思い浮かべた。

昨年の春の事件後に、竜胆は彼女がたった一人で里から離れ、誘拐された雛菊を探していたと聞いていた。一時的に無戸籍状態になっていたはずだ。

——若いとはいえよく無茶出来た。

さくらの数年前など子どもと同義だ。それなのに飛び出したまま帰ってこなかった。里の保護から離れ、ずっと主を探していた彼女の忠義心に感心もするが、危なっかしさに肝が冷える。

再会した冬主従が、雛菊のみならずさくらまでも手厚く保護する心境がよく理解出来た。

自分のことを省みない娘なので、放っておけないのだろう。

「……四季の一族の保存という点に関しては、大和の現人神の末裔は他の国よりも上手に出来ている国なんです。ひとえに海に浮かぶひっそりとした列島だったから、というのが答えになりますね。すごく閉ざされている国なので内々で管理がしやすかった」

「橋国は広いからむずかしかったの？」

「それもありますが……他にも理由が。橋国はたくさんの人種が住むところです。外からの介入も多く、現在に至るまでに民族間、地域間、宗教観、果ては国家同士で様々な争いがありました。戦争ですね。歴史の転換期にたくさん分断が起きて、バラバラになり、末裔達を追跡出来なくなりました」

「あらそい、せんそう……」

「とても罪深いことです。そういうことは大和でも起きましたが、橋国はその比ではなかったんですね。幼い子どもが戦争などで親と離れてそのまま何処かへ引き取られ、そして……という流れが多いと聞いています。なので、本当は四季の代行者の末裔だが、そのまま生きている内に【普通の人】が出来上がり、そしてその人がある日突然現人神に選ばれてしまう、という事態が発生しやすいんだそうです。管理外の者が現人神になったというのは大和の歴史でもありますけど、橋国は特に多いようです」

「……」

撫子は自分の中で情報を消化しているようだ。橋国という国での現人神の事情。佳州の秋の代行者リアムは人々に季節を届ける役目を担う為にそれまでの生活を捨てて生きている、ということ。その重さを。しばしの沈黙の後、彼女は答えた。

「ちょっとむずかしいけどわかったわ……。悲しいことがおこって、その結果、もといた場所やお父さまお母さまからたくさんの方がはぐれてしまったのね」

竜胆は撫子に頷いてみせた。

「そして民のみなさまと同じように生きていた。神さまのまつえいではなく【民】としての歴史がある。だから、そのときの記録をかくすために偽名をつかうのね」

「はい。きっとそうしないと、それまで仲良くしていた方々が賊の標的にされてしまうんだと思いますよ。人だけでなく、住んでいた街そのものに危害が加えられる可能性だってある。普段からというのは……それだけ賊を警戒しているからなのでしょう。護衛陣も偽名を使うのは相当です」

撫子は神妙な顔をしている。竜胆も、話すことで改めて橋国側の問題を感じた。

——戦闘中に呼び名が漏れて追跡されたことが実際にあったんだろうな。

想像以上に代行者を守る環境が厳しい。

自分達が置かれた状況についても改めて見直す必要があると思った。

——あちらはどう出るだろうか。

竜胆はリアムを見る。次に彼の護衛官のジュードを。

リアムとジュードは断続的に二人だけで会話をしていた。そしてリアムは終始不機嫌そうな顔で受け答えをしている。

——もしかしなくとも、佳州側もこの場は不本意なものなのかもしれない。

橋国の季節の塔が積極的に交流を迫ってきたので代行者達もそうなのではと先入観を抱いてしまっていたが、よくよく考えてみれば竜胆と同じく拒絶反応を示してもまったくおかしくはない。彼らとて大きな仕組みの一部に過ぎないからだ。少年代行者が頑なに話そうとしないのも何かしらの意思表示とも受け取れる。この道中に何か起きれば彼らに責任が生じる。大和と同じく状況に振り回されて渋々歓待しにきたという可能性は高い。

——ならば、利害関係は一致しているのでは。

「……りんどう」

そこまで考えたところで、撫子に声をかけられて竜胆は横を向いた。

「わたくし、どうしたらいい？　りあむさまと仲良くできたらいいけど、りあむさまは……」

リアムの素っ気ない態度、彼を取り巻く環境を踏まえ、どう振る舞えばいいか不安になったのだろう。

「質問されれば答えて。ただそれだけでいい。貴女から積極的にリアム様に話しかける必要はありません。ひとまずは」

「いいの？」

「ええ、貴女はゲスト。賓客。あちらはホスト。主催者。それで良いんです」

安全策ではあった。いま催されている会食は外交の場でもある。下手なことは出来ない。

撫子とリアムをあまり近づけさせたくないという竜胆の本音のせいもあったが。

「それで良い……」

竜胆の返事を聞くと、撫子は微妙な顔つきのままこくりと頷いてから竜胆の手を握った。

長卓の下、誰も見ていない。

竜胆も勇気づけるように手をぎゅっと握った。

そうこうしている内に、それぞれの卓に飲み物と食事が運ばれてくる。菊花が乾杯の音頭を取り、会食が始まった。食事自体は大変和やかな雰囲気だった。

相変わらずリアムは喋らないが、代わりにジュードが受け答えをしてくれた。

代行者と違って従者のジュードは人当たりのよい男のように見える。

「佳州も四季会議みたいなのあるんですか？」

食事も一段落すると、瑠璃が菊花に尋ねた。

こういう場では瑠璃も菊花と同じく活躍する存在だ。

多言語使いではないが、物怖じしないので率先して会話を引き受けてくれる。

ホスト側の菊花も瑠璃の存在が有り難いのか、愛想良く答える。

「さすが瑠璃様、良いご質問です。橋国の場合は四季サミットなるものがございますよ。四季に歌と祈りと演舞を奉納する、という点は同じですね。ただ、全員が集合するのは難しいので各地域でそれぞれやっているという形になります」

「橋国広いもんね。じゃあ橋国の代行者さま集結、とかは出来ないんですか？」

「うーん、不可能だとは言えませんが難しいですね。季節の塔も州ごとに支部があり、現人神の扱いも州で違います。過去に意見の食い違いから敵対している支部同士もあるんです。なので色々面倒になりそうだからやめたほうがいいんじゃないかという流れに……」

これは興味深い話題だった。大和も四つの里があり、それぞれ代行者の扱いは違うのだが、敵対関係ということはない。協力関係とも違うが。

「そうなんだ……。うちは他の季節に何か言うのは礼節を欠く行為というか、とにかく駄目っぽいから里同士で争うとかはないなあ。昔はあったのかもしれないけど。それは橋国が州政府だからですか？　州ごとに結構色々違うんですよね。だから対立するのかな」

「確かに法律の違いなどありますが……州同士がというのとはまた違いますね。これはなんと言えばわかりやすいのか」

菊花が唸っていると、ジュードが口を開いた。

菊花と瑠璃に向かってアイコンタクトをしながら話す。菊花が素早く通訳してくれた。

「ジュード様が良い例えをくれました。スポーツに例えると良いかもしれないと」

「スポーツ？」

「はい。大体のスポーツは学校や企業ごとにチームが存在して、古今東西交えた対戦をしますよね。そこで住んでる地域が違うからといって地域同士で嫌い合うことはあまりないです。けれど、そのスポーツ競技をどう扱うべきかに於いてはチームごとで矜持や伝統があるので論争が繰り広げられます。……代行者様をスポーツにしたのはまずい表現だったかもしれませんが、要はある対象を取り巻く者達がそれを巡って対立するのです、と……」

人気のスポーツなどはあそこのチームのやり方は好きではない、こちらのチームの監督は選手の扱いが良くない、など意見が飛び交うものだ。激しい論争も時にはあるだろう。

けれどもそのチームが根付いている地域まで嫌悪する人は多くはないはず。

なので、支部同士の対立はあるが州同士の対立ではない。そして土地を嫌うまでの悪感情に及んでいるわけではないと言いたいのだろう。特に冬あたりは頷ける理論かもしれない。

十年前に春が雛菊とさくらを見捨てたことを、狼星と凍蝶が良く思っているはずがない。

冬からすれば春の里は非情な集団だ。好きか嫌いかでは言えば嫌いだろう。

しかし、だからと言って春のホームとされている帝州を厭うという方程式にはならない。

「ジュードさんわかりやすい！」

瑠璃が言うと、ジュードは嬉しそうに笑った。また喋り出し、菊花が説明する。

「ジュード様が過去の例を挙げておられます。とある州では代行者は季節顕現の時期以外州から出てはならないというものがあったそうです。破った場合は罰金を取られるという罰則つきです。これは保護の観点から設けられた制度だそうなのですが、非人道的だと異を唱えた支部と、言われた支部とで大論争があり、そこは今でも遺恨があるとか……」

瑠璃は口をぽかんと開けた後、絶望した表情で言った。

「え、おでかけしちゃだめってことですか？」

「はい、瑠璃様でいうと、衣世から出てはいけないということですね。季節顕現の時だけ他の地域に行ける、という拘束です」

「旅行とか出来ないじゃん！　他の代行者様にも会いに行けない！」

何を言っているのか大体わかったのか、ジュードがまた笑っている。菊花も反応のよい瑠璃の様子に笑顔が絶えない。

「それです。瑠璃様のように『それは行き過ぎた制約では？』と思った人が別の支部が管理する現人神のことに口を出してしまったんですね」

「え、え、でも……それはだって、批判しないと改善してくれないでしょ？　言っちゃう州支部の人悪い人かな？」

「しかし、言われたほうは代行者を守る為の伝統を引き継いでいるだけです。それに巫の射手の存在もあります」

瑠璃は思わず言葉につまった。頭の中に優しくて頼りがいのある夜の神様、巫覡輝矢の姿が浮かぶ。そして会ったことはない朝の神様のことも想った。

移動を制限されている神様は実際居るのだ。それに、瑠璃も伝統によって縛られている。

彼女の結婚は里に仕向けられたものだった。そのおかげで雷鳥という得難い人を夫にも出来たのだが人となりを知らない頃は逃げ回っていたものだ。

——あたしが幸運だっただけなんだよね。

瑠璃はちらりと雷鳥を見た。雷鳥はずっと瑠璃を見ていたようで、目が合うと微笑まれた。結婚したとはいえまだまだ恋が始まったばかりな瑠璃はどぎまぎしてしまう。

そんな瑠璃に菊花が話の続きを言う。

「ちなみにこの問題は既に解決済みで、現在は橋国全土で外出の自由が約束されていますよ」

「本当ですか！　よかった……」

「時代と共に、やはり制度も変えていくべきという一つの事例ですね」

その後も菊花が一人ひとりに何か聞きたいことはないかと指名して受け答えをする時間が続いた。撫子や狼星も当たり障りのない質問をする。多少のタイムラグはあるが、円滑な会話だ。

ある程度会話が終わると、菊花が尋ねた。

『リアム様は何か聞きたいことはございませんか？』

他の者達はある程度お喋りに参加したが、リアムだけは何も喋らない。菊花も気遣って聞いたのだろう。菊花の問いに、リアムがジュードに耳打ちした。

少し間を置いてジュードが口を開く。

『大和は四季の現人神達で同盟を組んでいるそうだが、如何なる手続きをしてそうなったかぜひお聞きしたい、と』

これには、菊花が通訳する前に央語で答える者が居た。

『我が国の春の呼びかけにより、拐かされた秋を救わんとそれぞれ結束の意思を見せた。これは同意書を交わすようなものではない。善意で成り立っている』

回答者は冬の代行者寒椿狼星だ。

菊花含め一同がざわついた。それはそうだろう。此処に到着するまでの間、狼星は一言も央語を発していない。央語での応答が必要な時は従者の凍蝶が全て受け答えしていた。てっきり、狼星は央語が不得意なのだろうと思っていたのだ。

だがいまの会話を聞く限り、一般会話は問題なし、ビジネスレベルで対応可能、といった習熟度だろう。視線が注目している本人は隣に居る護衛官に声をかける。

「凍蝶、今ので合ってたか」

「不足ない。菊花殿、補足出来そうならしてくれ。これは他の質問と違って世間話ではないからな」

竜胆も、もちろん驚いていた。

――自動翻訳機は単なる学習の振り返りか。

冬主従とて日常的に央語を使っているわけではない。かつて習得していたとしても言語は使わなければ錆びる。勉強してきたことの再確認として持っていただけに過ぎないのだろう。

外国語学習者が単語帳や学習アプリを所持するのはよくあることだ。

「な、何で央語喋れるのに黙ってたの⁉」

瑠璃がみんなの疑問を代表して言った。雷鳥と撫子が同時に頷く。

「うるさい葉桜妹」

「だ、だって！　何で何で！」

「従者が居るなら任せるのは当たり前だろう。必要だと感じたから口を開いたまでだ。冬は四季の祖だ。外交の場があるとしたら冬になる。だからガキの頃から叩き込まれる。教える立場の護衛官も当然習う。それだけだ」

「……あたし出来ない」

「良いんだよ。お前の分も出来るように俺が習ってるんだから」

最後は、狼星なりの優しさではあった。瑠璃は気まずそうに肩を小さくする。

冬は季節の祖。予算の振り分けも一番多い。故に、何か季節を代表して行うものがあった時に矢面に立つのは彼らなのだ。特権には責任が生じる。

だから狼星も凍蝶も秋に言っていた。

これは本来、自分達が前に出るべきことだったと。

そしてこうも言っていた。共に来てもらってよかったと思えるよう尽力すると。

『リアム様、ジュード殿、どうぞ他に質問があれば俺が答えよう』

大和の冬は口先だけの男ではない。

撫子はうろたえていたが、竜胆は狼星に任せようと目配せした。

『そちらは四季の里と四季庁の完全管理下で過ごされていると聞いている。勝手な真似をして権力者達から反発はなかったのか、とリアムは聞いています』

ジュードはそちらがそのつもりなら、と狼星に向かって話した。

『反発はあったが、ねじ伏せた』

『ねじ伏せたとは？』

『俺が四つの里すべてを巡り、里長から承諾を得た。これは証書を作り署名させた』

『なんと、大変だったのでは……』

『骨が折れる仕事ではあったが、断るようなら殺すつもりで交渉したら案外早く終わった』

『……』

ジュードが絶句している。

誇張していないか疑っている様子もあったが、実際、狼星の言う通りだ。

十年前の大和の春の代行者誘拐、そして黎明二十年の春の帰還、秋の誘拐。この悲劇を経て春から秋の救命訴えが出た。一連の流れがあったからこそ人心が動かされたという事実もあるはずだが、各里の里長が人情派であるならそもそも元より協力的なはずだ。

狼星の圧力に負けた、というのは誇張ではない。

賊狩りの名をほしいままにしている好戦的な男が、突然やって来て冷気を浴びせながら交渉してきたら誰だって逃げ腰になる。

そして理解する。

統治下に置かれていた幼い冬の代行者はもう存在しない。

憎しみを抱いたまま成長した青年がいるだけなのだと。

危うい青年の牙の矛先は、あの日助けてくれなかった大人達を常に狙っている。

凍蝶以外の大和陣営はそんなことしてたのか、という目つきで狼星を見た。

『本当に……お偉方を脅したんですか？』

大和側が呆れ混じりであるのと違い、あちらは畏れが見えた。

リアムの表情も変わった。興味を持ったのか少し前のめりになって傾聴の姿勢になる。

『無論、本気だ。それまでは唯々諾々と従っていたが俺も覚悟が決まった。幼い頃は里長連中を強大に思っていたが……』

狼星は言葉を一度切り、自嘲するように言う。

『今ならわかる。そんなことはないと』

小さな寒椿狼星は、大人に対してたくさん言いたいことがあった。

でも聞いてはもらえず、時が過ぎていった。

そして春を失い迎えた十年目。

突然帰ってきた初恋の人と友人の為に、タガが外れた。

『対峙して理解した。俺が見誤っていただけだと。お偉方とて只人だ。権力者であることは警戒すべきだが、生命体としては脆弱で取るに足らん』

彼女達からの信頼を取り戻す為ならどんな外道もしようと。

少年は大人になった。

その時存在していたのは傷ついた分だけ強くなった冬の男神だった。

狼星は片手をおもむろに出した。手のひらの上に雪華と風の渦巻きが現れ、やがて氷が生まれ形を成していく。

『こちらは牙を持つ現人神だ』

ことり、と置かれたのは鞘に収まった刀だった。

美しい氷の刃。

食後のお茶が並ぶ長卓には物騒な代物だ。

しかし答えにはなっていない。

春の女神にだけは花を作る男が此処では刀を作って見せた。

剝き出しの刃なら橋国への敵意に受け取られたかもしれないが、そうではない。

狼星はこの刀が自分達だと言いたいのだろう。

『秋も言いたいことがあるなら、己が神威を示せばいい』

振るえば相手を傷つける。

もちろん、担い手次第では多くを守る力になるのだが。

狼星はそれからジュードではなく、リアムのほうを見る。

『どうやらそちらの秋はこの場では何も話したくないようだし、そろそろお開きにしたほうがいいのでは？　うちの撫子も何故呼ばれたのかわからん宴に長々と居させたくない』

狼星の言い方はいつも通り冷たかったが、相手を試しているような雰囲気があった。

『……』

リアムは唇をぎゅっと結びながら依然として黙ったままだ。

ジュードが促すように主の背中を撫でた。

それから、決意したように少年代行者は口を開いた。

幼い声が室内に響く。

『話したいことはある。お招きしたいみも』

一同は固唾を呑んで次の言葉を待つ。

『大和の秋の代行者さま』

次の瞬間、弾丸のように破壊力がある台詞が撫子に向かって放たれた。

『ぼくと結婚をぜんていとしたおつきあいをしていただけないだろうか』

その発言に央語がわかる者達はぽかんと口を開け、わからない者達は首を傾げた。

「はぁ？」

大和の秋の代行者護衛官は柄の悪い輩が出すような声音を思わず出してしまった。

わたくしたち子どもはひとりで生きていけないのです。おとながひつようなんです。
であるならば、わたくしはおとなたちがのぞむような子どもになるべきでした。

第五章 徒花

「結婚と言いましたか？　うちの撫子と？」

怒気が含まれた言葉を竜胆はリアムに向けた。思わず大和語で話しかけてしまったが、リアムは竜胆が言っていることが何となくわかったようだ。

『そうだ。そちらの秋が欲しい』

恋のいろはも知らぬであろう幼子が、達者な口を利く。

『正気ですか』

――まさか、本当にやるとは。

竜胆は、橋国渡航前から恐れていることがあった。

何故、橋国側が今回突然互助制度などというものを持ちかけてきたのか。

――こんな公の場で。

最初からきな臭いと思っていたのだ。

リアムは七歳。そして撫子は八歳。年頃が釣り合う男女。

ここから導き出される方程式がある。

『ぼくは本気だ。としごろの女性をさがしていた。佳州の代行者は婚約を義務づけられている。

ならば、としがちかい人がいいと思った』

大和の秋の代行者と橋国の秋の代行者の婚約だ。

リアムは続けて言う。

『おなじ季節どうしならささえあえる』

それは強行されないとしても、推奨されれば緩やかに進むであろうものだった。

そう言える根拠はいくつかある。

一つは四季の末裔には婚姻による血統維持にこだわる者達がいる点だ。

菊花も語っていたように、彼は住んでいた町の通報で秋の代行者だとわかった。

第三者による発見を回避出来ない代替わりの発作のせいだろう。

恐らく、その時点で初めて四季の末裔だと判明した。

もしかしたら彼の母や父、そのまた母や父も自分の素性を知らずに暮らしていたのかもしれない。ある種、貴種流離譚とも言える生い立ちだ。遥か昔に一族から離れた末裔。

それも秋の代行者となった存在を四季のコミュニティーと再び深く結びつけよう、と考える者が居るのは予想がつく。だから花見の時に真葛が濁した言い方で話していたのだ。

『この国際交流を成功させることで、自分達の経歴に何らかの実績が出来る、箔がつくと思っている人達が山ほど居るので……。また、四季庁が別の事柄についてあちら側と会談したい可能性も否定出来ません。会って対話したという事実が欲しいのかもしれませんね』

『真葛さん、いい……憶測にすぎない。仮に当たっていたとしても大人のくだらん事情だ』

『すみません、確かにここまで説明は不要ですね……』


この時点で秋の護衛陣内では共有されている脅威だった。

――四季の結婚に国籍は重要視されない。

それよりも、一族の末裔かどうかに比重が置かれることが多い。一般人との結婚も認められてはいるが、【良い縁談】とは【良い血族】との婚姻を意味する。

――腹の立つことに望むのが【大和の花嫁】ならそれほど不思議なことではない。

だからこそ、竜胆は危機感を抱いていた。

大和の四季の末裔は世界でも稀有なほどに血筋が管理されている。

これが何を意味するかというと、単純に箔がある。

国内で結婚相手が見つからずとも、四季庁を通じて他の国の結婚市場に参戦すれば、四季界隈に限っては、ある程度希望が持てるというほどに。

一般市民からするとわけのわからない話ではあるが、例えばこれが品種によっては高値で売れる動物を想像してみればそれほど不思議なものではない。

血統証明書がつくような生物は高価な値札がつけられ、それを買ったということが購買者の誉(ほまれ)にもなる。だから人々はこぞって店に行き、あの血統の犬や猫が欲しいと指をさす。

感情問題はさておき、世の中にはそうした価値観が確かにあり、四季の一族にも恒久的に存在していた。

――だとしても何故(なぜ)【撫子(なでしこ)】なのだという謎はあるが。

もちろん、このような血統重視の結婚は現代ではかなり前時代的な考えであり、一歩間違えれば差別思想にも繋(つな)がりかねないので本来なら公の場で言うべきことではない。

こういった国際的な会合でなら尚更(なおさら)慎むべきだ。

リアムがやっていることは、事情がわかる者なら即座に『これは大和(やまと)の花嫁が欲しいのだな』と察することが出来るものだった。

ではもしそれ以外にこの求婚に理由があるとしたら。

二つ目の理由としては、婚姻が政治的な意味合いで提示されている可能性だ。

これには互助制度復活も絡(から)む。

もし、制度復活とならずとも大和(やまと)と橋国(きょうこく)の架け橋となる象徴的存在となり、今後の両国季節機関の結びつきは強まるだろう。

むしろ四季庁と季節の塔という枠組みを超えたものになるはず。

――代行者同士の婚姻は例外中の例外だが皆無ではない。

父親からの受け売りだが、実際に地続きの隣国同士で婚約している代行者も他の土地では存在していると竜胆も聞いたことがある。それ自体に何も思うことはない。

むしろ本人同士が望むなら個人の自由だ。愛し合う者同士、多少の障害があろうとも好きにしたら良いではないかと。

――これが国内なら応援出来たんだが。

ふと頭をよぎるのは鈍感な竜胆でも気づき始めた大和の春と冬のロマンスだ。

大和国内では四季の代行者が一人ずつしか存在しておらず、代行者業のスケジュール管理や保護の観点から反対派が出るので狼星と雛菊のようなパターンは推奨されていない。

――橋国が敢えて大和との関係性を強化する理由は何だ？

竜胆はリアムがまるで必死に覚えたことを話すような演説をしている間に考えを巡らせた。

現在の政治情勢を鑑みてもこうした縁組が必要なものとは思えない、と竜胆は判断している。

――では第三の可能性か。

一つの解が現れ始めたが、竜胆がそれを突き詰める前に思考は止まった。

「……」

撫子の震える手が竜胆の膝に触れたのだ。

「撫子」

竜胆は小声で撫子の名を囁き彼女を見た。

顔がどんどん色を失い、蒼白に染まっている。

いつもなら何でも受け入れて我慢する【大人】の彼女が、全身で拒否反応を示している。

そして瞳は何よりも雄弁に心の内を語っていた。

「りんどう」

助けて、と。

瞬間、闘志がみなぎった。

――誰が嫁になどやるものか。

この求婚の解を求めるのは後だ。いまは何よりも毅然とした態度を示さねばならない。

彼女は自分の主。主が望むのなら竜胆は盾にならねばならない。

真葛や白萩がはらはらとした様子の中、竜胆は勢いよく立ち上がった。

『お言葉ですが、佳州の秋の代行者様』

そして流暢な央語で言い返した。

『その申し出はあまりにもこちらへの礼を欠いた行為ではありませんか？　此度の大和陣営の招致にはっきりとした名目は与えられておりません。あくまで互助制度撤廃以降交流をしていなかった両国の四季の末裔の友好の為とされています。此処でどなたかが制度復活について話し出すのであれば我々はまだ耳を傾けるくらいは出来た。ええ、受け入れる受け入れないは別として暗黙の了解です。しかし、そうではなく撫子が欲しいと言う。我々を呼んだ名目はそれだと？　貴方達の身勝手な花嫁探しの為にこんな遠い所まで呼びつけられたのですか？　もしそうならとても不快ですし、悪い想像もしてしまいます。我が国の秋を所望される理由が歳が近いから婚約者にふさわしいとのことですが、秋が最初の面会のお誘いを断った時に橋国側は次は夏に、その次は春に、冬に、そしてまた秋に声をかけましたよね？』

『……』

『撫子ではなくてもよかったのでは？　とにかく大和の花嫁となり得るものとの縁が欲しい。たくさん来たから一番都合が良い撫子に求婚している。そのように受け取れます。代行者護衛官として我が秋への無礼と考えますがいかがですか？』

リアムは竜胆の剣幕に慄いた。

ずっと主に穏やかに話しかけていた男が急に語気を強めに論争の態勢に入ったのだから、子どもはそうなる。

——悪いが、ガキ扱いはしないぞ。

大人気ないと思われても怯むわけにはいかなかった。自分の振る舞いで他の季節に迷惑がかかるかもしれないが、それすらいまは考えられない。

――絶対に跳ね除ける。

リアムは慄いた後に隣にいる護衛官のジュードを見た。

ジュードは硬い表情のまま声を発しない。リアムと目を合わせようともしなかった。

『……』

護衛官が助け舟を出してくれないので、リアムはしどろもどろになりながら言う。

『いや、友好のためでまちがいない。そこは、違わない。秋だけがもくてきではない。夏と冬にお会いできたことも光栄だ。ただ、せっかくいらしてくださったのでこの機会にぜひ検討していただきたい……と』

七歳の子がよく頑張って返答したものだ。

竜胆は一瞬哀れみの感情が浮かんだが、ここで批判を緩めるわけにはいかなかった。

『軽はずみな行動ですね。ご自身のことしか考えていらっしゃらない』

ここで撫子を守れるのは竜胆しかいないのだ。

『……そう思われてもしかたない。すまない。言うタイミングがわるかった。ぼくは、その、代行者になったばかりで、あまり、いろいろわからなくて……。四季降ろしもしていない、しゆぎょうちゅうの身だし……他の代行者さまにもお会いしたことがなくて……』

『そうですか。では御身の状況を鑑みてその謝罪は受け入れましょう』

リアムがホッとした顔を見せた。

『……』

そしてまたジュードに助けを求めて視線を送った。ジュードはやはりリアムを見ない。

さすがにたまらなくなったのか、彼はジュードの肩を揺すった。だが竜胆が畳み掛ける。

『しかし本当に結婚相手を探されているのなら、四季庁を通して未婚の娘で年頃の近い者、央語も話せる者との縁談を求めればいい。何故、わざわざ呼び寄せてこんな風に公式記録が残る場で求婚するのですか』

『それ、は……』

リアムは困り果てている。普段の竜胆なら、幼子にこんな理詰めはしなかった。

おまけに相手は異国の秋の代行者。一国の護衛官が発言を糾弾することは不敬でしかない。

だが、そもそも彼が真に戦っている相手はリアムではなかった。

――間違いない。この子はただ言わされている。

『リアム様……御身はまだ七歳。婚約者の話など早すぎるはずです』

『……』

『各国の代行者の平均的な結婚年齢を鑑みてもそのような申し出は時期尚早。貴方にとっても、我が秋にとっても良い話とは思えない。それは本当に貴方のお考えですか？』

『ぼくは……』

『俺は撫子の護衛官だからこそ思います。貴方のような年齢の子が、自身の状況や今後の情勢を考えて大和の花嫁を貰っておこうなどと考えつくはずがないと。ええ、いずれはそのような打算が出たとしても、いまではない』

『………』

この論争を見守っている者達の中からも同情の視線が交じるようになってきた。

大人びた発言をする子どもだが、いまの狼狽ぶりから見ても腹芸が出来るような人物ではない。強ばる表情は如実に真実を語っている。

──これを命じた奴はきっと此処には居ないな。

恐らく、橋国側はこれほど猛反発されるとは想定していなかったのだろう。

何せ、申し出たのが友好の為の会食の場だ。事を大きくするような真似が出来ない。

礼儀を求められる場。だからこそ、あちらは求婚話を切り出した。

幼い秋の少年代行者に提案させ、こちらが言葉を濁したところでせめて検討をお願いしたいと粘らせ、断れない雰囲気を作ろうとしたのだと思われる。

橋国招致の時と変わらない。押しの一手の戦法だ。

秋が折れてこちらに来たことから、そうした戦法に弱いと認識されたのかもしれない。

──その認識は間違いではない。

大和には波風を立てることを良しとしない思考があった。事を荒立てることを嫌うのだ。

だが、それは別に気弱というわけではない。

『ジュード様』

普段は静かなだけだ。

竜胆は何も言えなくなったリアムから、今度は隣の代行者護衛官に目線を移した。

――佳州の秋の代行者護衛官。

自分達を阻んでいる長卓が忌まわしいと竜胆は思った。

これがなければ胸倉を掴みにいけた。

『代行者様が困っていらっしゃいます。お助けにならないのですか？』

――おい、お前の秋が困っているぞ。

『彼が無邪気に冗談で言ったこととして処理するならいましかありませんよ』

――その子はお前の秋だろうが。さっさとなんとかしろ。

リアムの背後に存在するであろう者達に言葉の刀を突き立ててやりたかった。

『食事会での突然の求婚。友好関係を紡ぐ為に赴いた我々が断りにくい状況を作り出したかったのか、と疑われていることに対して、護衛官の方から何か補足はございませんか。このままでは俺は断定せざるを得ません。橋国は大和に礼を欠いた、と。すぐさま帰国し、里長並びに四季庁からも正式な書簡を出させましょう。秋の代行者護衛官阿左美竜胆が秋の里名代として申し立てます。此度の橋国佳州の対応は非常に遺憾である、と』

竜胆が一気に浴びせた言葉の数々に、みなが圧倒された。

これは父親である阿左美菊花も例外ではなかった。

いつもなら竜胆も、もう少し冷静な振る舞いを見せただろう。紳士的な態度を崩さず、両国の友好を案じて語りかけるように無礼を諭したかもしれない。だがそうしなかった。

否、出来なかった。隣には何が起きているか理解し、泣きそうになっている彼の秋が居る。自身の進退を案じてここで穏便にする真似など出来るはずがない。

『ジュード様、代行者だけに撤回の発言をお任せになるのであれば佳州の護衛官は名目上の存在でしかないのだと受け取りますが？』

喧嘩上等、という態度でねめつけると、ようやく黙っていたジュードが腰を上げた。

『大変申し訳ありません。そこまでお叱りをいただくとは思いませんでした。大和の皆様の友好的なご様子に甘えてしまったところがあります。謝罪いたします』

その場の空気が一旦緩む。橋国が謝罪をした。まずはそれが大事だ。

しかしジュードの言葉は誠実だったが彼の感情はよくわからなかった。

瑠璃と話していた時は好青年に見えたが、いまは感情が意図して消されている。

――どちらが本当の彼なのだろうか。

そう思いつつも、竜胆は求めた。

『秋だけにではなく、夏と冬にも謝罪を』

厳しい態度のまま言う。

『……大和から来られたすべての方々にお詫び申し上げます。此度の申し出はこの場でするには確かに不適切なものでした』

『最後に、俺の秋に謝罪を。彼女はリアム様と友人になることを望んでいました。貴方達はそういう撫子の気持ちも踏みにじった』

竜胆のその言葉に、泣きそうになっていたリアムが撫子へ視線を向けた。

そんな風に思われていたとは寝耳に水だったのだろう。

少年と少女は目がまた合ったが、どちらからともなく視線は外れた。

ジュードは謝罪を繰り返したがそこに彼の感情が乗っている様子はあまりなく、竜胆の不快感は晴れることはなかった。

菊花がその後も会話を取り持ってくれたが、ほどなくして初日の会食は終了した。

解散の流れになると、撫子がひしっと竜胆に抱きついた。

竜胆は撫子を抱き上げる。心臓が早鐘を打っていたのだが、それは撫子も同じだった。

「……」

彼女に何か言葉をかけるべきなのかもしれないが、何も浮かばない。

撫子も口を開かなかった。互いに抱きしめ合うことが、言葉よりも雄弁に二人の気持ちを語っていた。自分が、貴女が、誰かの物になるのは嫌だ、と。

——不意打ちだった。

いつかはこういう問題が降ってくるとしても、まさか今日この時とは思いもしなかった。

大人の竜胆でさえそうなのだから、撫子の衝撃は計り知れないものだっただろう。

竜胆の心中で起きたのは最初は怒りだった。

「……撫子」

いまは、恐れになっている。そして途方に暮れてもいた。

——準備さえ整えば、この子は簡単に俺の手を離れてしまうんだな。

今日、それが痛いほどに理解出来た。

——撫子が結婚するまで見届けると言ったのに。

いざその話が来たら動揺が止まらないのだから、自分に冷笑を浴びせたくなる。

「阿左美様、季節の塔と四季庁の者が秋へ謝罪したいと……」

真葛が寄ってきて声をかけた。あと数秒くらい待てないのか、と関係者達を恨めしく思ったが、凍蝶が代わるように対応しているのを見て抱擁をやめた。代わりに真葛に撫子を預ける。

「お願いしてもいいか」

「ええ。撫子様、もうすぐホテルに帰れますから我慢してくださいね」

「白萩、一応撫子の傍に居てくれるか。後で共有するから」

「はい。もちろんです」

ペットキャリーバッグを持つ白萩が近づくと、撫子が無言でバッグ越しに花桐に抱きついた。ちょうど花桐の顔が見える通気口兼ドアの部分に自分の顔を寄せて、撫子は子犬にすがる。無条件で主を慕う花桐は、悲しんでいる撫子に『くうん』と鳴く。

「……」

白萩は少し驚いてから、しばし逡巡した後に恐る恐る手を伸ばし、撫子の頭を撫でた。仕えていても、撫子にこのように触れることは今までなかった。

嫌がられるだろうか、と危惧したが、撫子の緊張で力の入っていた身体が、少しだけほぐれていく様子が見て取れた。少なくとも、いまこの時白萩に優しくされることを拒んではいない。

「怖かったですね……」

白萩がそう言うと、撫子は頷いた。白萩にも手を伸ばしてスーツの端を掴む。白萩はより一層優しく撫子の頭にふれた。

「でも、阿左美様が守ってくださいました。ご心配なさるようなことは起こりませんよ」

「うん……」

「俺達がおります。必ずや御身の生活をお守りします」

青年のぎこちない慰めのおかげで、撫子は少しだけ落ち着きを取り戻したようだ。自分を案じてくれている人の言葉というのは心の支えになる。

真葛は二人のやり取りを温かな眼差しで見守りつつも、起こった出来事については怒りを収めることが出来なかった。

——一体どういうつもりなのかしら。

その答えはまだわからない。

「どういうことか説明してくれ」

一方、竜胆はその場に集まった大和陣営の一人である父親に話しかけていた。

菊花は肩をすくめる。

「俺もよくわからん。何せ通訳をしに来ただけだからな」

「そんなわけないだろ。あんたは事情通のはずだ。四季庁外交部渉外課なんだから」

竜胆は言ってから、傍に居て会話を静観していた凍蝶に補足で言う。

「父は橋国を中心に季節の塔や海外団体と話す機会が多いんです。渉外課、と名乗ってはいますが営業が中心ではありません。外交上の情報収集とトラブル、アフターフォローが中心です」

凍蝶は頷き、菊花に話しかけた。

「此処に居る者を責めるつもりはない。だが、わかる範囲で構わないので、橋国が何故ああした行動をしたか現時点で予測出来るものを教えていただけないだろうか」

「……」

菊花は他の者を見る。大半は同行してきた四季庁保全部警備課秋部門職員だが、季節の塔に出向している者もその場には居た。こちらをなだめる為に遣わされたのだろう。

「言っても構いませんか？」

現地職員に確認を取る。季節の塔職員は微妙な顔つきで頷く。菊花は改めて口を開いた。

「恐らく、明日には季節の塔経由で佳州の現人神教会から連絡が入るかもしれない……。リアム様とジュード様の行動はそこから指示を得ている可能性が高い」

竜胆と凍蝶は眉をひそめた。

先日、竜胆が白萩に説明していた通り、現人神教会とは信仰対象を現人神とした団体だ。

「現人神教会が橋国で幅を利かせているとは知らなかったな」

凍蝶が顎に手を当てて考えるように言った。

「私の認識では橋国では他の宗教の根強い人気もあり現人神信仰はそれほどかと……」

凍蝶もある程度は把握しているのだろう。だが、国外となると竜胆ほどは詳しくない様子だ。

菊花が答える。

「少しだけ過小評価されてますね。現人神教会の信徒数は橋国宗教分布調査では第三位です。

大和の四季庁も活動の資金源は各団体からの献金が大きいでしょう？ だから発言力もある」

「ああ、しかし教会は代行者に指示が出来るほどの存在なのだろうか。もちろん、支援者なので無下には出来ないし、里や四季庁から出向した四季の末裔が教会で管理職になるなど、かなり強い繋がりがあると聞いている。ただ、私自身はあまり関わり合いが薄いもので……」

凍蝶の意見に同意を示しつつも菊花は言う。

「大和は【神社】の権威のほうが強いのでそう思うのも仕方ありませんね。現人神教会はあくまで派生の宗教団体。しかし橋国では神社はあまり根付かず、現人神教会のほうが流行りました。寒月様が教会の煩わしさをあまり感じたことがないのであれば、御身が小煩い相手にも寛大な御心をお持ちか、四季庁がお耳に入らぬよう頑張っているのだと思われますよ」

凍蝶は目を瞬く。そして四季庁職員達に尋ねた。

「そうなのか」

彼らは微妙な顔つきで頷いた。菊花は続けて言う。

「教会に拘わらずパトロンというのは得てしてそうなりがちなんです。もちろん、大前提として純粋に信仰心をお持ちの方がほとんどですが、中には『金を出してるんだから口を挟ませろ』という欲望を持ってらっしゃる方もいます。私は現人神教会の人間が橋国の代行者様に度々食事会なる接待を要求しているのを知っていますから尚更そう思いますね。大和はないでしょう？ 接待で主を民に差し出すなんて。そこは大和の四季庁を褒めてあげていただきたい」

「何と……。この歳で守ってもらっていたことに気づくとは恥ずかしい」

生真面目な冬の代行者護衛官は腰を折って四季庁職員に頭を下げた。彼らが慌てて顔を上げてくれと頼んだ。凍蝶が詫びを入れてから再度菊花に尋ねる。

「それで、現人神教会がリアム様達に指示を出したと推測するのはどうしてなのだろうか」

「……恐らく、という仮定の話で聞いていただけますか？　竜胆、お前もだ」

凍蝶と竜胆は頷く。

「ひとえに世界構造の維持の為だと……」

突然、大きな話が降ってきた。

「昨今の現人神教会は大和だけでなく世界全体の動きとして、現人神の弱体化を憂いている側面があるのです」

菊花は言ってから、唇に人差し指を当てる。

「これは不敬に当たりますから、より小声で話しますが、彼らはそれをなんとかしたいと思っているんです。その打開策として、より濃い血族を作ろうとしているのかと」

世界構造の維持。より濃い血族の作成。

そのパワーワードで竜胆も凍蝶も一時思考が遠い場所へ飛んだ。

「……」

「……」

戻ってきた時には、二人共顔に『どうしてそんな戯言を抜かしている？』という疑問がでかでかと貼られていた。

「わかりますよ、何を言っているんだというそのお気持ち」

菊花はうんうんと頷く。凍蝶が頭痛を堪えるような顔つきで尋ねた。

「より濃い血族というのは、四季の末裔以外との婚姻を放棄し、血族のみで血統を作るということか？」

「その通りです」

「現代医学で近親交配の脆弱性は指摘されているはずだが」

「はい。しかし薄まりすぎたから弱体化しているのでは、というのは寒月様も聞いたことがある俗説では？　いまの若い方はあまり知りませんが、もっと昔は四季の代行者の数が多かったんです」

これに対して、この場で驚く者はいなかった。

誰もその時代を経験してはいないが、そうだったらしいというのは里の年配者から聞かされている。その年配者達すら知り得ない古い古い時代の話だ。神代の刻に近いとも言える。

現在の大和ではもはや絵物語に近い。

春夏秋冬、一人ずつしか代行者は生まれない。それが決まり事だ。

葉桜姉妹のようなイレギュラーを起こさない限りは。

「年々数が減っているのは一般市民との婚姻が進み、神の恩恵を受けた末裔(まつえい)の血が廃れていったせいではという考えがあり、現人神教会(あらひとがみきょうかい)はそれの対策に向けて動き出したと……」

「眉唾だ」

これには竜胆(りんどう)が反論した。

「それだと大和(やまと)の情勢と相反する。大和(やまと)は世界でも血族管理が優秀なほうだが、現人神(あらひとがみ)の数は一つの季節に一人の現人神(あらひとがみ)となっている」

菊花(きっか)は反論に返事をする。

「その通り。大和(やまと)の場合は血族管理が問題ではない。宗教観のせいだと言われている」

「はぁ？　何だそれ。教会は共通した理由を軸に主張してるんじゃないのか？」

息子をたしなめるように菊花(きっか)は『聞け』と目で訴える。

「世界共通の原因というものはないからな。あくまで、この国ではこれが原因ではないのか、という理由付けの推測となる。この話題はまだまだ研究途中の分野なんだ。そこで大和(やまと)の話になるが……大和(やまと)は血族管理は出来ているが宗教の点で問題があるとされている。現人神(あらひとがみ)を受け入れる母体はある。千万神(ちよろずがみ)の考えが古くから根付いているし、それに基づいた宗教的慣習も多い。祖霊信仰、自然崇拝、様々な信仰が知らず知らずの内に民の中にも生まれている」

良いことではないか、と思わせたところで菊花(きっか)は言葉を切り、告げた。

「だが、【信仰】という行為は廃れてきている」

それは、竜胆が少し前に白萩と話していたことと似ていた。

「いいか、俺の言う【信仰】とは、作物に感謝して飯を食おうとか、墓参りはちゃんとしようとか、そういうレベルじゃない。生活と共に神への感謝、畏敬、崇高の念が染み付いている状態を意味する。ではこうした信仰の廃れがどんなものが生むと思う？」

竜胆は試すように問われ、数秒の間の後に答えた。

「……無宗教者？」

「グッドボーイだ。我が息子よ」

菊花は竜胆の頭を撫でようとしたが、竜胆は即座に避けて思わず凍蝶の後ろに隠れた。つい守ってくれそうな人の背に、そしてそれに凍蝶を選んだところに竜胆の冬の護衛官への好感度が表れている。

後輩の可愛らしい行動に凍蝶が笑い、菊花が肩を落とした。

そしてまた言う。

「実際は無宗教だ無宗教だと言う人間も、本当は何かしら信仰がある。だってそうだろう？　困った時はみーんな【神様】という。ただその神に名がない。宗教的慣習から影響を受けている者でもこれといった神が胸の中にいない。現代ではこういう名もなき神を心に抱く自称無宗教の民が大半。これが大和の現人神減少に影響を及ぼしているのではと言われている」

竜胆は凍蝶の大きな背中から隠れるのをやめてから言う。

「民のすべてに四季の神々や朝と夜の神々を胸の中に置けと？」

「置いたら、現人神の数は回復するのかもしれない」

「……どう思われます、寒月様」

「現実的に考えて無理があるが、言っていることはわからないでもないな……」

自分で話しながら、情報を咀嚼する、と言った様子で凍蝶は語る。

「何かを崇め奉る行為というのは、そこに集結する人間が連動して力を帯びると考えられることが多いだろう？　派生して洗礼や祈願といった行為へと結びついていく。思いや願いは大いなる奇跡を起こす、ということに関しては世界共通の認識なのではないだろうか。そして神とは超常の存在だが、宗教や信仰が発生するには観測者と祈りが必要となる。人に認識され、祈られてこそ【神】は【神に為る】。逆に、観測者である人間に信心が足りないと罰や災いが起こる、とされるエピソードが多い。ここらへんは現人神信仰に拘わらず、どんな宗教でもある程度見つけることが出来る考えだと思う」

凍蝶が話していることは、彼の意見というよりかはアカデミックな見方をした場合の落とし所というものに近かった。

「なので、大和の現人神の数が少なくなったのは民の信心が足りないからだ、という理由に帰結するのだろう。無宗教の者、もしくは本当に神の存在を否定、あるいは有神論を受容はするが肯定はしない穏健派の無神論者が増えているのは確かだからな……」

どうか、という目で凍蝶が菊花を見る。

菊花は凍蝶に尊敬のまなざしを送っていた。

「さすが冬の代行者護衛官様です。ご考察が深い。いやはや……頭の回転が速いですね」

まだ納得しきれていない竜胆は口を挟む。

「他にも無宗教の人口が多い国はあるだろう。それがぴったり大和と同じことになっているか？」

「全部が全部同じではないな。同じように無宗教の人口が多く、かつ大和よりも大陸が大きな場所は数がもう少し多かったりする。こうなってくると血族管理や信仰の低さのせいではなく、人間が移動手段を手に入れ、より広い世界へ移動出来るようになったことで自然と状況に比例して代行者の数が減ったという説も浮上してくる。人間の進化に合わせて、能力が制限されたという現人神制限説だな」

「こじつけが多いな」

菊花は息子の指摘に苦笑いした。

「そうだ。こじつけだよ。俺も信仰が足りないからだ～というのはどうかと思う。それこそ若者世代への責任の押し付けに感じないか？　言い出してるのも若い奴らじゃない。そうなって然るべき過程があるはずだろう。そこを無視して言うのはフェアじゃない」

凍蝶は竜胆を見て言う。

「大変理性的な親御さんじゃないか」

竜胆は凍蝶を見つめ返して言った。

「あまり褒めないでください。調子に乗るタイプなんです」

「竜胆、親が冬の護衛官様に褒められているんだぞ。誇らしくないのか」

「誇らしくない。それで、結局この話がどう現人神教会に繋がるんだ」

菊花はつまらなそうに口を尖らせてから話を戻した。

「色んな説が提唱されているわけだが、年々減少しているという事態は否定出来ない。打開策を打ち立てたいという者達が出てくるのもやむ無しだ。何せ我ら四季の末裔、並びに巫覡の一族はその為に存在しているのだし」

「まあ……それは、そうだ」

「で、だ。代行者同士の婚姻の話が浮上する。血族管理がされていない橋国。人間主義が強まっている大和。両国の現人神同士を掛け算をしてみたら何か変わるのではないか？　そんな考えが橋国の現人神教会では流行っているらしい。大和の教会にも賛同者は居ると聞く」

途中まで堅い口調だったのに、最後に流行という言葉で締めてしまったので浮ついた話の印象になってしまった。

「……流行りで俺の撫子は求婚されたのか」

竜胆はまた怒りがぶり返してきた。

「あくまで、本丸は橋国、大和間の国際結婚の奨励だろうがな。だから、秋が駄目なら夏、春、冬と打診していたんだ。代行者じゃなくても、代行者を輩出した家の者で婚姻が結べれば妥協できる、といったところか。撫子様に求婚したのは、先約済みではない御方なのと、単純に幼いからだと俺は思う。子どもの内から婚約者だと言い聞かせれば本人も従いやすい」

「……」

「俺を睨んでも仕方ないだろう。あと、これは邪推かもしれんが四季の末裔からすると撫子様とリアム様という縁談がもし成立したら……」

「したら？」

「こう……ある種、国際結婚の象徴的存在に適していると思わないか？」

更に不謹慎な話になってきた。

「……おい」

「あのお二人が仲睦まじくしている未来があれば、それだけで広告塔になりそうなものだろう。そういうのに弱い人間はいる」

「プロパガンダじゃないか」

「そうとも言う」

竜胆は言わずもがな、凍蝶も呆れた顔つきになった。

「あくまで、いまの現人神教会の動向を踏まえた上での推測だがな」

「その推測が正しければ、次に起きるとしたら教会からの接触か」

「寒月様、もし接触があれば、リアム様のあのパフォーマンス自体が炎上覚悟のものだったかもしれませんよ。だって、そうしたら謝罪の場を持つ、とか言って俺達と現人神教会を繋げることが出来るでしょう。本来会う予定もなかったのに。こちらも謝罪を拒否することは出来ません。というか、受け入れないと国家間のやり取りで影響が出ますし……」

「……度し難いな。どうしたものか。代行者全員に仮病を使わせるわけにもいかないし」

菊花がそこですかさず口を挟む。

「一つ、ガードになるかもしれない方法があります」

そう言って菊花がこっそり指さしたのは、国家治安機構近接保護官荒神月燈だった。

「もし、教会から謝罪だなんだのと理由を付けて呼び出されたら、あのお嬢さんをお連れになるといいでしょう」

月燈と言えば、頼れる隊長。

育った環境から現人神に自然と敬意を持ってくれる人。

黄昏の射手と懇意にしている関係者。それが竜胆と凍蝶が知り得る彼女の情報だ。

「……彼女は、確か現人神教会出身だったとか？」

凍蝶の問いかけに竜胆は頷く。

「そのように聞いています。荒神隊長を連れて行くと何か牽制になるのか？」

「何だ、知らないのか……。御本人が隠されているのだとしたら、説得するしかないが、少なくとも連れて行かないよりはマシな扱いを受けるだろう」

菊花はさっきも小声で話していたのに、更に声を小さくして言った。

「あの方は大和の現人神教会の幹部も幹部、現人神教会大和総本部総長様の娘さんなんだ」

竜胆と凍蝶は目をぱちくりと瞬いた後にまた月燈を見た。

「どうやら彼女はお家に逆らって国家治安機構に入ったらしい。だが、それでも現人神教会と完全に切れてるわけじゃあない。いいか竜胆。権力には権力で対抗しろ。ご令嬢に頭下げてついてきてもらえ。総本部っていうのは大和全部の現人神教会の頭ってことなんだ。一地方でしかない佳州の現人神教会のお偉いさんがいくら出てきたところで、太刀打ち出来ない。お前が今日の内に出来ることは、あの方を味方にしておくことだぞ」

菊花がそこまで言い切ったところで、月燈は自分が見られていることに気づいた。

「……？」

人の良さそうな笑顔をのほほんと浮かべてくれる彼女に、秋と冬の護衛官はその後すぐに話しかけにいった。

その日は結局全員が何とも言えない気持ちを抱えながらホテルに戻ることになった。

ホテル帰還後、狼星がホテルの部屋に入る前に瑠璃が現れて声をかけてきた。

「ジメジメブリザードマン……」

「狼星だ。葉桜妹」

瑠璃は話を聞いているのか聞いていないのか、呼び方については無視して話を続ける。

「あのさ、リアムさまのことについて話したいんだけど」

どうやら今日のことについて話したいようだ。狼星はこれから電話する最愛の少女、雛菊のことで頭がいっぱいだったが、仕方なく立ち止まった。

「ちょっとさ、やりすぎだったんじゃないかな……」

「阿左美殿が？　よくやっただろ」

瑠璃は手を顔前で横に振る。

「違うよ。君がだよ。刀どーんって置いて、言いたいこと言えって、脅しみたいだった」

「はぁ？　ああでも言わなきゃ何も発展しないだろ。呼んでおいて何だあの態度は。秋同士を求めたくせに肝心の二人は会話をしない。あちらの秋は露骨に撫子を無視していた」

「でもあの子七歳だよ？　あれ、多分さ、大人のひとに言わされてたっぽいけど……それでもこっちが優しく話してたらもうちょっと話の展開違わなかったのかな……」

「そういう態度が舐められることに繋がるんだ」

「……そうかもしれないけど、あたしみたいな性格かもしれないじゃん。わーって言われたら混乱して、変なこと言っちゃうの。そんで後でもっと違うやり方あったかもって……うまく出来なくて周りの人にも怒られてさ……」

「……」

「でもね、怖い顔されないで、ちゃんと話し合う時間くれたら……そうしたら、馬鹿なことしないんだよ。ごめんねだって……ちゃんと言えるもん」

そこまで聞いて狼星は思った。

――お前、それ人に甘えすぎじゃないか？

冬の里では考えられない思考だ。

「あの子、絶対事情があるんだよ。もう少し……言い方をさ……優しく……」

だが、これが葉桜瑠璃という女神なのだとも思った。

数年前、雛菊を失って傷ついている狼星に『仲良くしよう』と一生懸命話しかけていた娘の思考だ。そして春の事件で友となった春主従に誘われ、友達の要請に応えるという純粋な善意で協力したあげくに、撫子を守ることを優先させてあっさりと死んだ。

そういう、狼星からしたら馬鹿な娘の言葉だった。

「………」

瑠璃と居ると、狼星は苛々する。その心の開示の仕方が目につく。眩しいのかもしれない。夏だから、春のように穏やかに近づいてはくれない。

「……」

——俺もわかってはいるんだ。

葉桜瑠璃は嫌いになりきれるような人間ではないことくらい。

ただ、出会った時期がよくなかった。今なら、思い出の木の枝を折られても、瑠璃を完全に拒絶するようなことはしない。よくもやってくれたなと喧嘩はするだろうが、仲直りするはず。少し年上の彼が、彼女より先に大人になるべき時が来ていた。

「……物言いに関して善処はするが、お前も理解してくれ」

狼星は、珍しく言葉を選んで言った。

「俺がでかい面しなきゃお前らが軽んじられるんだ。お前が思っているより、夏と冬の位置は違うんだよ。俺の振る舞いはお前らを守る為でもある。……それを、理解してくれ」

これは狼星の央語学習の理由を知った後の瑠璃には効き目があった。

この尊大な男の子が自分とは違う苦労を重ねてきたことを、瑠璃も現在まで意識していなかったのだ。瑠璃は少し顔を強張らせたが、やがて静かに頷いた。

「うん……わかった。君の立場はなるべく理解する」

少しの沈黙が流れる。

そこで話を終わらせてもよかったが、瑠璃はまだ何かあるのかその場から離れない。

「……あとは、何を話したいんだ？」

狼星が促すと、瑠璃は少しだけ嬉しそうな顔になった。

「あ、あのね！ リアムさま、聞いたじゃない？ どうやって他の季節の現人神様と同盟組んだのって。目的は撫子ちゃんへの求婚だったんだから、別に適当な質問でも良かったのに、敢えてそれを聞いてたよね」

「ああ」

「……きっと、橋国はうちみたいな協力関係が出来ていないんだと思う。だからね、あの子は大人の言いなりになるしかなくて、おまけに……他の先輩現人神……お姉さん、お兄さんになるような仲間がいないんじゃないかな……」

瑠璃は悲しげにつぶやく。

「あたし達は、あの子と敵対するんじゃなくて、まずは『どうしたの』って聞いてあげるべきだよ」

「……」

「そこはね、撫子ちゃんへのこととは別に考えてあげたいの。だから接触出来る時があったら、どうしてあんなことを言ったのかこっそり聞いてみない？」

――こいつ普段は鈍臭いのに人間観察はちゃんとしているんだよな。

狼星もリアムの引っかかる態度でその疑念は持っていた。

この少年神はもしかして孤立しているのではないかと。

だが言うつもりはなかった。言ったところで何になるという気持ちもあった。

そこが瑠璃との違いだ。議論すること、問題提起することを瑠璃は厭わない。

「……季節の塔の手前、俺達はあまり滅多なことは出来ないぞ。接触も難しい」

「でも出来たら……」

「それが難しいって言ってるんだ。何で会える前提で話す？」

瑠璃は困った顔をしてから、狼星に更に近づいて耳打ちした。

「……展開次第ではお話し出来るかもしれない」

耳を傾けた狼星は疑問符を浮かべる。『話は変わるんだけど』と瑠璃は言う。

「うちの雷鳥さんね、前は四季庁で諜報とか、そういうことしてたみたいなの」

「名前が言えない部署だとか」

「そう。あのね、雷鳥さん本当に暗躍することに関してはすごいの。長けてるの」

昨年の夏の騒動では彼一人の企てにみなが振り回されていたので確かに暗躍はうまいだろう。

褒めて良い長所かは不明だが。

「それでね、雷鳥さんがね……あたしが撫子ちゃんとリアムさま気にしてたからさ、会議の後にすぐ消えちゃって……なんか色々考えてくれたみたいなんだよね」

「……そういえばお前の旦那の姿が見えないな。凍蝶達とも居ない。何処行った？」

「……」

瑠璃はおもむろに携帯端末を取り出して二人に見せた。

「最初に言う。怒らないで、じめ……狼星」

彼女の端末画面には、こう書かれていた。

『僕、ちょっと別行動しようと思います。
橋国の事情について僕らは知らなさ過ぎる。
調べることで、撫子様の為に何か出来ることがあるかもしれません。
そうしたら瑠璃の憂いも晴れるでしょ。
大丈夫。瑠璃の目の前にいないだけで僕はちゃんと君を見てます。
少しの間離れていますが、良い子にしていてくださいね。
何かあったら携帯端末に連絡を。僕の部下にも頼って。でも浮気しちゃ駄目ですよ。
寒月先輩と阿左美先輩にはいい感じに言っててもらえます？
阿左美先輩に褒めてもらいたいな。あの人まだ怒ってるみたいですし。
僕がいかに使える男が証明して可愛がってもらえるようにしないと。
とりあえずリアム様に盗聴器つけてきます』

喋っている様子が想像出来るような文面だった。

狼星は黙って瑠璃を見た。

旦那がしでかしたことへの責任の所在を彼女に求めていた。

「……」

瑠璃は気まずそうに口を少し閉ざしてから、また言う。

「やっぱさぁ……うちの旦那さまちょっと暴走しちゃってるよね……？　雷鳥さん、普段はあたしのこといじって楽しむんだけど、本当に心配してることはすぐ解決しようとしてくれるんだよね。これ愛なの。でもさあ、大和陣営としてはどうなのかな？　こんな勝手なことしてさあ、まずいよね……？　これ凍蝶さまと竜胆さまどう思うかな？　怒られる？　まずい？」

瑠璃も雷鳥がこんなことをしでかすとは思わなかったのだろう。

救いを求めるような視線を向けてくる。

とりあえず正直な感想を狼星は言った。

「お前の旦那の人間性、怖いぞ」

瑠璃はこれには反論せず、『だよねぇ』と申し訳無さそうに言った。

この男がくれるものが愛かわからない。

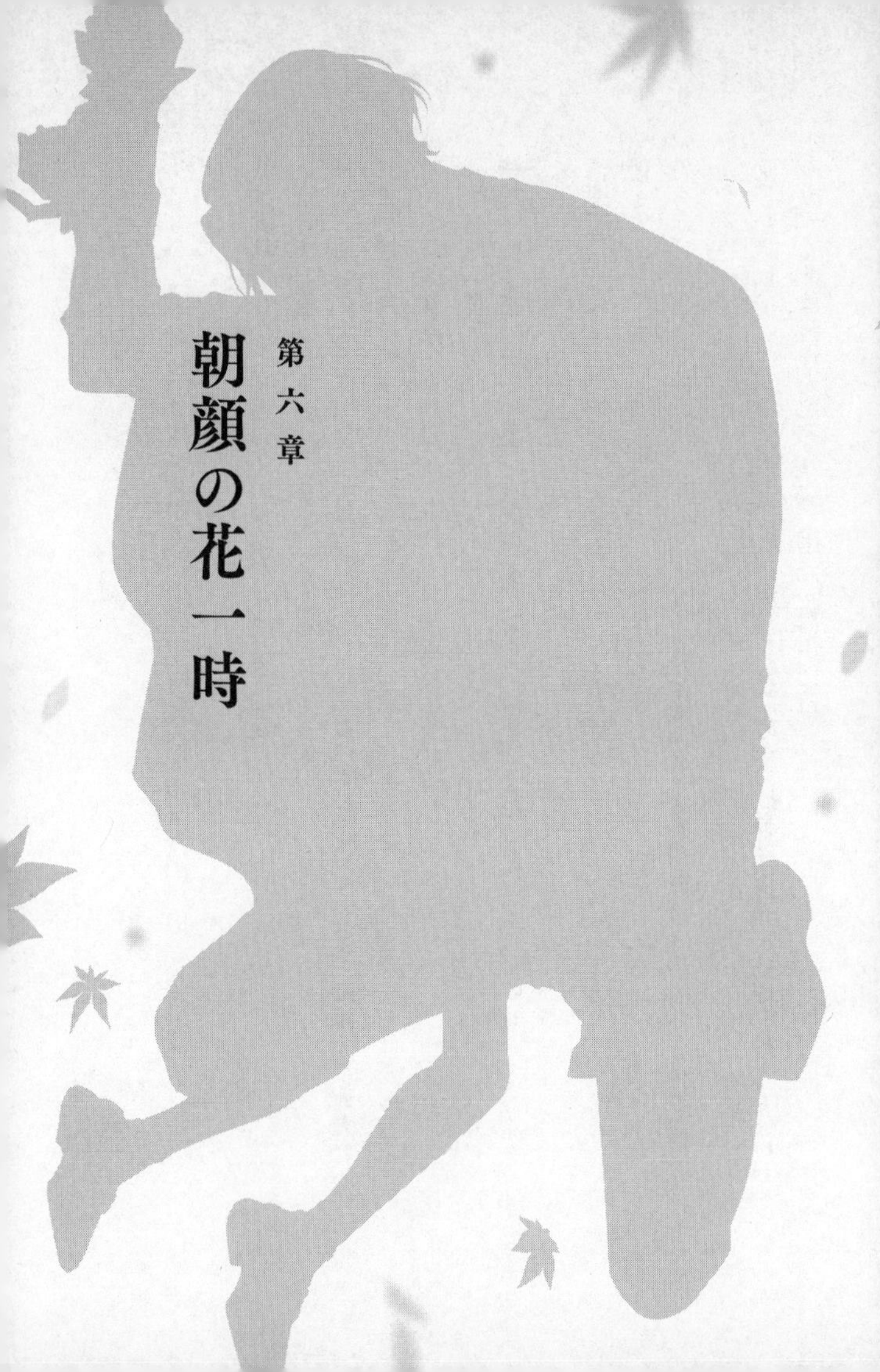

第六章 朝顔の花一時

リアムことルカ・フォックスが生を受けたのは橋国南部の国境沿いの街だった。

昔は炭鉱が盛んで、鉱山があったがいまは閉鎖されている。

そういう、古き良き橋国の姿を残した街で生まれた。

両親は元々そこに住んでいたわけではなく、父親が流れの料理人で、母親は現地人だった。

父親が知り合いのオーナーから観光客向けの店を任されてそこに根を下ろす形となる。

やがて母と知り合い結婚。フォックス夫妻の誕生だ。

ルカは一人の兄と三人の弟、二人の妹という兄弟の中で育った。

どういうわけか小さな頃から店のカウンター席が好きだった。そこに座らせておくと泣きもしないので、ルカの定位置になっていった。

常連客からは【ルカ坊や】と親しまれ、ルカが居るだけでチップが増えた。

彼も人からの愛に応える性格で、かつ両親を愛していた。

恐らく、何事もなければ、ルカ・フォックスは学校を卒業した後はそのまま料理人になっていただろう。

兄とも話していた。一つ上の兄は頭が良かったので、経営は自分がやると言っていた。

ルカ、お前は料理人はどうだ。手先が器用だろ。

俺とお前で店を切り盛りしたら、母さんも父さんも喜ぶぞ。二号店も三号店も作ろう。

そういうことを話せる兄弟だった。ルカもすっかりやる気だった。

未来図が描けている人生だった。

それが一転、崩れてしまうのだから、人生とは残酷だ。

ルカが秋の神様になったのは、先代の秋の神様がたった十三歳で殺された日のことだった。

秋顕現の途中で死んでしまったその子の代替えを世界が速やかに要求し、用意された。

ルカの大好きな両親の店は、彼が初めて起こした秋顕現の力の解放で腐食にまみれた。

両親は料理中の出来事に驚き、大火傷を負った。

兄と弟達は買い出しに出かけていたので助かったが、異臭を放つ店に戻ると、泣き喚いている妹達を目にした。

ルカの街はまだ秋が来ていなかったのに、店周辺の木々は枯れ、呪われたように静けさに包まれた。泣いて助けを求めるルカに、両親は駆け寄ったがすぐに彼の生命腐敗の力にあてられて怪我をしたまま昏倒した。

秋の代行者は、四季の中でも最悪な代替わりをすることで有名ではあった。

季節の塔の者が街に現れるのにそう時間はかからなかった。

街から保安隊へ通報。保安隊が季節の塔へ連絡。事件発生から六時間後にはルカや彼の家族は塔預かりとなっていた。

ルカが目覚めた時には、大体のことが決まっていた。

もうあの街には住めないということ。

自分も家族も、四季の末裔であるからそれまでの身分を捨てて新たに生きなくてはいけないということ。

ルカは一年間の修行の後に秋の代行者として旅に出るので、その間、両親とは離れて暮らさなくてはいけないということ。

そういった、様々なことがルカの意思確認なしで決まっていた。

兄弟はルカが近寄ることすら怯えていたが、父と母は違った。

別れる前に抱きしめ合おうと言ってくれた。

その時に、自然と両親の火傷の怪我を治せたことが、救いではあった。無意識の権能解放。

父も母も痛みが消えた腕を見て『お前はすごい子だったんだ。誇りだよ』と言ってくれた。

それから、ルカは家族が何処に移り住んだのかは教えてもらっていない。

電話のやり取りは週に一回、メールはいつでもしていいと決められている。

神様になってからメールをくれたのは父と母だけだ。

兄弟達は最後までルカに困惑と怯えの眼差しを注いでいた。

少しの恨みも入っていたように思える。

もうあの街に帰れないのは彼らも同じなのだから。


やがて、ルカはリアムになった。


古びた炭鉱の街で料理人をするはずだった子どもは神様になった。

リアムになると、たくさんの物を与えられた。小綺麗な部屋。専用の召使い達。欲しい物は何でも手に入れてもらえる身分になったが、そもそもリアムはあまり物に興味がなかった。

小綺麗な部屋より兄弟達とぎゃあぎゃあ騒ぎながらベッドの上段と下段で喧嘩していた小さな部屋のほうが好きだった。両親の為に料理の手伝いをするほうがよほど好きだった。

専用の召使い達はリアムの生命腐敗の力を怖がるばかりで話もしてくれない。

修行は日によって講師が違い、よくわからない。

涙で枕を濡らす毎日の中、リアムの前に現れる者が居た。


それが、ジュードだった。

現人神教会から派遣された四季の末裔。

ジュードはリアムの寂しさを埋める男だった。

「初めまして。君の本名は把握しているんだが、慣例に沿って偽名で呼ばせてもらうよ。君もオレのことはジュードと呼んでくれ」

本名は知らないが、少なくとも神様になってから一番友好的で親身になってくれた。

「リアム、きっと家族と離れて寂しいだろう。でも、四季降ろしが終わればまた交流が出来る。君が修行を頑張れば頑張るほど会える日が近くなるんだ。過酷な環境に追い込まないと権能は上達しないなんて……神様でもない奴らが作った愚かなしきたりなんだが、我慢して欲しい」

いま何が起きていて、リアムがどうすればいいのか教えてくれた。

「これから現人神教会の支部長代理と挨拶するが、あの人にはけして逆らっちゃいけない。いいか、目をつけられたら終わりだ……。オレの言う通りにするんだよ」

四季の末裔の世界は知らないことばかり。ジュードはリアムの先生でもあった。

「君の飯も、君の服も、ご家族が暮らす為の資金も信者の人達からの献金で賄っている部分が大きい。だからそれを預かる教会は幅を利かせてる。もちろん、君達現人神の存在がなければそんな資金は集まらないのを承知で、偉そうにしたがる……。オレもそれはおかしいとわかってはいるんだ……。だけど、どうにかしてやれる力がないんだよ……」

孤独な少年の唯一の保護者。

リアムがジュードに好意を寄せるようになるのにはそう時間がかからなかった。

自然と兄のように慕う気持ちが芽生える。と同時に愛情を試したくて困らせたくもなった。

生意気な口をきいても許してくれるか、幾度となく試し行動をしてしまったが、それでもジュードがリアムを見捨てるようなことはなかった。

「リアム、言うことを聞くんだ」

偶に冷たくされることもあったが、そういう時は往々にして、教会の言いなりにならなくてはいけない時だった。ジュードは再三リアムに言い聞かせていたからだ。

教会に逆らってはいけないと。

彼がかの団体から派遣された人間だからこそ、内情をよく知っており、厳しくなってしまうのだろう。ジュードはこうも言っていた。

君を守る為だと。

何度も言われるので、リアムも自然と現人神教会に関しては怖さを抱いた。

一度、リアムはジュードが教会関係者と激しく言い合いをしているところを見たことがある。連れて行かれた現人神教会佳州支部で待っていろと言われた場所からつい離れて歩いていたら盗み聞きしてしまった。

「……どれだけ欲が尽きないんだっ！　もう十分だろう！」

誰かと言い争う声。怖くてそのまますぐ元居た場所に引き返してしまったが、彼が葛藤を持ちながら教会と付き合いをしていることは察せられた。

教会に立ち寄った日はいつも機嫌が悪い。

リアムに当たることはないが、ストレスが身体から湯気のように滲み出ている。そんなに嫌なら関わりを絶てないのだろうか。

リアムは子どもらしく思いつきで尋ねてみたが、ジュードの返答はこうだった。

「教会との断絶は死を意味する」

まるで寝物語で恐怖を植え付ける大人のようなことを言う。

「……オレが君とずっと一緒に居られないのも、教会からたくさん雑用を押し付けられているからなんだよ。ごめんな……。護衛官なら、いつも一緒に居るべきだよな」

彼の言う通り、ジュードはいつもリアムを部屋に残して何処かへ消えた。

此処に居れば安全だからと鉄格子がついた窓の部屋に閉じ込めてしまうのだ。

何日か会わないことも稀ではない。

その間、リアムは自分との接触を極端に嫌がる使用人くらいしか人と接触しない。

彼が一日中ずっと一緒に居てくれたことはなかった。

噂に聞く護衛官とはまったく違う。通いの使用人と何が違うのだろう。

寂しさをくれるジュードを嫌いになれたらいいが、彼しか甘えられる大人が居ない。

一度、どうしても帰りを引き留めたくて我儘を言ってみたが聞いてもらえはしなかった。

——こいつは教会の犬なんだ。

だからリアムのことも、命じられて嫌々世話しているのかもしれない。

それでも、翌日にはくまのぬいぐるみと花束とお菓子を持って、まるで恋人にするみたいな謝罪をするのがジュードという男だ。

――ずるい。
リアムはもっと普通の生活が欲しかった。
青年の視線を独占したがるような、少し歪んだ生活ではなくて。
廃坑の街で、贅沢を知らなくても良かった。
一生、あの街で誰かの為に料理する人生でも良かった。
――あそこには必要としてくれる人がいた。
手伝いを喜んでくれた両親。二号店も三号店も出そうと約束していた兄。
自分が遊んであげないと拗ねてしまう弟達。
兄さんが一番好き、と言ってくれていた妹達。
理不尽な客に怒鳴られた時は親のように怒鳴り返して守ってくれた常連のお客達。
リアムには【家】があったのだ。
――ここは家じゃない。
誰かにかしずかれることに誇りも快楽も意味も見いだせない。
手元にあるのは、触れられるのを怖がられる能力と、家族にはなってくれない男だけ。
そんなリアムに、大人達は家族を作れと言う。

「今回は失敗したが、それで良いんだ」

大和との会食の帰りに、車の中でジュードは言った。

「あれで良かった」

外の風景を眺めながら言う。

リアムは『何であの時、助けてくれなかったんだ』と尋ねたかったが、聞くのが怖かった。聞いたら、ジュードがしてくれている【愛している振り】も終わってしまうかもしれない。

なんだか崩壊の鐘の音が聞こえてくる気がする。

もうすぐ終わりが近いのかもしれない。

「ぼくのせいで大和の神さまたちがおこっていた」

リアムのつぶやきに対し、返事は少し遅れてやってきた。

「……あれは君に怒っていたんじゃない。オレに怒っていたんだよ」

「そうなのか」

「ああ」

「いい気味だ」

そう言うと、ようやくジュードはリアムのほうを見た。

外はもう暗い。街灯の光にリアムの瞳に浮かぶ涙が反射した。ジュードが手を伸ばす。

ついに殴られるかと思ったが、ジュードはリアムの頬を撫(な)でた。

「悪かった。本当にすまない……リアム」

あの時は助けてくれなかったくせに、いまは心を痛めた顔で本当に申し訳無さそうな表情をこちらに見せる。

「……いい気味だ。ぼくはつらかった」

リアムの声は涙混じりになる。

「卑怯(ひきょう)だったのはわかってる。でも、これで問題提起が出来たんだ」

「なんだよそれ！」

「オレ達には大和(やまと)の関心が必要だ」

「いやな印象しかあたえなかったぞ！　それに……それに……そうだ、あっちの秋の女の子が、友達になりたいっておもってくれてたなんてしらなかった。お前、しってたのか？」

「いや……」

「きっともう仲良くしてくれないよ！」

「リアム」

「友達になってくれるような子なら結婚してなんて言いたくなかった！」

「リアム……」

「結婚なんてしたくないよ……」

最期は絞り出すような声になる。

「……リアム」

「しないと生き残れないっていみがわからない。現人神教会のいいなりにならないとごはんも食べられないってことなのか？」

「それに近いことが起きるんだ……だから」

「じゃあぼくがごはんをつくってやるよ。ぜいたくなんていらない」

「……」

「ジュードのごはんだって、ジュードの家族のごはんだって、ぼくが……」

「知ってるだろう。君の家族を庇護しているのは教会なんだ」

「……」

「オレは君を守りたいんだよ。わかってくれ……」

リアムはそこで喋るのをやめた。

家族を持ち出されると、心臓が冷たくなって自然と口が閉ざされた。

脅しのように【家族】を使うジュードのこともやっぱり嫌いだと思った。

好きだけれど嫌いだ。この男のずるさが許せない。

好意を逆手に取って我慢を強いるくらいなら、もっと嫌いにさせて欲しい。

──それか全部どうでもよくなるくらい好きでいさせてくれよ。

リアムは【神さま】に近づいていたが、ジュードは気づかなかった。

第七章
泥中の蓮

橋国渡航三日目、現地時間四月六日正午。

阿左美菊花が予言していた通り橋国佳州の現人神教会から連絡があった。

明日エンジェルタウンにある現人神教会支部に赴いていただけないだろうか、と。

此度の求婚申し出は代行者の未来を憂いたリアムによる独断の行動。しかし不安感を与えた教会にも反省すべきところがあり、謝罪をぜひさせて欲しいという内容だ。

謝罪なら本来相手側が出向いてくるべきだが、呼びつけている時点で橋国での現人神の立ち位置がわかるというもの。癪だが、既に警戒対象として認定した相手の情報を集めるには行くべきだろうという話になり、承諾の流れとなった。雷鳥の不在に関しては瑠璃と狼星から凍蝶と竜胆に共有されている。この旅のリーダーでもある竜胆が戻るよう電話で言いつけたが、のらりくらりと躱す上に突然電話の電波が悪くなるので竜胆も最終的に諦めた。

そんな糸が絡まりあった状態の中で、一番静かにしているのは求婚された祝月撫子だった。

昨日起きたことがよほど衝撃的だったのだろう。

撫子は知恵熱が出てしまい、臥せっている状態だ。

そして竜胆はというと、一晩本当に眠ったのかどうか疑いたくなる顔色をしていた。

「……阿左美君、あと何部屋にそれを伝えにいくつもりだ」

訪問した凍蝶の部屋で怪訝な顔で問われて、竜胆は自身で作成したチェックリストを見た。

「残っているのは夏と荒神隊長だけですよ。恐れ入りますが護衛陣にも伝達お願い出来ますか？　四季庁職員と国家治安機構には明日の移動ルートを頭に入れてもらっていますので、この資料にある避難経路だけ一度目を通していただければ。問題は現人神教会の中ですが、これに関しては後で実際に確認、となっています。さすがに図面はくれませんでした」

ハキハキと喋っているように見せかけて、秋の刀の声には張りと艶がない。

「そんなのメールで良かったんだぞ」

同じ部屋に居た狼星の指摘に竜胆は首を横に振る。

「……撫子が臥せってしまいましたし。皆さんの体調確認もしたくて。冬は大丈夫そうですね」

「大丈夫じゃないのは君だろう。失礼」

凍蝶がすっと手を伸ばした。そして竜胆の額に触れる。

みんなの憧れ、最年長護衛官寒月凍蝶に急接近されて竜胆は目を丸くした。

「寒月様……」

他の者にされたら手を跳ね除けていただろうが、さすがの竜胆も凍蝶相手にはそれが出来ない。数秒手を触れさせてから離すと、凍蝶は眉をひそめて言った。

「熱があるぞ」

竜胆はあまりの混乱に何をされているかわかっていなかったが、熱を測っていたようだ。

狼星が呆れた様子で言う。

「お前、やめてやれよ」

「何故だ？」

「阿左美殿、すまなかったな。こいつ若い頃から俺のことを育ててきたから年下のやつとの距離感がおかしくなってるんだ。悪気はない。だが気をつけろ。仲が深まれば深まるほどパーソナルスペースが破壊され子ども扱いしてくるぞ。こっちは成人男性だと言うのに」

どうやら凍蝶が生来持つ世話焼きの部分が発揮されてしまったらしい。そして彼からすると、竜胆でさえも世話を焼くべき【年下の子】に区分されてしまうのだろう。

狼星は辟易している。竜胆はというと。

──父親にされたら絶対に嫌なんだが。

何とも言えない照れで心が満たされた。立場的にこのような扱いを受けることがない。

凍蝶相手だと、くすぐったい気持ちだ。

「……すまない。確かに狼星を診るようにしてしまった。だが、熱があるのは間違いない。疲れが出てるんだろう。後は私がやっておくから部屋に戻って横になるといい」

凍蝶自身はしれっとしている。彼からすれば、竜胆は此処一年でぐっと距離が縮まった護衛官の後輩。守ってやりたいのだ。

「いえ、あの、俺は大丈夫です。お気遣いありがとうございます、寒月様」

竜胆はそう言ったが、凍蝶は首を横に振る。

「阿左美君、君は病人一歩手前だ。秋の面子は立てるのでどうか休んでほしい。狼星、護衛陣の部屋に行け。私は館内に居るから何かあれば連絡しろ」

「わかった」

冬主従は竜胆が何も承諾していないのに行動開始してしまう。竜胆は更に慌てる。

「熱っぽいなとは自分でもわかっているんですが、薬も飲みました。俺がまとめ役ですから、なるべく自分でやらせてください。部下にも仕事を采配してるので、これくらいは……」

「わかっているよ。君はまとめ役だから私を手足として使っていいんだ」

恐縮している後輩に難しいことを言う。凍蝶は尚も言葉を重ねた。

「体調確認をちゃんとしたいのはわかるよ。私の報告では信じられないか？」

「いえ、そんな……」

「今日まで頑張りすぎたんだ。いまが一番具合が悪い時だろう。明日を乗り越えれば少しはよくなっていくはず」

「……」

凍蝶が言うように熱が出ているのは疲労の蓄積と緊張だろう。

橋国に至るまでの過程で既に疲労困憊だったのに、昨日は体中の血が沸騰しそうなほど激怒する事件が起きた。

おまけに竜胆は身体は丈夫だが精神的な不調が表に出やすい体質だった。

明日の決戦を前に、緊張感も増すばかり。世話焼きの冬の男がつい心配してしまうのも仕方がない様子ではある。それに、と凍蝶は付け加えて言った。

「他陣営のこともいいが、撫子様のことこそ優先すべきだろう。今日は顔を見ているのか？」

「……朝のうちはまだ寝ていたので侍女頭に任せたきりです」

朝方、竜胆だけは季節の塔の人間と打ち合わせが入っていた。

あまり眠っておらず、大して食事も取っていないということがその場で冬主従にバレる。

狼星と凍蝶は一斉に言葉を発した。

「寝ろ、寝ろ。少しでも仮眠しろ。雑務なんか凍蝶に任せて何か食え」

「撫子様に心配されない為にも静養したほうがいい。私は事前にあまり手助け出来なかった。顔を立てると思って少し仕事をくれないか。頼む」

先輩にこうも言われると、竜胆も断れない。

「ではお言葉に甘えてお願いいたします……」

正直助かる部分はあった。任せる仕事も凍蝶であれば特に問題ない業務だ。

冬主従の部屋から出て自室に戻る中、竜胆は不甲斐ない自分が嫌になったが、それを見せた相手が冬であったということが少なからず救いではあった。

最上位の季節ということでそもそも頭が上がらない上に、現時点でどの季節よりも在位年数がある。どうあがいても新人が敵わない相手なのだ。

逆に言うと、相手が甘えてくれと申し出てくれるなら、それを断るほうが礼を欠く行いになるので有り難く仕事を任せられる。凍蝶なら、竜胆の体調が悪いようだと大騒ぎしたり、吹聴して回ったりしないということもわかっていた。

――気恥ずかしいが、俺の性格をよくわかってらっしゃる。

秋の面子を立てる、と言ってくれたのも、竜胆の矜持を理解しているからだろう。

「………」

竜胆は自室の隣、撫子の部屋の前で立ち止まる。仮眠の前に顔を見たいと思った。

「真葛さん、いるか」

ノックをすると、すぐに真葛が扉を開けてくれた。

「撫子は？」

「お疲れだったのかまだ寝ていらっしゃいます。阿左美様。ご体調はいかがですか？」

開口一番にそう言われて、竜胆は自分の顔色が相当悪いのだとようやく自覚した。

「……冬主従にも気を遣われてしまった」

これには真葛も苦笑いをした。

「お顔が普段と違いますもの。血色悪いですよ……。あの、ホテルに確認したらリゾットとか作ってくれるそうです。少し休んでくださいな」

「そうなのか、助かる。では夕食まで仮眠してもいいだろうか。あと……ちょっとだけ撫子の顔が見たい」

竜胆が部屋に入ると、大きな寝台で小さな撫子が目を瞑っていた。

寝台の上、撫子の足元付近には花桐も居る。

竜胆が近づくと、一度目を開けた後にあくびをして見せた。部屋は撫子に配慮してカーテンが閉められたままだ。近づくとようやく撫子の愛らしい寝顔が見られた。

——よく寝ている。

彼女は何か寝言を言っていた。竜胆はくすりと笑った。

今日まで大変だったが、撫子の寝顔を見ていると疲れも解けていくように感じられた。

何もかも、彼女の平和の為にやっていることだ。竜胆は起こさないように静かにまた玄関前に戻った。部屋を出ようとしたが、真葛が声を小さくして言った。

「阿左美様……あの、少しいいですか」

「どうした」

竜胆も小声で真葛に返す。

「杞憂かもしれないのですが、撫子様、ここ最近寝言が多くなってきてるんですよ」

寝かしつけや起床の声かけは真葛が本殿に住まいを移したこともあり、任される回数も多かった。彼女が言うならそうなのだろう。

「そうか。だが、撫子はもともと眠りが浅いんだ。夢を見るのが多い子だと俺も認識している。そう気にせずとも……」

真葛はまだ納得出来ていない様子だ。更に尋ねる。

「……阿左美様は夢の内容は聞いたことがありますか？」

竜胆は記憶をたどる。以前に撫子から夢を見たと話しかけてきたことはあった。

それは夢にふさわしく、現実との整合性がないものだったと思われる。

「あまり現実感がないものだった気がする……。それこそ、その状況は夢だろうとわかるようなものだ」

「……そうですか」

「それが何か？」

「いえ、夢というのは深層心理が現れると聞くものですから気になって。本当に偶になんですが、夢遊病のような時もあるんです」

「夢遊病……？　具体的には……」

「起き上がって、寂しそうに歩き回ることがあります」

真葛は言いにくそうにつぶやいた。

「大抵、阿左美様の姿を探されています。『りんどう』と言っていますから」

竜胆は驚いて言葉も出なかった。

ここ数ヶ月は忙しさにかまけて真葛に撫子のことを任せきりだったのは確かだ。

新しい護衛陣をうまく機能させる為に部下を見守りたいという気持ちもあった。

それが裏目に出て、主のストレスになっていたとしたら。

──俺のしていることが独りよがりだったのか？

竜胆はいつも【二人】のつもりだった。しかし、撫子はそうではないようだった。

空港で彼女が口走った言葉でそれを感じた。先程凍蝶に撫子に時間を割いてあげなさいと言われたことも思い返して胸が締め付けられる。

忙しくしていたのはすべて撫子の為だった。主もそれをわかってくれてはいたはず。

そう思っても、不安感がせり上がってくる。

「寝ながら泣いていることもあって、今日も……。撫子様とても優等生でいらっしゃいますから、我慢していることを言い出せないのではないかと気になってしまうんです」

「……今日も……」

確かに真葛の言う通り撫子は気遣いが出来る娘だった。まだ八歳なのに大人顔負けの心配りをする。大和の【秋】にふさわしい振る舞いをいつもしてくれる。

竜胆もそんな彼女に救われている面は多々あった。我慢を強いている部分は否めない。

「あと、あんまりにもしっかりされているから忘れがちですが、撫子様……精神的なケアが必要な方じゃありませんか。誘拐事件の被害者です。そうでなくとも代行者様ですから常日頃命の危機から逃れることが出来ません。昨日の求婚の件もストレスだったでしょうが、その前にも入国早々不審者に車をつけられて……。橋国のことが積もり積もって色んなストレスが影響して芋づる式にいま精神負荷が身体に出ている、という可能性はないでしょうか……？」

「……ないとは言えない」

撫子の場合、精神不安は不眠の形で現れていた。

しかし幸いなことにいまは問題なく眠れるようになっている。竜胆が付きっ切りで世話をしたことが功を奏した。

だが、医者には心の傷は時間が経過していけば寛解の状態へ移行するだろうが、こういったものに完治はないと言われている。

「必要なのは安心出来る環境だと思うんですが、安心感の筆頭になりそうなご両親も空港に現れなかったでしょう？　私、ご連絡を差し上げたんですよ。四季庁も都合をつけてくれるはずですのに……。どうして顔を出してくださらなかったんでしょう。あんまりだわ」

段々と愚痴っぽくなってきた。真葛は職務に忠実な人間ではあるが、この言い方から察するに撫子に情が湧いて、実の親の対応に苛ついているのだろう。

「子どもの見送りくらい、してあげたらいいのに……」

また、本人も親と折り合いが悪いので、自分と撫子を重ねてしまうのかもしれない。

——何か、撫子からの【信号】を見逃していたのだろうか？

竜胆の心の中に暗雲が立ち込める。

真葛が竜胆の返事を待っている様子が見えたので、竜胆はなんとか口を開いた。

「……真葛さん。あそこはもう変わらない。現人神を輩出したということで金銭面も労働環境も色々と配慮されているはずだが子に会いに来る回数は年々減ってる」

「まあ！」

ますます真葛は怒った。

「四季降ろしが終わって俺が会いに来てやってくださいと連絡しても、のらりくらりと躱されるばかりだ。恐らく、帝州から創紫に行くこと自体が億劫なんだろう……」

「でも今回は同じ帝州じゃないですか？　空港に来るくらい、出来るでしょうに！」

「俺のやり方がよくないのかもしれない」

「え、そんな……阿左美様が原因ということはさすがに」

「いや、あの人達と反りが合わないのは事実なんだ。俺も柔軟に対応すべきところを、そう出来ない時があった。言葉は選んで言ったが、煙たがられている可能性はある。いまの真葛さんと同じように、憤った時があったんだ」

「……でも」

「改善して下手に出てはいるんだが、それでもお変わりないところを見るに、子どものことで他人にごちゃごちゃ言われたくないのだろう。あとは単純に仕事がお忙しいのだと思う。お二人は四季庁でも出世街道を走っているからな……」

真葛がまた『でも……』と口ごもる中、竜胆は考えた。

――彼らと同じことを俺はしていたのだろうか？

竜胆と撫子の両親との歴史は浅く、会った回数も数えるほどしかなかった。秋の代行者護衛官に任命されてから顔合わせということで挨拶に向かったが、娘を神様に召し上げられた悲愴感というものは全くなく、二人共良いようにしてくれという願いしか口にしなかった。その引っ掛かりが確信に変わったのはやはり撫子と暮らすようになってからだ。

どう考えても竜胆が育った家庭環境とは違った。

竜胆がすることにいちいち尋ねるのだ。『どうしてそんなことするの』と。

彼女にとって、大人が面倒を見てくれる環境は妙なことのようだった。

戸惑うのは竜胆も同じだ。

自分が親にしてもらったことを小さな子にしてやっているだけだというのに、それが妙なことのように言われる。その居心地の悪さは筆舌に尽くしがたい。

いまでもあの日々を思い返すと苦々しい気持ちになる。

秋の神様が代替わりをした時のことを。

黎明十八年、本来なら春があるはずの時期に祝月撫子は神様になった。

その年は例年通り、春の不在を覆うように冬が季節を長引かせていた。

竜胆が自身の主に出会ったのは同じ年の夏。冬場の寒さを退け、作物を育まんと太陽は大地を照りつけ、黙っていても汗がにじむような日だった。

――とんだ貧乏くじを引いた。

両親の仕事を手伝う形で海外暮らしをしていた彼は、ほかの四季の末裔と違って外の世界を満喫していた。身分を明かすことは出来ないが、普通の学生として大学も卒業。

偶に秋の里に戻り、阿左美一門の道場で腕を振るうこともあったが、引き止められてもやんわりと断ってまた海外へ戻る。悠々自適な生活だった。

そんな彼にも、ようやく一族にかけられた戒めの呪いが降りかかる。

新たな秋の代行者、祝月撫子の護衛官就任だ。

――護衛官なんて聞こえはいいが、結局は子守りじゃないか。

今では秋の護衛陣を率いる彼も、当時はただの青年。尊大な若造でもあった。

文武両道と名高い阿左美一門本家の長男。近親者や実際に彼と阿左美の道場で組手をした者達から『あの者ならば』と推薦され、竜胆は嫌々護衛官就任を引き受ける羽目になった。

なまじ、生真面目な性格故に大和柔術を極めたのが悪い方向に舵取りした。

話を聞いた時には断れる状況ではなく、祖父母に泣いて喜ばれたことから腹を括った。

これが阿左美竜胆が護衛官になった顚末だった。

阿左美一門から護衛官輩出は名誉なことだ。竜胆もわかっている。

可愛がってくれていた親族が喜んでくれたのも嬉しい。だが、昔から窮屈な里が嫌いな彼にとって、そこに縛り付けられる仕事は本来なら断りたいものではあった。

――家紋の名誉、家紋の名誉。

長男は辛い。そんなことを考えながら本殿の奥座敷で面通りの時間を迎えた。

暑いのにスーツを着せられて、額から汗がポタポタと落ちた。

――ある程度まで勤めたら辞めよう。

最初からそんなことを思っていたのだから、この青年に責任感はあまりなかった。


「秋の代行者護衛官、阿左美竜胆。前へ」

まだこれから起きることを何も知らない子どもだったのだ。

燃え上がる暑さの日に、竜胆は秋の神様に挨拶をした。

『ご挨拶を。新たな秋の代行者、祝月撫子様です』

案内人にそう言われ、初めて見たその人は、天井から糸で吊られているような幼子だった。大勢の大人達にかしずかれる神様の役割をこなしている少女、とでも言えばいいだろうか。彼女だけ世界から浮いているように見えた。

——泰然としている。

なるほど、これが神になった人か。そう思った。神威とも言える雰囲気に気圧されもした。負けじと会話をしたが、何を喋ったかもうあまり覚えていない。確か、自分が何をする者か答えた気がする。とにかく貴女を守る者だとわかってもらおうと説明した。

そうすると、彼女の仄暗い瞳に少しだけ光が灯った気がした。

その後に撫子の両親とも挨拶したが、彼らは仕事が大変忙しいということで話せた時間は一時間にも満たなかった。慌ただしく里を後にするのを見送った。

祝月撫子は四季庁勤めの両親と帝州に住んでいたが現人神になったことで里が預かりを申し出て、創紫へ身を移した。

二人は現人神の親ということである程度働く場所や暮らしも優遇される状態にあったのだが、

娘とは別れて暮らすことを決意。以降、撫子は本殿に居る。

護衛官の選定が遅れたせいで数ヶ月は側仕えが日替わりで子守りをする状態だった。

——こんな環境に長いこと置いていたのか。

それを聞くと護衛官就任を渋っていた竜胆も撫子に同情した。

小さな子ども、しかも五歳だ。

そんな幼き者がいきなり神様になれと言われて親から引き離される。

気心知れた相手を作る機会もなく、知らない大人達に代わる代わる世話をされる日々。

多感な時期の子どもにはたまらないだろう。若い身空で味わうものではない。

——俺なら家出したかもしれない。

竜胆はこうした寂しさとは無縁の家庭環境で育っていた。自分の子ども時代とはあまりにも違う環境に置かれた少女神を哀れんだ。

従者はそのように思っていたが、一方、主である撫子は両親から引き離された五歳の子どもという悲哀はまったく見せなかった。ぐずったりすることもない。

ただずっと静かにしている。やはり人形のようだ。妙に達観している言動も目立つ。

——神とはそういうものなのだろうか。

子どもを守る大人、そんな存在に初めてなった青年にはわからなかった。

それこそ、大きな子どもが小さな子どもの面倒を見るようなものだったのだ。

最初は距離が離れていた二人。ぎこちない会話からすべてが始まった。

『なんとお呼びしましょうか』

『なでしこでだいじょうぶよ』

『では俺も竜胆と』

詰められない距離がもどかしかった。

新米護衛官は奮闘した。とにかく良い環境を与えてやろうと。

『秋離宮に移る準備をしようと思うんです。どうでしょう？』

『おまかせします。なんでもいいわ』

『ここは口煩い大人が多い。離宮なら貴女が子どもらしく振る舞っていても怒る人はいません。いえ、俺が採用しませんよ。人をちゃんと選びます』

『わたくしがきめることではないから』

変に大人びている子ども。五歳とは思えない受け答えにたじろぐ大人。

青年は果たして主と信頼関係を構築出来るのかと不安を覚え始める。

『撫子、夕餉の支度が整いました。いただきましょうか』

『あなたもいっしょにたべるの？』

『ええ。俺がご一緒出来ない時は他の者が。今までお一人にさせていたと聞いて驚きました。今後はこのようなことがないように本殿の者にもきつく言いつけます』

『どうして』

『え』

『どうして？　ひとりでたべないの？』

不思議なことに、撫子は何でもどうしてと聞いてきた。

手を繋いで歩くのにも『どうして』。抱き上げて移動しようとしたら『どうして』。好きな食べ物を聞いても『どうして』。

これが竜胆には堪えた。歩み寄る姿勢に疑問を呈される度に心が折れそうになる。

──そんなに俺が嫌か。

生活の些細なことで何度も聞かれる。浅慮な竜胆は、この少女神は大人を困らせたいのだと推測した。やっと現れた護衛官。不満をぶつける相手が欲しかったのだろうと。

だが、そうした疑惑はやがて綺麗に消え去ることになる。

『もうおふとんにはいってねます。おやすみなさい』

とある日の夜、竜胆はあらかじめ用意していた絵本を持って撫子に言った。

『はい。ではお部屋まで行きましょうか。今日は寝る前に本を読んでさしあげます』

自分が子どもの頃に大好きだった本を取り寄せることが出来たのだ。

彼女のびくともしない感受性をどうにかしたかった。

自分の自由時間も欲しかったが、彼女が不眠なのを知って、気にもしていた。

『わたくしもうねます』

『はい、だから本を』

『どうして？　もうねるからごほんはよんじゃだめなのよ……？』

しかし新米護衛官の試みは失敗。敢え無く撃沈する。

『……そうですか』

会話を続けはしたが、竜胆は内心傷ついていた。また【どうして】攻撃だ。一度や二度ならいいが、やることなすことすべてにどうしてと聞かれると自分の提案が馬鹿らしく思える。良かれと思って聞いているので深い理由もない。少しは肯定してくれないだろうか。

そんな竜胆の感情を少し感じ取ったのか、撫子は慌てて申し訳無さそうに言う。

『あの、ごめんなさい……』

『……いいえ、俺がまた要らぬことをしただけです。すみません』

『ちがうの。だって夜はすぐねないとだめよね……？』

確認するように聞かれて、竜胆(りんどう)は怪訝(けげん)な顔をした。

『寝る前に本を読むくらいは良いのでは。貴女(あなた)はお嫌なのでしょうが……』

『いやじゃないわ、よういしてくれたごほん、よんでもらいたい……』

『なら……』

『でもそれはわがままになってしまうから……』

そこでやっと、竜胆(りんどう)は違和感を覚えた。

『我儘(わがまま)……。その、そういったことはご両親のお言いつけですか？』

『そうよ。おふとんのなかでじっとしてなきゃ。あさがくるまでおきてはいけないの』

──あれ。

『おかしなことを言いますね。眠れない時はどうするんですか？　怖い夢を見た時は？　お父様やお母様のお部屋にいくのでは？』

──これは、もしかして違うのでは。

『そんなはずかしいことできないわ。それにねむれなくてもあさはくるもの。あさのかみさまがくださるの』

浮かんだ予想を信じたくなくて、何故(なぜ)だか苦笑いが浮かんだ。

――まさかな。

まだ断定は早い。疑念を口にすることなく寝かしつけを始めた。読み聞かせはどうやら効果があったようで、撫子は珍しく楽しそうにしていた。少しだけ仲良くなれた気がした。

『撫子、どうですか？　少しは眠くなったでしょうか』

撫子は竜胆の問いかけに首を横に振った。目はぱっちりとしている。

『困ったな……』

撫子にとってすべてが新鮮で、刺激的な毎日。よって自然と目が冴えるのだろう。

『……撫子、何をしたら眠れるでしょうか』

『わからないわ』

竜胆はがっくりと肩を落とした。これが終われば竜胆も自分の時間が持てるのだが。

幼い主に仕えるのは大変だ。だが自分がやると言ったことだ。頑張らねば。

『どうしてって……眠るお手伝いをしたいからです』

『どうしてわたくしがねるまでりんどうは見ているの』

『しゅみなの？』

『……撫子、そんなわけないでしょう……』

怒りますよ、と言いかけて竜胆の頭に先程の疑念がまたよぎった。

『……もしかして現人神になられる前はこんな風に寝かしつける人は居なかったのですか？』

『おひるねのときは、いたわ。せんせいとか、しったーさん。でも夜は……。だからどうしてなのかなって思っていたの。神さまにひつようなことなの？』

『……』

『ほかのひとも、何をするにもついてきてふしぎ』

それは十にも満たない彼女なら、当たり前に貰えるはずの環境なのだが彼女は違ったらしい。

暗い表情になる竜胆を横目に、撫子は問いかける。

『りんどう、あしたもわたくしのそばにいるの？』

『え、それはもちろん』

『あさっても、そのつぎのつぎの日も？』

『お許し頂ける限り、貴女の傍に居ますよ……』

『……ふふ、へんなの』

普段笑わないくせにおかしなところで笑う。彼女にとって、いつも誰かが傍に居るというのは不思議なことなのだろう。何だかいつも寂しげで、此処ではない何処かにいる神様。

『……』

竜胆は、この少女神の世話が面倒で、早く手がかからなくなれば良いと願っているのだが。

『撫子……今日は、このまま一緒に寝ましょうか』

何故かそう囁いてしまう。

『うれしい……りんどう、すき』

初めて主に好きと言われて、竜胆の頭の中が痺れた。

それから、竜胆は一度は捨てかけた疑念を拾い直した。

もし【そう】なら、この少し変わった子どもの神様が見せる素振りの謎にも答えが出る。

添い寝をした次の日に改まった態度で尋ねてみた。

『……あの、撫子。お聞きしたいことがあります』

『なぁに』

『ご両親は厳しい方々だったんでしょうか』

『うーん』

『食べるのも寝るのもいつも一人だった？　貴女の歳なら、普通は誰か傍に居るものなんです。だから俺は、貴女を独りにさせないようにしているんですよ』

『そうなの？』

『ええ、貴女が神だからというだけじゃない。五歳なんですよ。あまり一人にさせられない。大人に守られて、楽しいことをして、すくすくと育つべき時なんですよ』

『だからりんどうはいろいろしてくれようとするの？』

『そうですよ！　なのに貴女ときたら……！』

『ほかのおうちはそうなの？』

『……基本的にはそう推奨されるかと。少なくとも俺の家では考えられませんね。こんなに幼い時に無闇に一人にさせるなんて、罰を受ける時くらいだ』

『しらなかったわ……』

今度は、撫子が傷ついた顔をした。

『……でも、でも、じゃあわたくしがわるいこだからだわ』

『貴女が？　うちの親戚の餓鬼共と比べても品行方正ですが』

『いいえ。わたくしがわるいの。わたくしはずかしいこで、おこられるようなことをするから』

『子どもがするような悪いことなんてたかが知れているでしょう……』

『わるいこよ……いうことをきけないこは山にすてられてしまうでしょう？　わたくしここでそうなりたくないの。りんどうにもはずかしいとおもわれたくない』

山に捨てる。大人が悪童に言うことを聞かせる時に言うような定型句だ。

『……撫子、それはただの脅し文句ですよ。そういった発言は子どもを傷つけますから良くないと思いますが、俺も祖父に言われたことあります……。古い人なんで……』

本当に捨てる人間などそうそういない、と言おうとしたところで撫子が嬉しそうに微笑んだ。

自分達に初めて共通点を見つけた、と言わんばかりに。

『まあ、そうなのね。りんどうもやまにすてられた？』

撫子(なでしこ)は喜んでいたが、竜胆(りんどう)の時は一瞬止まった。

『……は？』

びしり、と空気も凍る。何か言葉の行き違いが発生していることに気づいた。

『わたくしのときは、おうちのまわりにやまがないから……たいへんだったの。おりてもしらないまちで。そこがどこかわからなくてこまってたら、しらないひとがたすけてくれて……』

『……』

『それでおうちにもどれたの。りんどうは？』

『…………』

『こわくなかった？　だいじょうぶだった？』

『…………』

『……りんどう？』

にこにこ笑っている少女の無知は怖い。

物を知らぬ子どもは起きている事象の名前も知らない。

それは虐待ではないのか、という問いはついぞ本人を前にして口から出なかった。

後に、祝月撫子が帝州にて保護された事件があったと調べでわかった。

幸いなことに、親に置き去りにされたその日の内に民間人に見つけてもらい、国家治安機構が動いて、両親は厳重注意。事件はもみ消されたが里からも苦言が入ったとされている。

わざわざ高速道路に乗って、帝都近くの山に捨てた理由が『食事を吐いて床を汚したから』と知った時には竜胆の意識が遠のきそうになった。

――これは違う。

問題行動をする子どもというのは確かに存在する。

親も大変だろう。幼い子は制御が利かない。癇癪持ちなら何をしても無駄だ。

子育てで頭がおかしくなりそうになる時もあるはず。しかも撫子の両親は共働きで、四季庁でも長時間労働が当たり前の管理職。近くに祖父母もおらず、頼れるのは保育施設や雇いの子守りのみ。やむにやまれぬ苦悩があったのではと竜胆も信じたかったが。

――これは違う。親に信頼すべき材料がない。

調べたところ、預けていた保育施設や、通いで来ていた雇われの子守りからも撫子は非常に聞き分けが良い子どもだと評価されていた。反対に撫子の親へは育児放棄の疑いが深く、酷い暴力こそ無かったが、放置、無視、食事の取り上げ、度を越した教育が常態化していることを懸念されていた。だから突然親元から引き離されても文句一つこぼさなかったのだ。

弱音や口答えは禁止されていたのだろう。大人に言われた通りに生きていた。

撫子（なでしこ）の両親は彼女にいつも【世間に出て恥ずかしくないように】と教えていたらしい。彼女は親からすると未完成で腹立たしい存在だったのだろう。子どもとはそういうものなのだが。

――これが大和（やまと）の秋。

竜胆（りんどう）が守るべき神様。自分が【はずかしいもの】だと思っている生き物。

主が自分へ向ける数々の問いかけは嫌悪（けんお）ではなく戸惑いだったのだ。

『どうして手をつなぐの？』

本殿の者達の中でも、彼女が発信する違和感に気づいた者はいたはず。

だがそんな報告はなかった。見て見ぬふりをされたのかもしれない。

『どうしていっしょにごはんをたべるの？』

いずれ護衛官（ごえいかん）が決まるのだからその者に任せればいいと。

この気味の悪い子どもの。この恐ろしい生命腐敗（せいめいふはい）の神の。

この世界構造を保つ為の道具の、小さな救難信号を見過ごした。

『どうしてそんなことをしてくれるの？』

子どもの世話を真面目にやるなんて割に合わない。見なかったことにしたほうがいい。一人で強く生きるように仕向ければいいのだ。子どもは不完全で愚図だ。悪意にも鈍い。だからきっと大丈夫。自分達はもっと辛い時代を生きてきた。

『りんどうのおうちはちがうの？』

だからこの子も大丈夫だと。

——彼女は何度も『どうして』と聞いていた。

撫子としては竜胆が思うような嫌がらせなどではなく、『そんなことをしておこられないの？』という確認作業だったのだ。振り返ってみれば、言葉通りにただ質問していた。

それを受け入れることで下される何かしらの罰に怯えていただけだ。もしかしたら自分があの家のルールを破ると他の人に迷惑がかかるのではという疑いもあったのかもしれない。

私がルールを破って、貴方は不利益を被らないのか、と。

罰ありきの生活をしている人間は、最初から最悪な想定をすることで心を守る。
新しい住処である秋の里は、ビルに囲まれた帝州の大都会とは違い自然豊かだ。
周囲は自分より身体の大きな人達。幼い彼女はこう思ったかもしれない。
嗚呼、また山に捨てられてしまう、と。

暗い山道を一人で歩いたことがあるのだ。
きっと泣きながら歩いた。自分は大事にされる人間ではないのだと自覚した。
それもこれも、親に恥だと言われるような娘だから。
『そうなのね、りんどうはすてられたことがなかったのね。よかった』
だから慎重に慎重に受け答えをしていた。
『りんどうがしあわせでよかった』
貴方にすら恥ずかしいと思われたら泣いてしまいそうで。

竜胆は大人達から無視されている自分の秋を守りたいと思った。

それから、撫子との接し方も変わった。

——俺がさっさと護衛官になっていれば。

『……撫子。楽しいことを、何か楽しいことをしましょう』

——いや、そもそもこんな大変な子どもだなんて聞いていないぞ。

『……子どもはそうやって育つものなんです。本当です。今までが間違ってた』

頭の中で考えていることと、振る舞いが全く別物になっていく。

そうしないとこの可哀想な生き物に自分も良くない大人だということがバレてしまう。

——取り繕わなくては。この子の為に。

無自覚に愛すること。

主の前と他で自分の振る舞いを分けること。冬の王からも砂糖に砂糖をかけているようだったと言われた甘やかしもそういうことから始まった。

『きょうはいっしょにあそんでくれるの？』

『ええ、俺で良ければ。たくさん遊びましょう』

『じゃあ、おえかきしたらみてくれる？』

『いいですね。ぜひ見たいです』

撫子（なでしこ）はよく大人の顔色を窺（うかが）った。脅しで育った子どもはいつまでもそうする。

『……ほんとにみてくれる？　なんまいまでならいい？』

『何枚でも。というか全部見せてくださらないんですか』

『……』

『撫子（なでしこ）、後ろに隠しているのはなんですか？』

『…………』

『……俺を描いてくれた……？』

『あのね、すてるやつなの』

愛されることを怖がり、自分からは何かを欲しいと言えない人間に育つ。

身を綺麗にすると書いて躾けだが、はたして竜胆が出会った神様は美しかったのだろうか。

『これは俺、これは貴女。そうでしょう？　並んでる、仲が良さそうだ』

『ちがうの。すてるやつなの。あのね、みせたからもうすてる。だいじょうぶよ』

『どうして？　俺にくれないんですか？』

『はずかしいから。いいの。もうやぶるから』

『恥ずかしくない。貴女は俺の主なのに、従者に褒美をくださらないんですか』

支配者になった者からのみ見える美しさではないのか。

『俺にくれる絵を破らないで』

第三者からは、哀れな子どもにしか見えない。

『…………あとですてる？』

『酷いことを言いますね……俺がそんなことをすると？』

『あとですてられたの、みたくないの』

『なら心配ない。部屋に飾ります。見に来ればいい。それとも俺にはあげたくない？』

竜胆(りんどう)は、撫子(なでしこ)に変わって欲しいと思った。

『……………うん』

大人を信用することを覚えて欲しい。

『……ほんとうは、りんどうにあげたかったの』

自分を信頼して欲しい。

『りんどうは、わたくしをまもってくれるひとだから』

疑問を持たないで。

『わたくしの、ごえいかんだから』

庇護に不安を覚えないで。

『やさしくしてくれるから』

愛されることに慣れて欲しい。

『はずかしくないって、言ってくれるから、あげたかったの』

皮肉なことに、撫子は神様になったことで救われたのだ。

現人神では珍しいことだった。大体は神様にされたことで不幸になる。

二人の関係性は極めて良好に進行していき、そして春の事件を経て結束は更に強まる。

祝月撫子は遅れを取り戻した情操教育のおかげで少しだけ子どもらしくなれた。

「……」

竜胆は一瞬の邂逅から戻り、自然とため息をついた。

目の前には不服そうな真葛の姿がある。

――目眩がする。

軽い吐き気も。疲労のせいだけではない。自分がしたかもしれない過失で胸がむかつく。

――しっかりしろ。体調不良が何だ。

竜胆にとって【許せないこと】は撫子の平穏が乱されることだった。

自分が原因で彼女の精神が不安定になっているならそれこそ許されることではない。

幸せにしてやりたい娘なのだ。この世に居る誰よりも。トランクケースに閉じ込められていた彼女を抱きしめた時に、それは絶対的なものとなった。

――俺があの人達と同じようになってはいけない。

竜胆は身体の不調にふらつきを覚えつつも心では強くそう思った。

撫子に愛おしさを感じるごとに、彼女の両親に憎しみにも似た感情を抱く。

真葛だけの怒りではない。竜胆もずっと怒っていた。

どうして、会いに来ないのだと。

お偉方の前でだけ良い顔をして、その癖、秋の代行者を輩出した栄誉は貪る。

何もしてはくれないのに、権利だけは主張する。外面を飾り立てる。

そういう卑怯者でお前達こそ恥ずかしくないのかと。

だが彼らは逃げるように接触を躱し続けている。文句を言われたくないのだ。

子どもを預け、それぞれ自分の生活や仕事に邁進している夫婦。

仕事の出世が人生の喜びとなっている二人に本当は子など必要なかった。

出来てしまって、他の夫婦と同じように頑張っては見たものの途中でやる気をなくした。

無理だった。子どもがいることで生まれる喧嘩で夫婦仲もどんどん悪くなる。

子育てに報酬はない。

強いて言えば子らの健やかな姿だが、情が育まれなければそれも報酬にはなり得ない。

ひどく忙しい彼らにとって、子は小さな負債だったのかもしれない。

その証拠に、離婚寸前だと言われていたはずの二人は関係を持ち直していると風の噂で聞く。

彼らにとって竜胆は体の良い託児所扱いなのだ。

不要な子が神になってくれて幸運に思えただろう。

もう育てなくていい。

——卑怯者共が。

残念なことだが、竜胆はこの重い事実を受け止めることにした。

祝月撫子は竜胆にとっては宝のような娘だが、親にとってはそうではなかったのだと。

春、夏、秋、冬。去年あれだけのことがあったのに空港に見送りにすら来ない。呆れを通り越して諦めるしかない。

そして同じく両親が来てくれないことに何の疑問も抱いていない当の撫子はというと、育った環境とは裏腹にとても優しい子に育っている。

本当なら手に負えない子どもになってもおかしくはない。

日に何度も泣き、叫び、愛着を示す。

問題行動を起こして自己証明をする。

傍にいてと背中を追いかけて仕事をさせない。

愛してほしいと注意をひくような悪戯をする。

要求が通らないと大声で駄々をこねる。

意識をこちらに向けさせる為にあらゆることを。

お父さん、お母さん、貴方に【わたし】のことを見ていて欲しい。

だからこっちを向いて、と。

そんな訴えをしても良いのに祝月撫子はしない。

誰に教えられるでもなく自分の行動を制限している。

子どもが親を求め、関心を得るためにすることは、甘えというよりかは生存本能から来る救命行動とも言えるのだが彼女はそれをする気がない。生きる気がないのかもしれない。

秋の神様にふさわしく、ただただ静かに寂しげに過ごしているだけ。
その姿はまるで枯葉落ちる木々のよう。じっと寒さに耐える秋花にも似ている。
撫子の両親がそのように躾けた。

『恥ずかしくない、大人の邪魔にならない子どもになれ』と。

子どもらしくはしゃぐようになったのは、竜胆との仲が深まってからだ。
言い方は悪いが、撫子はとても育てやすい娘だった。
だから竜胆もなんとかやってこれた。

――俺は。

結婚もしていない、子育てもしたことがない、そんな青年が神の力が宿った少女を見守っていくのは大変だ。どうにかして幸せにしてやりたいと想っていても、理想と現実は違う。
彼女でなければ竜胆はもっと苦労して過ごしていたことだろう。

――俺はあの人達と同じにならない。

竜胆は代行者護衛官としてはまだまだ新米で、信頼できる仲間も少ない。赴任したばかりの頃は自分のことだけでも精一杯だった。慣れてきてからは惰性も出た。そこから一念発起。撫子の為に環境を再び整え、最近はようやく自分の思い通りに物事を動かせるようになってきた。真葛と白萩という味方も出来た。

——俺は違う。

これも、自分を信じて任せてくれた主のおかげだ。

仕事に専念出来たのはそういう大人しい主だったからだ。

いつもこちらを遠慮がちに見てくるような娘で良かった。

仕える人が優しい神様で良かった。

良かった。良かった。

嗚呼、良かった。

元々、民の為に犠牲になる命なのだから、どうでもいいと竜胆も思えば良い。

——思えるかよ。

そうではないから、彼女を愛している。

竜胆は返答を待っている真葛に向けて口を開いた。

「……真葛さん。仮眠、こっちでしてもいいだろうか」

証明したかった。

誰に対しての証明かはわからないが、とにかく出来ることをすぐしたかった。

自分は【彼ら】とは違うのだと。

「えっと……」

真葛は言われたことにすぐ反応出来なかった。

「撫子の傍に居たい。真葛さんは良かったら少し息抜きしにいってくれ。まだ時間がある。ラウンジに行ってお茶を飲むとか、買い物してきたっていい」

「そう言われましても……。あの、私、出過ぎた真似をしましたよね……」

真葛は申し訳無さそうな表情を見せた。

上司がやっとありつけた休憩を妨げたかったわけではない。

「阿左美様、せっかく一休み出来るという時に……」

それは竜胆も理解していた。

「いや。真葛さんは問題の共有をしてくれただけだ。むしろありがとう。それで良いんだ」

「……ですが」

「俺が見てやれない時に、撫子に異変が起きたら知らせてくれる。それが貴方の仕事だ。同時に、俺にとって、ありがたいことなんだ」

だから撫子を任せられている。

「面倒だからと……報告されないのが一番辛い」

「阿左美様……」

「撫子に関しては真葛さんが指摘するように最近あまりかまってやれなかった。目覚めた時に居てやりたい。だから少し隣で仮眠する」

「……」

こうなると、真葛に残るのは撫子の両親への怒りではなく上司への心配だった。

「けど、撫子様が途中で起きられたら、阿左美様あまり休めなくなるじゃありませんか」

「ああ。だが離れているほうが心配になって眠れないんだ……」

真葛は止めたが、竜胆はまた部屋の中に入り、撫子の元へ向かった。

そろりと彼女が寝ている寝台に潜り込む。そしてせっせと撫子に布団をかけてやった。

「……」

真葛はそれを見ることしか出来ない。

——この人、まだ若いのに過労死まっしぐらだわ。

呆れもしたが、年下の上司が本当に可哀想に思えてきた。

昨年は春に誘拐事件。夏に自身を騙る者が起こした大事件、及び暗狼事件。暮れにはエニシへ弾丸旅行で人助け。そして今年の春にはこの橋国騒動。通常警護に主の世話。精神が休まらないのは竜胆も一緒だ。護衛陣を一度解体し、再結成させたことも大仕事と言える。

——私の言う時機がまずかった。

真葛は内省した。

——もう少し後にすればよかったわ。

彼女からすると、竜胆は上司ではあるが年下の若造でもある。

魅力的な青年だが浮ついた気持ちを抱く相手ではない。

なんだか若い子、という感じだ。良い意味でがむしゃらというか、悪く言えば生き急いでいる印象が強い。もちろん、尊敬する部分もあるが、気持ちとしては撫子や白萩と同じく年上の自分が世話をしてやるべき対象、と思っている。

竜胆は特に働き盛りということで健康無視が目につく。

自室でぐっすり寝ろと言いたいが、もうこうなったら聞かないのもわかっていた。

彼女の上司は、危なっかしい上に結構な頑固者。矜持が高く、振る舞いもそれに比例する故に融通がきかないことも多い。

だが、主への忠誠心は誰よりも強く、部下に理不尽なことを強いる人ではない。

故に、支えてやりたい若者でもあった。

真葛は代わりに自分が出来ることをしようと決意した。

「阿左美様」

小声で呼んでから、竜胆に自身のタブレット端末の画面を見せた。

旅の後に提出する四季庁や里への報告書が途中まで書かれてある。

誰がやってもいい仕事だが先んじて用意していたのだろう。

これが真葛の出来ることだった。

寝ている撫子を慮り小さな声で『ラウンジで続きやります』と言う。

「真葛さん……」

竜胆は真葛を拝んだ。正直、それが一番助かる支援だと言えた。

真葛は竜胆に少し微笑んでから部屋を静かに出ていった。

そうして、王子様は眠り姫の横で静かに眠りについた。

撫子はその間も夢を見ていた。

子どもの泣き声が煩い。

今日の夢は、撫子が神様になった時の思い出だった。舞台は離宮ではなく彼女が住んでいたマンションだ。少しおかしいのは、視点の先に【祝月撫子】が二人居ることだった。

現人神の代替わりがまさにいま行われ苦しんでいる齢五歳の撫子。

そしてもう一人は、そんな幼い撫子を眺めている大人の撫子だ。

現在の祝月撫子が俯瞰視点で成長した祝月撫子を見ている。成長した祝月撫子がいまよりもっと幼い撫子の姿を見ている。なんともまあ、奇怪な世界だった。

『いたい』

四季の代行者が崩御した場合、新しい代行者が超自然的に誕生する。

神痣と呼ばれる聖痕が身体に浮かび上がるのが第一報。

神に任ぜられた者の場所に呼び声が現れるのが第二報。

そして最後に本人の意思に関係なく、自然と季節顕現の力を発露させてしまうのが第三報。

このような仕組みにより神は人間に観測される。老齢だった秋の代行者がその時急逝してしまったのだろう。秋の代行者となった撫子は菊の花の神痣が片手から稲妻が走るように体全体に描かれ、瞬く間にその場の家具を腐食させていた。

『こわい、いたい』


ただ、悲しいことに新たな秋の神の誕生を見ている者は誰もいなかった。

撫子が神として発見された時、彼女は両親と住んでいたマンションに一人留守番をしている状態だったとされている。当時の情勢はというと、花葉雛菊が賊に拐かされてから数年が経過し、大和に春の季節でも雪華が降る時。夏はまだ来ていなかった。

薄ら寒いマンションの中で、一人苦しむ彼女を発見するのは両親ではなく、階下の人物から『異臭と異音がする』と通報を受けた国家治安機構の機構員だった。

そのことを、祝月撫子は知っている。あの日の寒さと虚しさ。そして孤独も。


『だれかぁ』


叫んでも無駄なことも、わかっていた。

小さな撫子が泣いて苦しむ姿を、大人の撫子はどんな表情をして見ているのだろう。

撫子は気になったが、顔は見えなかった。

髪の毛はいまより大分長くなっているようだ。憧れの春の神様や夏の神様を真似したように伸ばした巻き毛。それが時より揺れた。嗚咽を我慢しているのだろう。

――なぜ泣くのかしら。

現在の撫子はそんなに悲しくはなかった。

記憶に新しい出来事だが、そういえばそういうこともあったな、という心地だ。

――なつかしい。

駆けつけた両親は仕方がないこととはいえ、加減は出来なかったのかと撫子を後で咎めた。素敵な家具で飾られたマンションが滅茶苦茶になったのだ。申し訳ないことをしたと、いまでも撫子は反省している。

――あの時、もう少し腐食をおさえられたら。

結局、神の在り処を隠す為に両親共々引っ越しを余儀なくされ、撫子も管理されたほうが良いということで帝州から創紫の本殿に移されたのだ。

それから彼らとは祝い事の日にしか会っていない。いろんなことがなつかしい。

ぼうっと見ていたら、小さな撫子の悲鳴と共に、大人の撫子の泣き声が聞こえてきた。

嗚咽もこらえられなくなったのだろう。泣き声は段々と大きくなる。

自分はもう乗り越えたことなのに、何故、と撫子は思う。

――どうして泣いているの。おとななのに。

大人になると弱くなるのだろうか。そんな疑問が撫子の中で浮かぶ。
どんどん肩が小さく縮こまる大人の撫子を見て、やるせなさが湧く。
ほんの数年前の自分より、未来の自分が泣いていることのほうが辛く悲しい。
この子は大人になっても苦しいのかと他人事のように思う。

『撫子、おいで』

いつの間にか、声をかけられた。現在の撫子のすぐ傍に、夢の中の竜胆が立っている。

『あっちにいってあげて、あっちがかわいそうよ』

撫子は大人の撫子を慰めてあげたかった。
けれども、竜胆は現在の撫子を抱きしめた。

違うよ。あっちだよ。

そう言いたかったが、そこで夢は終わった。

目覚めた秋の神様は、着ていた浴衣が汗で重くなっていることに気づいた。

発熱は辛かったが、一日中寝ていたせいか頭は眠る前よりすっきりしていた。

部屋の中は薄暗い。夜だということはわかった。

朝ごはんは食べたが、昼も抜いていたのでお腹がくうと寂しく鳴った。

誰か大人に話しかけて、お腹が空いたと言わねば。

そうしないとご飯をもらえない。

撫子はのそりと起き上がる。すると、寝台の布団に不自然な隙間があることに気づいた。

——りんどう。

彼の残り香もある。きっと添い寝してくれていたのだ。すぐわかった。

彼は撫子が発熱したり病にかかると、傍で看病してくれる人だった。そのまま此処で寝てしまっていたのかもしれない。

「……」

撫子は無言で口元だけ微笑みを描く。心が温かさに包まれた。

忙しいのに自分を気にかけてくれたのだ。その気持ちが嬉しかった。

『元気になったよ』と報告しなくては、と撫子は思う。額をぺたりと自分の手で触ってみた感じからして、もう熱は下がったように思えた。

撫子はそろりと寝台から降りる。護衛犬花桐がすやすやと布団の上で寝息を立てていた。

花桐もまた撫子を見守ってくれていただろう。寝ている花桐の頭を撫でる。

リアムからの求婚が頭をよぎり、また胸がざわついたがもうあまり考えないことにした。

竜胆はホテルに戻ってからも『絶対に結婚はさせない』と約束してくれていたからだ。

彼が居れば自分は大丈夫。

そう自分自身を鼓舞しながら、よたよたと歩きながら部屋の扉へ向かう。

ドアノブに手をかけようとしたところで、そこで廊下から男性の話し声が聞こえてくることに気づいた。

「そんなに心配しなくていいからもう帰ってくれ」

「わかってるよ、帰る。俺は教会のほうには派遣されないが部下が行くから、よろしくな」

言い合いをしているように聞こえる二人の男。声で片方は竜胆だということがすぐわかった。

もう一人は、恐らく阿左美菊花だろう。

——りんどうのお父さま。

撫子の寝室はホテルの部屋入り口から続く廊下の途中にあった。

何かあればすぐに部屋から脱出可能な位置だ。その代わり、人の出入りの音がよく聞こえる。

パーラールームから聞こえる大人達のお喋りも、うっすらだが耳に届いてくる。

時刻は夕食時だった。

きっと護衛陣はみんなでわいわいと食事を取っているのだろう。

──そっちにいきたい。

しかし、親子の別れを邪魔するのはよくないと撫子は思った。

せめて竜胆が父親を見送った後に出ていこう。そう決める。

そわそわとしながらその場で待機した。撫子が待っている間も二人は会話を続ける。

「教会に入る時は気をつけろ。武装解除を求められるだろうが、従う規定はない。荒神さんにも立ち会ってもらうんだ。あそこの教会周りは意外と強盗事件が多い。これ、資料まとめたから何か理由を言われたら材料に使え」

「……ありがとう、と言いたいが俺に内緒で仕事を決めたことに関しては許さん」

「ちょっと驚かせようとしただけじゃないか。可愛い息子の仕事風景が見たかったんだ」

「俺はサプライズもフラッシュモブも嫌いだ」

「本当に父さんの息子か？　俺はどっちも好き」

どうやら、菊花が竜胆を心配して訪ねてきていたらしい。

昨日は撫子への求婚騒ぎの対応に追われて、普通の会話は出来なかったはずだ。

親子同士、異国で同じ仕事に就いたのなら話もしにくるだろう。

特に、阿左美家は父親から息子への愛情が深いように見える。竜胆はそうではないと言い張るだろうが、あんな風に父親を邪険に出来て、かつ父親もそれを楽しげにしつつ息子をいなせるのは仲が良い証拠だ。

家族関係が冷え切っている家ではけしてそんなやり取りは生まれない。

――よかった。

竜胆は愛されている子どもで良かった、と撫子は素直な感想を抱いた。

菊花はまだ話したいことがあるのか、すぐに外に出ようとはしなかった。恐らくは竜胆に睨まれているはずだが、その場に留まり言う。

「……竜胆、毎度のことだが一応言っておく。お前がそのつもりなら俺がいつでも爺さん婆さんを説得する。考えたか？」

「また……その話はもう良いって言っただろう」

「だがな。お前、あんなに嫌がってたじゃないか」

それまで、穏やかな気持ちで二人の会話を聞いていた撫子は次の瞬間痛感することになる。

罪の意識がないとしても、他人の会話を黙って聞いていてはいけないということを。

「護衛官なんかになりたくないって」

撫子にはそんなつもりはなかったとしても、これは盗み聞きなのだ。

人は、陰で何を話しているかわからない。

「……」

撫子は呼吸が止まった。十秒ほど経過して、ようやく息を吸う。口元に手を当てて、なるべく呼吸音が漏れないようにした。いまはけして存在が露見してはならない。

「何時の話をしてるんだよ……」

竜胆の声音は苛立ちが混じり、そして苦しげだった。

「俺にとってはここ数年の話だ。お前こそ、急に退職まで勤め上げると言い出して……一体何なんだ？　父さんが不在の間に色々変わりすぎだろう。前に会った時は後続が出来上がれば辞めるとぼやいていたのに。お前がそう言うから俺はうちの課のポストを空けようと……」

「悪かった……！　ガキでもないのに親に愚痴を聞かせて悪かった！　だけど父さんだってしつこいぞ、俺は撫子を守ると決めたんだ。あの子が生き甲斐だ。いい加減何度も俺が馬鹿だった時の話を蒸し返さないでくれ……。本当に馬鹿だったよ……撫子に申し訳ない……」

どれだけ竜胆が否定しようともう意味がない。

――りんどうはわたくしの護衛官であることがいや。

他人には負の言葉のほうが根強く印象に残るものだ。

――りんどうは、いやだった。

きっと、菊花もそうだ。

「……お前が馬鹿だったわけじゃない。俺が大和に居ないのを良いことに、うちの爺さん婆さんが嬉々としてお前を推薦したからだ。自分達は犠牲にならないのにそれが一族の誉だと」

「撫子の傍に居ることは犠牲じゃない。それに、古い人達はそういう価値観だろう。俺はそこを責めないよ。純粋に孫が活躍すれば嬉しい気持ちが大きいんだ。ただそれだけだ」

「いいや、奴らはたちが悪い。ちっともわかっちゃあいない」

「……父さん……」

「秋の代行者様は孤立しやすい。撫子様は本当にお可哀想だが……生命腐敗の権能自体が人を遠ざけるものだ。自然とお前も里で孤独を味わうぞ。去年の襲撃でたくさん人が辞めたそうだな？　全員が全員、離宮の倒壊に巻き込まれたわけじゃないだろう」

「俺の耳にも届いているのだから、きっと里中に知れ渡っている」

撫子はその場から離れようとした。

――きいてはいけない。

こんな風に、立ち聞きしたからいけないのだ。気を遣って待っていたというのは言い訳にならない。だから、早く遠くへ。遠くへ逃げなくては。心を守らないと。

しかし小さくて華奢な足はその場に影を縫い付けられたように動かない。

「あの御方は、もう人を殺してしまったんだろう？」

動かない。

「……離宮を襲った賊だったか？　それで食いつないだ命だとみんな知っている」

動けない、一歩も。心臓も息も、停止してしまいそうだ。

「もちろん、撫子様が生きていて良かったよ。だが、神の力を目前にした人間というものは畏れを抱くんだ。秋の代行者が命の危機に他者を犠牲にしてしまうのはほぼ自動的なものだとわかっていても感情は止められない。平時でも触れるのが怖いと言い出す者が多くて護衛陣解体となったんじゃないのか？　望んで抱きしめる者はどれほど居る？　躊躇いもなくあの御方に触れられる者は限られるはずだぞ」

鎌を首にかけられている罪人のように、身動きが出来ない。

「……」

竜胆の返事はしばらくなかった。

すぐに否定しなかったということは、これは本当のことなのだ。

——うそ。

撫子は何も知らなかった。

あの春の日。竜胆に早く戻ってきてね、と見送ったサンルームで起きた出来事は、実のところ記憶が混濁していた。医者には辛すぎる出来事は往々にしてそうなると言われて、妙に納得して終わっていた。突然、たくさんの硝子が降ってきたところまでは覚えている。

だがその後は？

何故、自分は酷い怪我もなく賊に囚われていたのか、理由を探しもしなかった。

【華歳】の頭領である観鈴からの暴力ですっかりそのあたりの疑問が抜けていた。

あの日、自分が助かったのは何故なのか。

——悲鳴が。

悲鳴が聞こえた気がする。だが、わからない。記憶が不明瞭なのだ。しっかりと覚えているのは賊のアジトに連れられた後のこと。竜胆に助けられ、瑠璃を救命し、病院に入院したがすぐに出られた。そして事件後に撫子はたくさんの人を治療した。

その中には白萩も居た。みんな褒めてくれた。優しい人だと思っていた長月がいつの間にか消えてしまい、悪い人だったと聞かされた時には悲しくなった。

撫子の記憶はそれらの出来事でほとんど埋め尽くされていた。

——そういえば、重傷だったって。

賊の頭領、観鈴・ヘンダーソンはそんな撫子を助けてあげたと初対面の時に言っていた。

しかし、撫子は貧血であること以外に負傷はなかった。後にあれは混乱している撫子を騙したくて言ったのだろうと思っていたのだが。

――うそと、ほんとが、あったの？

重傷自体は本当だったのなら辻褄が合う。菊花は相手が賊だと言ったのだから、何らかの接触により撫子が観鈴の配下の者を【喰った】。そう、それなら話の筋が通る。

――嗚呼、りんどう、そういえば言っていた。

撫子は更に、夏の事件を思い返す。

――力の使い方をまちがっちゃだめって。

春以降の竜胆は撫子に安易に権能を使わせることを忌避していた。

四季庁職員を撫子が撃退した時も彼は褒めるのではなく、軽率な行為を叱っていたからだ。

彼を守りたくて権能を使用した。しかし竜胆はそんなことをしなくて良かったと咎めた。

怖い怒り方ではなかったが、自分がしたことが役に立たなかったことが申し訳なくて、悲しくて、恥ずかしくて、いいやそれよりも大人に怒られるという行為自体が恐ろしくて。

色んな感情で泣きじゃくる撫子に竜胆は優しく諭してくれた。

『撫子、俺を見て』

『いつまでもお傍(そば)に居たい。でも、俺の監督不行届(ふゆきとどき)の事柄が発生するとそれが難しくなります』

『里の者に撫子(なでしこ)をちゃんと導いていない……きちんと物事の善悪を教えていないと判断されたら、撫子(なでしこ)から離されてしまうかもしれないんです』

『や、いや……いやぁっ……ごめんなさい、ごめんなさい』

『わかってます。俺も嫌です。だから、俺を守ろうとしてくれたのは嬉(うれ)しいのですが……無闇に権能を使わないで欲しかったんです。特に、秋の代行者(だいこうしゃ)の権能は気をつけなくてはいけない力なんです。俺は春の事件の後に注意をお伝えしましたよね。何だったか覚えてますか？』

『……いのちを、あつかうから……？』

『はい、そうです。俺は撫子(なでしこ)がとても優しい女の子だと知っていますが、起きた事実だけ見たらそう思わない人もいます』

あの時にサインは示されていたのだ。だというのに、撫子がわかっていなかった。

なんとなく、自分から人が離れていっていることくらいは撫子も気づいていたというのに。

――ひとを、ころしたから。

今まで撫子の側仕えをしていてくれた者達は潮が引くように消えていった。

もしかしたらこの力が恐れられているのではないか、という危惧は抱いていた。

だが、撫子の不安を補うように真葛と白萩が配置され、彼ら以外とはあまり交流をしなくなったので疑念は確信に変わらずに終わったのだ。彼らがあんまりにも優しく包み込んだ日常をくれるから、怖いことは忘れた。自分に言い聞かせるようにこう思うようにした。

大丈夫。いつものように、大人の都合で色んなことが決められているのだと。


――ころした。


竜胆が、自分の護衛官が。護衛陣の再編で大層疲れていた理由がこれだ。

構ってくれない彼を責めたことは一度もないが、悲しんではいた。だがどうだ。

蓋を開いてみればすべて自分のせいではないか。

全部全部、人殺しの神様を守る為。

——わたくし、ひとごろし、だった。

優しい彼のことだ。絶対にこの件が撫子の耳に入らないよう苦心していたに違いない。

真葛も白萩もきっと努力してくれていた。

まるで普通の少女のように過ごせるように、花見もさせて。

神様に振り回される大人達。彼らはたくさんの苦労を強いられていたのだ。

その努力はちゃんと報われていた。

だって、今日この時までずっと、撫子は穏やかに過ごせていたのだから。

「……撫子は、あの子は悪くない……」

竜胆は毒を飲んだような苦しげな声音で言う。菊花は敢えて優しく返した。

「わかってるよ。誰も撫子様を責めてないだろう。あんなお小さい方が賊の手にかかっていたら、俺だってたまらないよ。生きて帰ってきてくださって本当に良かった。けど、それとお前の進退については別だ。親の感情として別なんだ……」

「人を食べて生きる神に仕えるのは不気味だと？」

「……そんなこと言われてるのか」

「口さがない奴らにな。だが代行者様が犯す殺人は正当防衛だ。相手が殺しにかかってくるんだぞ？　そのまま死ねと言うのか？　同じことを冬にも言えるか？　言えないだろう」

「竜胆……違う、俺は……」

「言いやすい相手にだけ悪態をつき、偉そうな態度を取る。粗悪な扱いをしていいと品定めする……。人間として底辺の奴らがすることだ！」

「竜胆……」

「そういう奴らに限って権力には弱い！　振りかざせば途端に口を閉ざす……。そんな下賤な奴らのことを真に受けるなよっ！」

はあ、はあ、と竜胆の息遣いが聞こえる。

耳をそばだてる撫子は、耳鳴りに支配され始めた。聞くな、と身体が命令を下しているのかもしれない。だが、目は扉から離せず、耳もまた聞くことをやめない。

「だから俺は真に受けてない。お前も人の話を聞け……。俺の所にもそういう話が届いている、それで心配していると言いたいんだ」

「心配なんて要らない」

「お前、親への口の利き方に気をつけろ。要らない、じゃない。するもんなんだ」

「……父さんの所までこの話が届いていて、それで迷惑しているなら謝る」

「竜胆、違う。迷惑なんかじゃない」

「これに関しては俺の権威が足りないだけだ。寒月様は適切、対処している。寒椿様への暴言は十年前からずっとあるそうだが、二人が歩いていればみんな口を閉ざすと。俺もそうしていくつもりだ。いや、今だってそうしてる」

「そうだな。お前は頑張っていると思うよ」

諭す菊花に、竜胆は尚も食いかかる勢いだったがぴたりと反論が止まった。

「……俺はっ」

褒められることがあまりないこの仕事で、まさか父親から賛辞をもらうとは思っていなかったのだろう。不意打ちだった。

「本当に、父さん……ここまでお前が頑張るとは思わなかったよ……」

「…………っ」

「でも、お前もその風評被害に巻き込まれているだろう。父さんはそれが辛いんだ。ソフィアも心配してる……」

竜胆はその発言にまた声に苛立ちを纏った。

「母さんの名前を出すのはずるいぞ。俺は被害を受けてない」

「受けてるよ……。お前がどんなに意地張ったって、盾になってるお前に石が飛んでないわけないだろう。平気だから被害はないと言いたいんだろうが、そんな姿を見て心配する親の気持ちを少しは理解してくれ。お前がどれだけ立派な護衛官様になろうが、俺にとっちゃ大事な息子なんだ。いくつ年を重ねたって、紙で出来た剣を振り回してた姿を思い返して……可愛くなるんだよ……」

人を殺したという衝撃で、心が麻痺したまま話を聞いている撫子は菊花のことをどこか遠い異国の言葉を話す人のように思えた。

こんな親も存在するのだ、と。

子ども愛する親というのが確かに存在するのなら。

嗚呼、確かに自分のような生と死を司る神と共には居させたくないだろう。

「賊の死の話についてはその内、風化するかもな……。秋離宮撃墜に対する暴力のカウンターのようなものなんだから、褒められて然るべきだ。だがな、秋の代行者護衛官で居続けると同じような話はこれから何度も起きるぞ」

菊花は竜胆にとってうざったい父親かもしれない。過干渉だとも言える。しかしその愛をもらえない者からすると、これが悪とはとても思えないのだ。

「言う奴らがおかしいんだ。撫子は人を癒やす力がある。暁の射手様のことだって……」

「あれだって職権乱用だとお偉方に言われただろう。生命腐敗なんて力、人間には過ぎたものなんだよ。どれだけ清廉潔白な方でも私利私欲に走る。お前、ちゃんと俺が言ったことを調べたか？　歴代の代行者護衛官の死に様を。例外なく連れ去られているだろう。代行者様の死と共に……」

「父さんの気持ちは十分わかった。もういいだろ……」

「いいや良くない。竜胆、お前の意志が固いならこの日を限りに護衛官の仕事のことをとやかく言わないが、現在だけ見てないで未来も考えることを忘れるな。ちゃんと考えてくれっ！」

菊花の声は最初の余裕ある状態はなくなり、切羽詰まっていた。

どうにかして息子の人生を守りたい、そんな親の情が見え隠れしている。

「長生きする秋の代行者様は護衛官を手放さない。あの権能で無理やり寿命を延ばして自分の傍に留めるんだ。親が死んで、伴侶が死んで、友が死んで、兄弟が死んで、そうして誰も彼も居なくなったとしても、もう身体が動かなくなったとしても代行者様が事切れるまで命が引き延ばされている。病を抱えた人はそれはそれは苦しみながら生きるそうだぞ」

何せ、竜胆が護衛官であることを止める人は周囲に居ない。

初期の頃なら居たかもしれないが、現在はまったくと言っていいほど存在しないだろう。

「愛するが故に、そういうことをするのが秋の神様だ」

撫子が無害で可愛らしい秋の神様のままなら後釜は出来た。

賊の生命を食べて生き永らえ、両親にも放置され、護衛官に執着し、他の現人神達と同様に制御のできない者になろうとしている。

自我がある現人神自体が望まれていないのに、そこに危険性があると知れば誰が彼女の下につきたいだろうか。

「怖い神様なんだよ」

それこそ、真葛や白萩のように事情がある者くらいだ。

「爺さんも婆さんも、それを知っているのにお前が選ばれて喜んでいるんだよ。頭がおかしいんだあいつらはっ！」

二人の話し声に、寝息を立てていた花桐も起き出してしまった。

「父さん、撫子が起きる！　声を落としてくれ……」

わん、と撫子を見て元気よく吠える。それがきっかけに撫子は金縛りにあってしまったように動けなかった足を進めることが出来た。

柔らかいカーペットを踏みながら、音を消して歩く。そういうことは得意だった。

物音を立てると煩いと言われる家庭で育っていたから。

布団の中に戻っても、五感が妙に冴え渡っていてまだ話し声が聞こえた。

二人の声は小さくなっているのに、やけに、耳がよく音を拾う。

「……なあ、昔は秋の代行者護衛官がどうなろうと立派に勤め上げたとみなしていたんだろう？　それでいいじゃないか。いまの連中が及び腰なだけだ。大体……あんた俺に辞めろ辞めろと言うが、実際何も出来ないだろう？」

「護衛官を複数人にすればいい。撫子様は本当にお前を慕っている。あれを見れば離すのは難しいと俺も思う」

「俺以外の護衛官を立てて、その後は？」

「みんなであの方を支えるんだ。姉さん達もやっても良いと言っている。俺でも良いなら、職を辞して護衛陣に入ろう。阿左美一門であの方をお支えしよう。そうして依存先を一つにせず分散させるんだ。いつかは撫子様もお前を手放してもいいと思う日がくるかもしれない。そうしたら、父さん、いくらでもお前にしてやれることがある。さっきも言ったがうちの部署ならお前は引き抜ける。うまくやれるさ。阿左美の道場に行ったっていいぞ」

「俺のことじゃない……」

「竜胆」

「撫子だ……！　俺にばかり依存するなと無言で提示されて、あの子がどう思う⁉」

「……」

「父さんは前の俺と一緒だ！　自分のことばかり……撫子のことを第一に考えてやれてない！　そんなんでよく護衛陣に入るとか言えるな！　あんた偉そうに親だとか子どもだとか言うけど、俺が子どもの頃育ててくれたのは母さんや爺さん婆さんだし、撫子に関しては何も知らないだろう！　そもそも……俺の撫子を疫病神みたいに言うなっ！」

「…………」

「……俺の撫子は、悪じゃない……！」

「そうだろうが……父さんにとっては良いものではない。お前のその気持ちと一緒だぞ。お前のこと、一番に考えてやれる奴、他に誰がいるんだよ……。親くらいだぞ……竜胆……」

最後の言葉は、泣き出しそうな声のように響いた。

きっと、ずっと言いたかったことをようやく吐き出すことが出来たのだろう。

それはお互いにだった。菊花も、言いたいことを言った。

今更ながら、感情的になって大きな声を出していたことに気づいたのか、その後はとても小さな声で会話が続けられた。

心配してくれたことはわかっている。

こちらも言い過ぎた。とにかく身体を大事に。

そっちも、母さんを心配させるな。

そんな囁き声がさざなみの如く浮かんでは消える。

「……くうん」

花桐だけは現在の撫子を心配していた。

布団の中にこっそりと入り、撫子の元まで暗闇の海を進む。やがてぶつかった柔らかい身体に鼻をつけて、どこが顔か確認する。

「はなきり……」

そうして、たどり着いた主のかんばせに自身の顔を押し付けた。

綿菓子の毛並みが涙を少しだけ拭いてくれたが意味がない。

涙はすぐ生産される。差せる傘はないから。

――りんどう。

撫子はもう空腹を感じていなかった。

さっきまでは鳴っていた腹の虫も、いまは静かだ。

人だけでなく空腹まで殺してしまったのかもしれない。

「……っ」

あまりの出来事に、思わず『父さま、母さま』と言いそうになったがやめた。

それは助けてくれる誰かではない。

撫子はこの事態をどうするべきかわからず、静かに涙を流し続けた。

――りんどうはわたくしが嫌だった。

秋の代行者護衛官になりたくなかったのだ。

――みんな、実はわたくしを怖がっている。

もしかしたら、真葛も白萩も。

――どうしよう。

何か打開策を考えなくては。だが頭が働かない。

どうしたらいいか。

――だれか。

誰に相談したらいいのか。

――さねかずらさん？

竜胆に報告されてしまう。

――しらはぎさん？

同じだ。竜胆に報告される。

――夏のみなさま？

大事になってしまう気がする。

――春のみなさま？

優しい彼女達は大和に居る。いま此処には居てくれない。

――冬のみなさま？

彼らも竜胆に報告するだろう。

撫子は花桐に手を伸ばし抱きしめながら考えた。しとしとと涙を流し、嗚咽を殺しながら考え続けた。どうすればいい、どうすればいい。

「……」

まず、自分がこの話を聞いたことを竜胆に言ってはならない。それだけはわかっていた。

きっと彼を混乱と悲しみの渦に叩き落とすであろうし、彼の家族関係を壊すに違いないということくらい想像出来た。

菊花に対する恨みはない、と撫子はこの時点でも整理出来た。複雑ではあるが、撫子に対して悪意はなく、只々息子の将来を案じていることが伝わってきたからだ。

——あんなかたもいるんだわ。

自分の親とのあまりの違いに驚いたせいもある。

——だから、りんどうのようなひとがわたくしのもとへ来てくれたのね。

そして納得もした。彼が自分にとってあまりにも光のように見えるのは、そもそも溢れんばかりの愛情で育てられたからだと。

親からの愛というものが撫子はよくわかっていないが、自分は違う意味で彼を愛しているので、好きな人が過酷な環境に置かれることの苦しみはわかる。

菊花の不安はどれだけのものか計り知れない。

——秋の神さまは、みちづれにするとはどういうこと。

よくわからないが、無意識に愛情を注いでいる相手の延命を行っているのであれば、まったくあり得なくはないと撫子は思った。

撫子の生命腐敗の力はまだ発展途上。これから成長していく過程で、更に術を磨けば自然とそうしたことを出来るほどの力を持つかもしれない。

——考えなきゃ、考えなきゃ。

撫子に備わった生存戦略が意識を駆り立てる。

現在自分に起きている事柄を整理して最善の行動を取る。

それにより、大人からの扱いが一から十まで変わることを撫子は知っていた。

両親からの学びだ。

――わたくし、どう罪をあがなえば。

状況は整理出来てきたが、周囲が自分を怖がっていること。自分が罪人であるということの問題は依然として取り残されている。どうすればいいのか。

「……」

考えて考えて、思いついたのは一つだった。

――はやくおとなになろう。

そう、大人になって独立すればいい。

みんなと距離を取るのだ。それが一番人を怖がらせない方法だ。

撫子が成人して竜胆との距離も適切に保ち、他の人間ともあまり接触しないよう生きていれば、菊花も護衛官を辞めろなどと言わないのではないだろうか。

撫子は竜胆を失うことだけは防ぎたい一心でそう思った。

――おとなになる。

そうしたら、誰にも迷惑はかけない。

人を殺めてしまった罪は、孤独を背負うことでどうにか相殺出来ないだろうか。

撫子は他に差し出せるものがない。生命を、と言われると、それはいつか季節顕現の時に賊に奪われるまで待って欲しいと願ってしまう。もう少し生きていたい。

――神さま。こどくに生きます。

撫子は【秋】そのものに祈る。許してくださいと。

そう、いつか。どうせ自分も同じように殺されるのだから、許して欲しい。

――明日からひとりで……。

だが急に一人では生きられない。ならばせめて竜胆から離れる努力を菊花に見せよう。

少しは撫子のことを見直してくれるかもしれない。

竜胆を取り上げないでくれる。彼が一生懸命してくれていることを、否定しないでくれる。

――そうしたら、そうしたら。

せめて本当に大人になるまでは、竜胆は傍に居てくれるのでは？

彼の生命を操作して家族を苦しめるようなことを自分もしたくない。

――あ。

嗚呼、いや、そもそも竜胆は最初から護衛官になりたくはなかったのだった。

撫子はそれを失念していたことに気づく。

――なら、なら。

やはり彼を手放すことは必然となってしまう。

——それはいや。

嫌だが、菊花の話が本当なら竜胆はいつかは絶対に自分を疎むはずだ。

両親でさえ撫子の世話を忌避したのだから、他人の竜胆は然るべき時にそうなるだろう。

——やめてほしくない、でも。

辞めてもらうほうが竜胆の人生が守れるとしたら。

天秤に掛けるようなことだろうか？

他人の人生を既に奪っておいて、この上好いた男まで手にかけるのか。

「……」

そうだ。辛くとも、それが一番彼を失わない方法だ。それに、このまま関係を続けることで嫌われるよりかは、立場をわきまえて少しでも好かれる娘でいたい。

もし面と向かって嫌いだと言われるような瞬間が訪れたら。

——しんでしまいたいわ。

「りんどう……」

そこまで考えて、撫子の意識はぷつりと切れた。

何時間も眠り続ける撫子を、大人達は定期的に看病に来ていたのだが、その少しの間で起きた出来事を誰も知る由はなかった。竜胆も、もちろん知ることはない。

何はともあれ、子どもの時間は終わりだ。

撫子（なでしこ）はまた一つ【神様】に近づいていった。

あんまりにも辛いから壊してしまおうと思って、と男が言った。

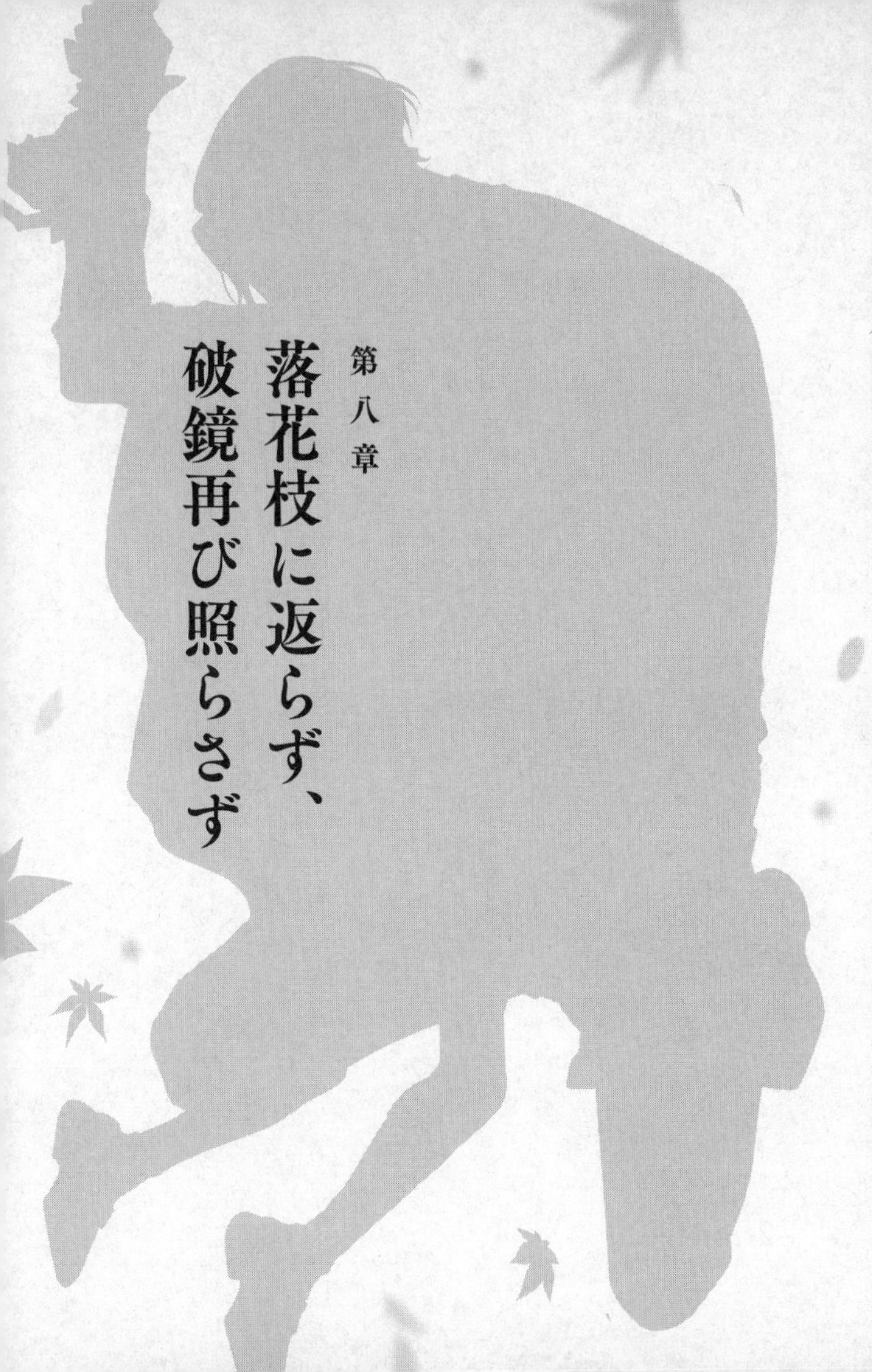

第八章

落花枝に返らず、破鏡再び照らさず

夢の中で撫子は竜胆を目の前にしていた。

場所は破壊されたはずの秋離宮。

離宮の中はまるで水族館のように水と魚で満たされている。

二人はその中に居るのだが、呼吸は問題なく出来ていて、視界も明瞭だった。

海の底の世界はとても美しいが、光は乏しい。外も海の底ならば、この屋敷から出て上に泳いでいけば孤独ではなくなりそうだが、撫子も竜胆も離宮に留まっていた。

『どうやったら大人になれるのかしら』

その少し幻想的で、しかしどうも奇妙さが拭えない世界観が、やはり此処が夢の中だと教えてくれる。

『……大人って何歳？』

——まただわ。

そこで撫子は気づいた。

——また大人になってる。

自分の身体が大きく成長していることに。年齢は不明だが少なくとも八歳ではない。

海の中の離宮に居る撫子の視点はちょうど竜胆の胸板あたりだった。成長して背が高くなれば叶うかもしれない距離だ。撫子はこのような状態の夢をもう何度も見ていた。

おかしいとは思ったがすぐに受け入れた。なにせ夢の中なのだ。自分がどんな姿をしていようが関係ない。現実ではないのだから。

そして夢の中の竜胆も、撫子の異変を気にしている様子はなかった。

――これくらい大きくなった時にはきっと竜胆はそばにいない。

せめて此処では彼が居てくれるという事実のほうが大切だ。

このちぐはぐな状況でも、貴方がそこに居てくれればいい。

『……何を持ってして大人と定義するかで返答が変わりますね』

竜胆はいつも通り優しく語りかけてくれる。

『りんどうみたいにお煙草が吸えるようになったら？』

『そうしたら、大和では二十歳で解禁ですね。世界的には十八歳で解禁の国もありますよ』

『二十歳になったらわたくしは大人？』

『撫子は煙草が吸える大人になりたいのなら、そうですね。俺はやめてほしいですが。撫子はそうなりたい？』

問われて、撫子は言葉につまる。そんなことは考えたこともなかった。

『ううん……。わたくしは、多分……一人でも困らずにご飯が食べられるようになりたいんだと思う。お買い物も、一人で出来るようになれたらもっと大人だわ』

『貴女が神である限り、食いっぱぐれることはありませんよ。買い物は……誰かご一緒してしまうでしょうが』

『じゃあ、りんどうが居なくてもいいような大人になりたいわ』

撫子の言葉に、目の前の彼は瞬きをして言葉を失った。

『……俺が居ないほうが、いい？』

夢の中なのだ。躊躇う必要はない。撫子は頷いた。

『ええ。お互いそのほうが良いみたいなの』

『誰がそんなことを言いましたか』

『竜胆のお父さまが』

『……』

『二人で話しているのを聞いたの。わたくしはとても危険な神様だから、依存されないようにしたほうがいいって』

『………』

『依存って、竜胆にくっついて、優しくしてもらうのを嬉しくなることでしょう』

竜胆は急に切羽詰まった様子で尋ねる。

『撫子、いまは黎明何年ですか？』

突然の質問に撫子は戸惑う。あまり年号の覚えはよくなかった。

『えっと……去年が黎明二十年、だったそうだから、いまは黎明二十一年？』

『黎明二十一年……』

竜胆はそれを聞くと、片手で目元を覆い、そのまま撫子を見なくなってしまった。

それから沈黙が続く。撫子は辛抱強く待った。

彼がいつもそうしてくれるように。竜胆はいつも、撫子の拙い言葉を聞いてくれる。

『貴女はそれで、俺から離れて大人になろうと努力してくださっていたんですね……』

悲しげに囁かれて、撫子はなんだか申し訳なくなった。

『うん……』

彼は良い人だから、やはりこの事実を気にしてしまうのだろう。

──でもこれは夢のなかのりんどうだから。

現実ではないから良いのだ。

『貴女はそんなことしなくてもいいんですよ』

『そんなことないわ』

『そんなことありません』

『いいえ。わたくしがりんどうを手放さないと、りんどうが将来とても寂しくて苦しくて大変なことになるの。だからわたくしはどんなに辛くてもそれをすべきなのよ』

『……俺の親父がそう言ったから……？』

『お、お父さまはあまり関係ないの。だってわたくしがりんどうのことが大好きだから』

『俺が好きなのに、俺をお捨てになるんですね』

『……』

それは少し違うのだが、そうとも言えるのだろうか。撫子は段々といま起きている物事が難しすぎて頭がこんがらがってきた。

『とにかく、良い子にしないとだめなのよ』

貴方を手放すことは、良い子になるということなのだ。撫子は必死に説明する。

しかし、竜胆は痛ましげに顔を歪め責めるように言った。

『………貴女が良い子でいれば世界は正しく回るとでも？』

『え、ええ』

『貴女が悪い子でいれば不幸が起こると？』

『そう』

『世界はそのように出来ている？』

撫子は首を傾げた。世界のことはわからない。

だが少なくとも自分の人生はそう出来ているのだと撫子は信じられた。

だって今までそうだったのだ。

撫子が悪い子だから両親は彼女に愛想を尽かした。

撫子が悪い子だから両親は山に彼女を捨てた。

撫子が悪い子だから彼女は秋の神様になった。

しかし、良いものになろうと努力したから運命は撫子に竜胆をくれたのだ。

だが、やはり撫子が悪いものだったから竜胆は取り上げられることになった。

そもそも分不相応だったのだ。撫子に竜胆はもったいない。

そこを理不尽だとは思わない。それに、今までよりずっとマシだ。だって温情がある。

失うわけでも捨てられるわけでもないのだから。

遠ざけるだけ。貴方が遠くで元気にいてくれるなら、それで良いではないか。

撫子は両親にも、それに近い愛情を向けていた。

貴方達がどんなに自分を嫌おうとも、元気でいてくれたらいいと。

『……撫子、世界はそんな風に出来ていないんです。貴女が良い子であっても不幸は訪れます。

俺から離れないで。俺だけは貴女がどんなことになっても……』

必死に説得する竜胆に、撫子は言う。

『気にしないで、りんどう。わたくしもともと独りぼっちなの』

夢はそこで終わった。

橋国渡航四日目。

橋国現人神教会佳州支部はエンジェルタウンの街中に存在していた。

恐らくはその土地が手放されることがあればそれは素晴らしい高層ビルかショッピングモールが建ちそうな超一等地になるであろう場所だ。鎮守の森を彷彿とさせる木々と庭園。石畳の小路を歩いていくと、高い塀に囲われた歴史溢れるいでたちの建物が姿を現す。

教会の中は暁と黄昏、四季の神々を描いた物で溢れていた。

神像に絵画、天井画、すべてが夢のように美しい。

現地時間四月七日午後三時を迎えようとする頃。もてなしの一環として教会内を案内された大和の一行は美術品の数々を目にしてまるで鑑賞会に来たような気持ちになっていた。

「財力を見せつけてるだけです。有名な芸術家達は四季や朝夜の神々をこぞってモチーフにして作品を描きました。現人神教会はこういったものを蒐集するのが大好きなんです。作品を愛でる、というよりはこれだけの物を所有出来ていることへの優越感なんですね。信徒の家にあれば無償で寄贈させますし、本当に良い商売しています。普段この教会を一般開放していないのは盗難防止の為ですが、皆様にお見せしている目的は『我々と縁を深めれば良いことがきっと起こるでしょう』という権威誇示の為に行われています。有り難い気持ちにはけしてならないでください」

そして美術鑑賞で厳かな気持ちになっている一行に小声で囁いているのは荒神月燈だ。

話す内容に少し毒が入っているのは彼女の心情を表しているかもしれない。

「……荒神隊長、なんというか本当にすみません」

竜胆は申し訳なさげに言う。

「え、何故ですか阿左美様」

「その……本当は来たくなかったでしょうに……」

普段の荒神月燈は、こんな風に何かを悪し様に言う人間ではない。

昨年の暗狼事件では正体がわからぬままだった暗狼に対して【狼野郎】と罵ってはいたが、それも輝矢を想うが故だ。基本的に礼儀正しく優しい人が、くどくどと教会の悪しき部分を指摘していくのは連れてきた側からすると心苦しいものがあった。これからする話し合いで相手の虚偽を見抜いてもらう為に既に身分を開示済みで教会側からも同席の許可も得ていた。敢えて周囲に自分のことを話していなかった彼女にとって、恐らくストレスが多い立ち回りだ。

この時点から気分が逆立っているのかもしれない。凍蝶がすかさず言う。

「大和に戻りましたら、ぜひ何か御礼を」

「いえいえ御礼など。ご協力を申し出ていただいたこと自体が光栄です」

凍蝶に乗っかる形で竜胆も言う。

「創紫の地酒などはいかがですか。荒神隊長と隊員の方々にもぜひ贈らせていただきたい」

「そういうのは駄目なのです！　現人神教会のようになります」

そうならないように金銭ではなく地元の特産品を提案しているのだが、潔癖な彼女は受け付けられないようだ。竜胆は苦笑し、美術品をそっと指差しながら言う。

「こんな物達の足元にも及びませんよ。では荒神隊長が何かお困りになった時は四季をお頼りください。とにかく、お嫌いな場所にお連れしてしまったこと、お許しください」

竜胆の言葉に月燈はくすくすと笑う。そこで凍蝶が少し躊躇ってから尋ねた。

「……荒神隊長」

「はい、何でしょう寒月様」

「輝矢様に今回のことをご共有される前に、私から貴方を教会にお連れしてしまった経緯についてご説明してもいいだろうか」

凍蝶の言葉に、竜胆は思わず聞き返した。

「え、輝矢様にも？」

鈍感な彼の台詞は聞き流される。

「寒月様、輝矢様は信徒だとは知っていますが、わたしの身分は深く知らないのです」

「ああ、そうだったのか……差し出がましいことをした」

「いえいえ。言ってないわたしも悪いのです。利益で近づいたと思われたくなくて……」

「……それは」

「あとですね、これは任務ですから。任務内容を共有することはないです。ご安心ください」

「失礼、野暮な質問だった。私に出来ることがあれば何でも言ってくれ」

「はい……。むしろ気を遣っていただき、お恥ずかしい限りです……」

「とんでもない。阿左美君も言ったが、何か困った時はこちらを頼って欲しい」

「……？」

月燈と輝矢の関係をわかっている凍蝶と。

懇意にしているだけだと思って会話の流れがわからない竜胆。

自分がやんごとなき身分の娘だったことを知られたくない月燈。三人の会話はまとまりがない。その間も案内は続いている。この場に居ない護衛官は雷鳥だけだ。

今のところ彼から連絡はないが、護衛人員自体は足りているので単独行動が許されている状態だった。瑠璃でさえ『ああなったら無理』と言っているのだから他に誰が彼に言うことを聞かせられるのだろう。それに、雷鳥は檻に閉じ込めるより野に放つほうが結果的に良い成果を得る人間だという認識は、なんとなくみんなの中で共通して存在していた。

ああいう人物を、恐らく【トリックスター】というのだ。

かくして、夏の鳥は何処かに飛んでいる。

——雷鳥さんより父さんのほうが頭痛の種だ。

昨晩、竜胆は突然の父親訪問で寝ていたのにも拘わらず対応に追われていた。

親と言い合いをしたので精神的には健康ではないが、今まで言えなかった本音をお互い吐露できたのはそう悪いことではなかった。

——うちの家族がそれほど心配していたとは。

菊花の反応を見るに、竜胆のことを案じているのは父親だけではないようだ。

母や姉達まで悩んでくれていた。それを、いい迷惑だとは思えなかった。

要らぬ心配だが、会っていなくても彼らが家族だということが伝わった。

護衛官という仕事は華やかに見える面もあれば、人生を大きく歪めずにはいられなくなる面もある。ただその歪みや変化が、本人と第三者によって受け取り方が大きく変わってくる。

——今度ちゃんと話そう。

自分がどうして心変わりしたのか。撫子をどれほど大事にしているか。彼女自身に会ってもらえれば、懸念しているようなことは起こらないとわかってもらえるはずだと。

「……」

竜胆は少し前を歩く撫子を見た。

真葛と、ペットキャリーバッグを持った白萩と共に歩いている。

——普通だ。

至って問題ないように見える。彼女は【いつも通り】だった。

昨日は一日中寝込んでおり、随分と可哀想だった。竜胆も凍蝶に仕事を任せ、菊花と話した時以外は傍に居たが、結局彼女は昼食も夕食も摂らずに次の日を迎えた。

それほど求婚騒動が辛かったのだと竜胆も胸を痛めた。

だが、今日の彼女はというと、臥せる前とは打って変わってとても毅然としている。

出発前にぐずったりするかと思ったが、竜胆にべったりとくっつくこともなくテキパキと支度をして大人しく車に乗り込んでくれた。

――それはそれで寂しいんだが。

色々と割り切って心を整理したのかもしれない。リアムについては既に断ることが出来たのだし、後は内面のケアだけだ。

――こういうところなんだろうな。

竜胆は昨日真葛に言われたことを頭の中で反芻する。

悪童で手を焼く、というのはわかるが品行方正過ぎて困る、というのは中々に珍しい。

撫子の場合、行動が問題なのではなく、精神面に実は大きな問題を抱えているのではないのかという疑惑なので益々扱いが難しかった。

――真葛さんには、とにかく自分が味方であることを伝えるように言われたが。

従うべきだろう。

真葛もまた撫子とは違うが親子関係に問題がありながら成長した大人だ。

よく出来た侍女頭が主張することは、恐らく本人が子どもの頃にしてほしかったことなのだ。

そういった経験者の感覚を聞き流すことをしたくない、と竜胆は思った。

彼女より自分のほうが撫子をわかっている、と思いたい気持ちもあるが、生憎と竜胆は親に愛され家族にも環境にも恵まれた子ども時代を過ごしていた。

それは昨日も実感出来た。

「……」

父とは撫子の件で疎遠になっているが、彼のことも本当は尊敬している。

恵まれている者が、恵まれていない者の気持ちを慮るにはどうすればいいのか。竜胆には撫子の心中で起こる嵐を察知し、未然に防げるよう的確に対処出来る知識がない。体験もない。

——俺は何ならあるんだ。

いまのところ、彼女を大事に想う気持ちしかなかった。

竜胆が悶々としていると、撫子が振り返った。竜胆がちゃんとついてきてくれているか確認したのだろう。いつものことだ。

「………」

竜胆は、撫子にこうした愛らしい仕草を見せられる度に、何故この子は愛されなかったのだろうという悲しみを抱いた。

——俺と撫子なら、撫子のほうが良い子どもだったはずだ。

彼女の行動に振り回されることもあるが、そういう時、撫子は大抵誰かの為に行動を起こしている。基本行動原理は他者への救済なのだ。

神であるが、人である身故の善性、とでも言うべきだろうか。

竜胆の子ども時代はもっと子どもらしかった。利他的ではなく利己的。人の為より自分の為。未熟さ故に、いま思えば顔が赤くなるほど恥ずかしくなるような失敗だってたくさんしてきている。だが、そうした過ちをするのが子どもであり、過ちに気づいて内省していくことで大人になることが出来る。見守ってくれる人達からの赦しも必要だ。子どもにとって、何かした時に赦されるということは行き過ぎれば自己愛の肥大に繋がるが、必要な過程と言える。

そうでないと自己肯定感や他者への赦しが備わらない。

——何故。

撫子は赦されなかったのか。

わからない。愛されない子どもというのは確かにいるとしか言いようがない。

「我が国の秋、お可愛らしい……。わたしが全身全霊で守ります」

竜胆が複雑な胸中でいる横で、月燈が陶酔と決意を感じさせる言葉をつぶやいた。

竜胆も負けじと思う。

——俺だって、撫子を守る。

「撫子」

竜胆(りんどう)は前を行く撫子(なでしこ)に声をかけた。

「大丈夫ですからね。今日また何か言われても、俺が守りますから」

安心させたかった。彼女の為に自分は存在しているのだから。

「……」

撫子(なでしこ)はこくりと頷(うなず)いた。それから、少し考えるような顔をしてから口を開く。

「りんどう」

「はい、何ですか」

「あのね、でもね、わたくし、もし必要なら」

「必要なら？」

「りあむさまと婚約しようと思うの……」

「……は？」

突然の爆弾発言に一行の足取りが綺麗(きれい)にぴたりと止まった。

「だから、りあむさまと婚約……するわ」

時よ止まれ。誰かがそう魔法をかけたようにみなが一時停止する。

時間の魔法が解ける頃には荒ぶる神達が口を開けるようになっていた。

「な、何言ってるの撫子(なでしこ)ちゃん！」

「お前あんだけ昨日嫌がってただろ。本当に何言ってるんだ？」

瑠璃と狼星も同時に言葉を投げる。

「……撫子？」

竜胆は半笑いの顔をすることしか出来ない。

「冗談ですよね？」

少し唇が震えた。急に心臓がぎゅっと絞られる心地を味わう。だが撫子は首を縦に振らない。

「……ほんとうよ。そのほうが良いと思って」

「本当なんですか⁉」

「ええ」

「あ、あんな子どもと？」

「わたくしも子どもよ」

「いや、そうですけど……でも結婚したくないですよね？　寒椿様も言った通り、嫌がっていたでしょう……？　どうして急に気が変わったんですか？　撫子、どうして……」

「……」

返事がない。竜胆はますます取り乱してしまう。白萩もどうしたものかとまごついていた。

そんな中、真葛だけが静かに撫子を観察しており、やがて尋ねた。

「撫子様、必要なら……ということは、大和の秋の神としてそうすべきなら、という受け取り方でよろしいですか？」

撫子は真葛のほうを見て答えた。

「うん、そう」

「昨日たくさんの大人が話していたから、そうしたほうが良いのかな、と気を遣って仰ってくれたんですね……？」

撫子は少し黙った後、やがて気まずそうに頷いた。

「…………うん」

「思えば、私達、撫子様のお気持ちを何も聞かずに話を進めてしまいましたね……。良ければいまどうしてそういう考えに至ったか詳しくお聞かせ願えませんか？」

真葛が優しく問いかけるので、撫子はそれからぎこちなく説明を続けた。

自分がそもそもあの時あんなに拒絶反応を示さなければ今日みんなで教会で話し合いをすることもなかったのではないか、とまず考えたと。

竜胆もそのせいでとても怒らせてしまった。リアムも傷ついただろう。

自分が頷けば両国円満で終わることを、我儘でかき乱してしまった。

だから、もし今日また揉めるようなことがあったら婚約したほうがいいと思った。

そうしたらみんなもすぐに大和に帰れるし……。

そういう結論に至ったと、ぽつりぽつりと話した。

案内役の教会関係者は感心した様子で頷いていたが、同行している大人達は撫子の返事を聞いて脱力した。

「……撫子ちゃん、そんなこと思わないでよ！　よくわかんないことあってびっくりしてるのに、教会連れて行くって言われて覚悟決めちゃってたんだね！　ごめんね、でもあたし言ったでしょ。あたしがヤダヤダ暴れまわるって！　この問題ぶっ潰すまで大和帰らないよ！」

「お前、驚かせるなよ。リアム殿のことを突然好きになったかと思ったぞ……。自分の気持ちを大事にしろ。子どもが気を遣うなって何度言えばわかるんだ」

対等に話すことが出来る神様達はそれぞれ言いたいこと告げたが、竜胆はずっと心臓が鼓動を速めたまま戻らなかった。

——また失敗した。

昨日あんなに反省したのに、もう失敗してしまった。

撫子が大人しいから大丈夫かと見守りの姿勢でいた。幼い子への説明責任を欠いたことに気付かされる。自分も昨日寝込んでいたというのは言い訳にならない。

「撫子、すみません……」

「どうしてりんどうが謝るの？」

「俺の言葉が足りませんでした……不安にさせてしまったんですね？　俺は、その……昨日の態度で撫子を嫁にやるつもりなどないと示したつもりで……」

「りんどうは何も悪くないわ。わたくしが大人にならなきゃいけないって思ったの」

竜胆はどんどん半笑いが歪んでいく。

「貴女は……八歳ですよ？」

「でもわたくしは秋の神だから」

「その前に八歳の女の子です」

「でも大和の秋でもあるわ。りんどうもわたくしが秋の代行者だからいっしょにいてくれるでしょう？」

「それは……」

それはそうなのだが。

「わたくし、秋としてはずかしくないふるまいをしたいと思うの」

「貴女が恥ずかしかったことなんて一度もありませんよ」

「……そんなことない」

──これ、会話が嚙み合ってないよな？

撫子は竜胆と目を合わせてくれはするが、ちっとも話を聞いてくれていない。

今までの撫子は竜胆の意見を尊重してくれていた。竜胆が諭せば『そうなのね』と頷いた。

だが、今日の撫子はどうだ。

「あのね……だからどうしても必要なときは、わたくしりあむさまと結婚するから。だいじょうぶよ、りんどう」

自分の主張だけを通そうとする、菊花のようだ。

しかも理由に竜胆が使われている気がする。

ショックで固まってしまった竜胆におずおずと微笑んで、撫子はまた歩き出してしまった。

真葛と白萩が追いかける。そして唖然としている竜胆が残された。

「阿左美君、駄目だ。行け」

すかさず、凍蝶が肩を抱いた。

「撫子様の機微がわからなくても諦めるな」

狼星という扱いにくい男児を育ててきた先輩が今は引き下がるなと言っている。

竜胆は一度よろめいてからすぐに走った。

「撫子、撫子」

追いかけて横に並ぶ。

竜胆はどうにか撫子と心通わせたくて抱き上げたり、手を繋ごうとしたりしたが、撫子はそれをやんわりと断った。

「だいじょうぶよ、りんどう。わたくし大人になりたいの」

大丈夫ではないのは竜胆なのだが、秋の神様は無情にも従者の愛情を拒絶した。

竜胆が失意を味わっていても時間は過ぎていく。

施設内の見学の後に、教会関係者達との話し合いの席が設けられた。

その頃には通訳として菊花の部下も到着していた。本日、菊花は不在だ。

——居なくてよかった。

いま彼が居たら、そして気落ちしている理由を聞かれて答えることになったら。

——恐らく指をさして笑われる。

阿左美菊花は息子思いの良い父親ではあるのだが、基本的に息子をいじるのが好きだった。

——落ち着け。この後挽回するんだ。

案内されたのはこれまた輪をかけて豪華な応接室で、きらびやかな菓子が飾られたアフタヌーンティーセットが出される。時刻はお茶をするにはちょうどいい昼過ぎだった。

そこに颯爽と現れる者が居た。

『橋国現人神教会佳州支部、支部長代理のエヴァン・ベルと申します。まずは、我々の願いが不適切に伝わってしまったことをお詫び申し上げます』

六十代ぐらいに見える橋国人男性だ。橋国現人神教会佳州支部の支部長は長らく入院中とのことで、対応に現れたのがこの男だった。柔和な顔で恰幅の良い体型をしている。

教会関係者はみな共通のローブを着ていたが、彼はその中でも一番豪華な装いをしていた。階級が違うということなのだろうが、月燈の説明を聞いた後だと富の象徴にしか見えない。

エヴァンは大和語を解さないようで央語で挨拶をした。

それを通訳者が逐一訳してくれる。

『現人神の皆様へ礼節を欠くつもりはまったくございませんでした。また、護衛官の皆様、ご同行いただいた護衛陣の皆様にも橋国への不信感を植え付けてしまったこと、こちらとしても悲しく思います』

エヴァンは少し大袈裟なくらいに申し訳無さそうに言う。

――弁が立つ野郎だな。

竜胆がそう思ったのは、よくよく聞くとエヴァンが謝罪を回避しているからだった。表面上は真摯に謝罪しているのだが、話す内容に中身が伴っていない。

不適切に伝わってしまった。

そう思わせたことを詫びる。悲しく思う。

どれも巧妙に責任逃れ、他責が含まれていた。そこですかさず狼星が言う。

「願い……。では佳州の秋の代行者に婚姻の話を持ちかけ、話題にするように指示したということは認めるんだな。それが、お前達の意図とは違う伝わり方をしたと？」

敢えて大和語にしているのは、お前に割く央語はない、と言ったところだろう。

『指示など物騒な……我々はそのような身分ではございません』

「勝手にやったと言いたいのか」

『恐らく、リアム様は我々の憂いを汲んで婚約のお申し出をしたのかと』

「そうか。身分が下のお前達の気持ちを汲まねばならないのは何故だ」

　春の陽気さに包まれた午後なのだが、その一言で室内がひんやりとした。

「子が大人の憂慮を把握して動いた。そういうこともあるだろう。だがな、望んでするものか。何処にそんな子どもが存在する」

『実際おりますから。リアム様は大変聡明で。それに私などとはお立場も違います』

「あれはつつけば泣き出すようなただの子どもだ」

『……我々の懸念がリアム様に影響を及ぼしたことは否めません。ですので謝罪を』

「お前は先程から何を言ってるんだ？」

『は……』

「我々は侮辱を受けた。お前達が謝罪の場が欲しいと言った。わざわざ出向いてやったというのに聞かされるのは【悪いのはあの子どもだ】という言い訳ばかり。どこが謝罪だ？」

『いえ、我々は真摯に謝罪を……』

　狼星から醸し出される威圧感がどんどん強まっていく。

「花桐、吠えなさい」

瑠璃がすかさずそう言った。白萩に抱かれていた花桐が普段出さないほどの音量で吠えた。

二神の圧が強い。エヴァンは神威に気圧されながらも答える。

『将来的なことも含め現人神様達と交流を深めて欲しいとリアム様へご提案をしたことは事実です。しかし、あの日に求婚をされるとはこちらも想定しておらず、リアム様が後続のことを懸念されて行動を起こされたとしか言いようが……もしくは護衛官の指示でしょう』

どうあっても自分達に責任はないと言いたいらしい。

「……窓開けて良い？」

瑠璃は言ってから断りもなく席を立ち、応接室の窓を開けた。あらかじめ手懐けていた者達が居るのか、瑠璃がぴゅうと口笛を吹いただけで野鳥達が窓目掛けて飛んでくる。瑠璃が人差し指をくるりと回すと、室内で旋回を始めた。

夏の代行者の生命使役は生物に人を食い殺せる力を与える。戦い方を見たことがあるものなら、戦闘態勢に入っているとわかる行為だ。

「言いたいだけ言わせてあげようよ。それからどうするか決めよう」

瑠璃は窓辺の壁に背をもたれたまま、あくまで鳥と戯れている姿勢で言った。エヴァン含め、その場に居る教会関係者達の背中にじわりと汗が滲んだ。

それから、大和側は美辞麗句に包まれた説明を数十分に渡り聞かされた。

現人神教会としては両国の関係良好を願うのがまず大前提である。その一環としてぜひ若い現人神達には交流を図って欲しい。互助制度復活も検討を願いたい。

年々減少している現人神の数に対し、思う所はあるが、だからといって婚姻を強制しているわけではない。未来への可能性として、そうしたことも必要ではないかと。あくまで一意見に過ぎない。ただ、意欲的な者がいれば婚姻関係に至らずとも検体提供（精子及び卵子）の斡旋なども団体として後援していく。

それは代行者輩出家系のみの募集ではない。

ともかく、我々は世界構造維持の為に、ひいては未来に生きる人々の為に可能な限り様々なことに挑戦していきたいと思っている、と。その為に他国にも賛同してもらいたいと。

これに対して、瑠璃と狼星は口撃に転じた。

「……友好関係結構。だが交流を図る側に齢七歳の少年神を指名し、あまつさえ貴殿らのいう【勘違いをさせた】状態の諭しをしたことへの責任の所在が浮いているな。そちらが如何に言葉巧みに責任逃れしようとも、成人してもいない子どもに咎はない。護衛官に関してはもう少し職務に忠実になれと言いたいが、なれん状況だったのだろう。それについて申し開きは？」

「何？　提供？　本当に子ども欲しい人達がするようなことを、どうして血族作成の為にしなきゃいけないわけ？　あたし達の人権何処に行ったの？　あとさ序列って言葉の意味、本当にわかってる？　さっきから何か偉そうにされてるけどそれ大和には通じないよ」

途中から月燈も参戦して苦言する。

「我々はあくまでお支えする立場であり末端。現人神様達を守ってこそ信徒。だというのにあんなに幼い秋の代行者様に結婚の申し込みをさせるなんて。これを越権行為と言わずなんと言うでしょうか。リアム様は神の器をお持ちですが実際はまだ幼くあらせられます。大人達の言葉にどれだけ混乱して、傷ついたことでしょう。大和側も跳ね除ける為に反論せねばならない状態に追い込まれましたし、我が国の秋も大層心を痛めたご様子でした。現に、昨日はご体調を崩されています。それでどう国際交流しろと？　現人神教会出身の者として恥ずかしく思います。貴国と我が国が何を推し進めようとも、まずは現人神様達の意向が優先です。現人神教会大和総本部並びに国家治安機構にも報告しますよ。これは脅しではありません。また、私はそれが出来る立場におります」

まだまだ論争は続く、と思われたが途中で支部長に耳打ちをする教会関係者が現れた。

そこで会話が一度停止する。

「……皆様にお知らせが。リアム様とジュード様が教会にお越しになっているようです。ぜひとも、大和の皆様とお話しになりたいご様子。お時間いただくこと可能であれば……いかがでしょうか？」

狼星が舌打ちした。相手が大和語を解さないのを良いことに声量を落とすことなく隣に居る凍蝶に言う。

「これ最初から予定されてただろ。こちらの怒りを削ぐ為に」

「こら」

凍蝶はあまり効果のない叱り方をした。恐らくは狼星の言う通りだろう。

埒が明かないとなったら対応を代わらせる為に控えさせていたのかもしれない。

やはりどうにも代行者達の序列が低いことが否めない。竜胆は、同席してはいるものの、大人達の配慮により黙っていることが許されていた撫子に伺いを立てる。

「撫子、リアム様とお会いになりますか？　お嫌でしたら……」

「うん。あ、でも……竜胆がゆるしてくれるなら……」

逆に撫子が気遣うように聞く。

「りんどうの立場がわるくなるなら会わないわ」

「撫子……」

──これではどっちが大人かわからないな。

竜胆は即席で作った笑顔の仮面を顔に貼り付けて言う。

「許すも何も……貴女の意思が全てです。俺のせいで友好的な交流が出来ませんでしたね。ぜひ、会っていたければと思います」

「わかった。わたくしりあむさまとお会いします」

「婚約はしませんからね？」

「……うん」

「絶対にしませんよ。俺も同席します」

撫子が了承したのでその場の話し合いはお開きになった。通訳者も大和側の口撃を通訳することにホトホト疲れたのか、ぐったりした様子で案内する。

「まだこちら側の庭はご覧になっていないでしょう？　お茶も淹れ直しますので……。護衛陣の方々も軽食をお召し上がりください、とのことです」

施設のテラスが開放され、大きなウッドテーブルに続々と食事が運ばれてきた。

これをいただいてしまうと和解したと受け取られてしまいそうなのだが、拒否するのも外交として頑なすぎるだろう。

代行者達は用意周到な対応に呆れ気味だったが、腹を空かせていた護衛陣は喜んだ。

少し場が和んだところで、リアム達がやってきた。

教会関係者が見ているせいか、表情が硬い。横にはジュードが居て大和側に会釈をした。誰が口火を切るか、と逡巡していたところで動いたのは瑠璃だった。

「リアムさま、こっちこっち」

代行者達が座っていたガーデンテーブルセットに手招きする。

リアムがまごついて動けないでいると、腰を上げてわざわざ迎えに行き、手を繋いで引っ張ってしまう。リアムは照れた様子で瑠璃を見上げながらつられて歩いた。

そんな二人の様子を見て竜胆がつぶやく。

「………俺は、瑠璃様のああいうところ、本当にお優しいと思います」

そう、夏の女神様は基本的に友好的で優しいのだ。そして夏らしく人の心を上向きにさせる人柄が備わっている。と同時に、敵とみなした相手にはその真っ直ぐな性根をこれでもかと向けてもくるのだが。狼星はにこにこと笑顔でリアムを連れてくる瑠璃を眺め、『警戒心がなさすぎる』とぼやいた。みなの前に立たされるとリアムは口を開いた。

「みなさま、こ、んにちは」

片言の大和語だ。

「……ご、なさい」

きっと、ごめんなさい、と言いたかった。それくらいは察せられた。

急ごしらえで覚えたのだろう。恥ずかしそうに、不安気な様子で知らない言語を話すリアムの姿は彼なりの誠意が十分伝わるものだった。

「皆様を不快に思わせてしまったこと、お詫びします」

次に、流暢な大和語でジュードが話し出したので一同はぎょっとした。

ぎょっとされたのでジュードも驚きつつまた言う。

「……第二……ええと、第二外国語……？　が大和語でしたので」

「喋れるんじゃん！」

瑠璃が昨日と同じくツッコミを入れた。

「はい」

「な、何でみんな喋れるのに言わないの？　意味わかんないんだけど！」

ジュードは苦笑いする。

「あの場は菊花様も居ましたし、佳州側の者はほとんどが大和語をわからないので配慮として。

実は今回の話でリアムが抜擢されたのはオレが居るから、というところが大きいです」

大和側は思わず竜胆を見た。竜胆も驚いたままジュードを見る。

つまり、それぞれの代行者の言語齟齬を防ぐことが出来る組み合わせ、ということも考慮されていたのだ。

「用意周到だな……」

狼星が嫌そうにつぶやいた。瑠璃がジュードに尋ねる。

「どうして第二外国語、大和語にしたの？」

「兄弟のように懇意にしていた友人と、よく一緒に大和の映画作品を見ていた時期がありまして。その中でもとびきり好きな映画の監督の作品秘話などをちゃんと理解したく……」

独学で覚えた、ということらしい。中々出来ることではない。

「すご……みんな勉強する理由が偉くて、偉い……。あたし自分のこと嫌になってきた。あたしどうして央語を話せないんだろう……」

「瑠璃様は表情が豊かなので、単語さえ覚えれば身振り手振りで会話は出来ると思いますよ」

「あたしは無力だ……」

ジュードが急に喋りだしたせいで、そちらに注目が集まり、リアムはまたもじもじとしてから地面に視線を落とした。

「りあむさま」

だが、竜胆の横に腰掛けて隠れていた撫子が声をかけたのでまた顔を上げた。

「りあむさま、お菓子好きですか……？」

先程のリアムと同じように、撫子またなけなしの勇気を出している。

「お菓子……好きだったら、いっしょに……」

テーブルの上に広がる軽食と菓子を指さしてから、撫子は自分の隣の空いている席をトントンと叩いた。此処に座って、というのは言葉がわからずとも理解出来ただろう。

竜胆は微妙な気持ちだったが、声をかけた。

『リアム様。大和は御身のご事情を理解しております。撫子への求婚はお受け出来ませんが、大和は新しい友人を歓迎致します。どうぞお席へ』

一昨日は攻撃的に応戦してきた竜胆が優しく話しかけてくれたので、リアムは緊張しながらも撫子の隣に座った。

「……」

リアムは一度自分の手のひらを見てから、撫子に目線を合わせる。

「なでしこ、ごめ、ね」

手のひらには、油性のペンで大和語の単語がいくつか書かれていた。央語にした場合の音の読み方、それに矢印を引いて、次に意味が記されている。

――くそ。

それはずるい、と竜胆は思った。

何か嫌な部分が容易に見つかる相手のほうが良かった。撫子から遠ざける理由になる。

しかし大人気ない希望が一気に打ち砕かれた。きっと直前にジュードに教えてもらったのだろう。紙に書けばいいのではと思うが、もっと確実に絶対に読める場所に記したかったのだ。

だから手に書いた。その幼い思考が透けて見える。

「やまと、みんな、ごめ、んね」

震える唇で一生懸命言うリアムを見て、同席した者はもちろんのこと狼星も毒気が抜けた。さすがの冬の王も、ここで幼子を遠ざけるほど冷酷ではない。

『先程阿左美殿が言ったが……』

先日瑠璃に言われたことも考慮して、声を出来るだけ和らげて話す。

『大和はそちらの事情を把握している。あまり気にするな。子どもが大人の指示で言わされているのに謝罪も何もない。教会からの指示なんだろう？』

リアムは狼星の言葉を聞いて、うつむきがちな顔を上げた。

『……でも、言うと決めたのはぼくだから』

聞かれたらまずいと思ったのか小鳥が囀るような小声だ。

『決めたのではなく、提案を呑み込んだ、だろう。教会の関係者が見ているので貴殿が不利になることを話す必要はないが、それ以上畏まる必要はない。一つ聞きたいが、佳州の冬は何をしているんだ？』

思わぬ質問だったのか、リアムはきょとんとした。

『冬の代行者さまにあったことがないからぼくはわからない……』

狼星はそこでリアムがまだ約一年間の修行中の身であることを思い出した。

『そうか、四季降ろし前だと言っていたか……』

『うん。それに、橋国は……ええと、少なくとも佳州は大和のようにぜんいんがともだちということはないとおもう。わからないけど……ぼくが仲間はずれにされてなければ……』

　これに関しては別段驚くことでもなかった。狼星達は賊のテロをきっかけに偶々大きな繋がりを得ただけであって、基本的には四季同士で懇意にする理由はないからだ。

『それはまあ。うちも去年やっと同盟を組んだところだしな。しかし、このような二カ国間の問題になるようなことなら秋ではなく冬が出るはずなんだが』

　狼星が央語も話せるということで、リアムは少し緊張がほぐれてきたようだ。

『結婚のことを言ってる？』

『ああ、率先して阻止するなど、そういう動きはなかったのか。それともこれは佳州の秋だけにしかまだ共有されていない？』

『ジュード……』

　リアムが瑠璃と話していたジュードを呼ぶ。話題を察して、ジュードが代わりに返答した。

『正直に申し上げますと、橋国の代行者様は派閥があります。【和合派】と【離反派】です』

　ここからは大和語が良いと判断したのか、ジュードは言語を切り替える。

「和合派は現人神教会並びに季節の塔のやり方を迎合する方々。本当は不本意ではありますが諸々の事情で従うことに決めている人達もこれに含まれます。そして離反派は明確に上層部へ敵意を示している方々です。要はお偉方に示す姿勢ですね」

　ジュードは視線を下に落とす。

「佳州の春、夏、冬に関しましては恐らく和合派です……。ですから、リアムの置かれている状況を把握されていたとしても、声を上げて助けてくださるようなことはないかと……」

ジュードはリアムに手を伸ばし、頭を撫でた。

「オレがこの子に味方を作ってあげられたらいいんですが、オレ自身が教会職員の親を持つ婚外子で、後ろ盾がありません。子どもの頃から教会の言いなりで生活するしかなく……」

「なるほどな……貴殿も苦労をしていると」

ジュード自身も良い環境に居るとは言えないようだ。

「……ちなみに、春、夏、冬の代行者の情報はあるか」

「全員女性ですね」

「ほう、冬もか」

「はい。あと情報は……春の御方は確か十三歳。恥ずかしがり屋で、従者の方以外とはあまりお喋りされません。いまは春顕現真っ最中ですから、忙しくされているでしょう」

思い出しながら、という表情でジュードは言う。

「夏の御方は十八か二十歳か。それくらいの年齢で佳州最年長。在位年数も一番長く現人神をしているだけあって貫禄があります」

瑠璃は興味深そうに『へえ〜』と言う。

「冬の御方は十二歳ですが新人で……何というか……元気……」

狼星は眉をひそめた。

「元気？」

「というか……吹雪が、荒れ狂う雪の日が人になったかのような……」

「……冬だけよくわからん」

「大変苛烈な女性とだけ……。大和の冬の代行者様は【賊狩り】で名を馳せていらっしゃると
お聞きしました。我が佳州の代行者様も賊退治に関しましては並々ならぬ情熱をお持ちでして、
ご自身がお休みの季節でも国防機関と協力を仰いで賊退治に出かけていらっしゃいます」

「狼星が女の子になったみたいだ！」

瑠璃が嬉々として言う。

みなは元気で苛烈な女性の狼星を想像してみたが、あまり成功しなかった。大和の冬の王に
元気な印象がないので結びつかない。

狼星は瑠璃のほうを見て顔をしかめたが、怒りはしなかった。

「葉桜妹」

「瑠璃だよ」

「……お前それ、相手側に万が一会うことになっても本人に言うなよ」

「何で」

「男に似てるって言われて嬉しい女性が居るか？　居るかもしれんがやめとけ」

瑠璃は感心して狼星を見る。

「……君、偶にすごく気配りが出来るよね」

「褒めてるんだよ。冬の人って意外と？　女の子に優しいよね。凍蝶さまもそう！」

「ありがとうございます、瑠璃様」

凍蝶が柔らかく微笑む。狼星は無知を指摘するように言う。

「お前知らないのか。冬は女性が生まれにくいんだよ。大事にするものなんだ」

「え、そうなの？」

ジュードが狼星の言葉に補足する。

「冬の代行者を多く輩出しているコミュニティーは世界的にそうですね。ですから佳州の代行者様が女性なのは珍しいです。一節によると、四季の神々が……春は女神で冬は男神だった。だから四季の末裔も自然とそうなると……。あくまで俗説ですが」

「へぇ～！　なんか面白い！　神話を体現しちゃってるんだ。じゃあ夏と秋は？」

「そこは同性で描かれることが多いです。男性同士、女性同士、ですね」

思わず瑠璃と撫子は目を合わせて微笑み合う。

「俗説だぞ、俗説」

狼星が釘を刺すと、瑠璃は笑いながら言う。

「わかってるもん。でもそれだと不思議だね。四季の神様って芸術の分野では決まった姿で描かれてないじゃない？　あたし全員女の子で描かれている絵とか見たことあるよ。というかうちの実家にあるんだけど……」

「そこは芸術家の感性によるだろ」

「じゃあうちにある絵の作者さんは全員女の子の神様が良くてそうしたってこと？」

「身も蓋もないがそうだな。詳しい者なら冬は男にする」

「あれ趣味だったんだ……そうなんだ。そう考えるとなんか、業が深い作品だ……」

狼星と瑠璃以外はこの会話をとても興味深く見守っていた。

最初は口もきかなかった二人。随分と普通に会話出来るようになっている。

この旅でこうして面と向かって喋れるようになったことは大和としては国益ではないが、四季同盟としては大きな進展だろう。

狼星は自身が話を横道にそらしてしまったことを自覚して、咳払いをした。

「……閑話休題。リアム殿には後ろ盾がないということだったな」

大人しく聞いていたリアムは、大和語がわからない中、自分の名前が出たことでまた姿勢を正した。

「そうだね。他の季節の代行者様も当てにならないとなると……四季同盟は難しい。リアム様ってこのままだと撫子ちゃんじゃなくても婚約者決められちゃうのかな」

ジュードが静かに頷く。これはもう当事者としてこの状況を覆すのは難しいと言わざるを得ないのだろう。代行者護衛官といえど、大きな枠組みの歯車の一つでしかない。

「オレが出すぎた真似をすると、護衛官を降ろされてしまいますし……」

リアムの役に立ちたいと思えば思うほど、教会に逆らわないことを選んでしまうジレンマだ。

「あたしはお見合い結婚して幸せになったほうだからあんまりそれが駄目って言えないんだけどさ……。リアム様は、多分望んではいないよね？　リアムさま、マリッジ、ノー？」

瑠璃が何を言いたいのかはわかったようだ。リアムは頷いた後にジュードに耳打ちする。

そしてジュードが答えた。

「いまはそんな遠い未来のこと考えられない、と……。ただ、慣例として早い内に婚約を勧められてしまいます……。リアムのことを考えると打算だとしても誰かと婚約して現人神教会を納得させたほうが良いとオレは考えています」

それまで黙っていた凍蝶が口を開く。

「それは何故？」

責めてはいなかったが声音は優しくはない。代行者のことを守護する気持ちが強い彼からしてみれば、その発言の真意を問いたいところだろう。

「橋国の四季の末裔や巫の射手の末裔の保護は現人神教会の資金が大きな財源になっています。故に、教会への従順さによりそれぞれの扱いも変わります」

「……崇めるほうが崇められるほうより上なのか？」

「恥ずかしながら……橋国はそうなんです。楯突く者は教会の一声があればすぐに冷たい仕打ちを受けます。末裔達は保護された後に今までの人生を捨てさせられ、季節の塔などの関係機関に配属されることになるのですがそこでも爪弾き扱いになります。そもそも塔と教会が癒着状態ですし。リアムが反抗的な現人神だと認定された場合……何か後ろ盾があるならいいですが、そうでないと彼の家族がどういう進路を辿るかわからない。主に経済面で……」

「そこまでいくと逃亡者もかなり出そうだが……」

「末裔として発覚するまでに生きた個人情報が消されてしまいますから逃亡は厳しいです。あとうちは通称【チップ】と呼ばれる個体識別集積回路が身体に入れられてしまうので」

　その場の席に居た者達がざわついた。

「それはまた……すごいな。追跡の為に？」

「オレも、リアムも入っています。大和はない？　どうやって逃亡者を追跡するんでしょうか」

「大和は監視社会。そもそも逃亡するという概念自体が難しくなるよう育てられる。また、そちらとは逆に保護が手厚い分、外で生きていく発想自体が持ちづらい」

「そうなんですね。橋国の四季の末裔の多くは後から自分がそのような身の上だと判明する者が多いので……仰る通り逃亡を考える者が多いです。教会や塔も、逃亡防止の為の策はあの手この手で考えています」

ある種恐怖政治のような統治をしているのも、逃げるという思考を無くしてしまうのが目的なのだろう。会話を見守っていた竜胆は思わず言う。

「……まるで里のようですね」

竜胆のぽつりとしたつぶやきに、凍蝶が同意した。

「そうだな。阿左美君の言うように、大和の里のシステムに似ている。内政もあり、経済があり、懲罰が存在する……そしてヒエラルキーもある、と」

「だとすればジュード様が言うことも共感出来ます。俺達も窮屈さを感じて生きていますから」

竜胆の言葉であまりピンときていなかった者達も頷く。

歴史は違えど、辿る道はそう変わらない。橋国は里がうまく機能していない分、季節の塔と、出資者である現人神教会のほうが権威を持つようになったのだろう。代行者達も春の事件で決起するまでは里の言いなりだったので、ジュードが動けないと主張する気持ちは理解出来た。

下手なことをすれば、自分だけでなく、周囲の人間も巻き込み不幸にしてしまう。

だから動けない。言いなりになるしかないのだ。竜胆はジュードに尋ねる。

「ジュード様、リアム様を庇護してくれそうな者は……」

「先程も言いましたが、生憎と。オレも後ろ盾があるような育ちではありません」

「……そうですか」

リアムの現在の状況は思ったより厳しいものだった。

四季コミュニティー内で頼れる者はおらず、上の機嫌を損ねれば家族の扱いにも影響が出る。そして本人はまだ幼く、自分で出来ることは力ある者と繋がることくらいしかない。

護衛官も後ろ盾がなく、婚約を勧める。切羽詰まった本人は他の代行者と繋がればあるいは、と思ったのだろう。だがジュードの話を聞く限りそれも無理そうだ。竜胆は続けて聞く。

「リアム様のご家族の縁者などは……」

「リアムの父親が四季の末裔だったようなのですが、彼もその両親も流れ者気質だったらしく、難航しているようです。いま、リアムと離れて暮らしていますが、ほうぼうを巡って自身のルーツがどことぶつかるのか確認している最中です」

梨の礫だ。竜胆は思考を巡らせる。

『……冬の代行者さまは……』

同じく会話を見守っていたリアムがもごもごと口を動かした。狼星は被せるように言った。

『狼星でいい。俺もリアムと呼ぶ。央語だと面倒だからな』

『いいの？』

『いいぞ』

少しだけリアムの顔色が良くなる。

『……うん。ろうせいがぼくの立場だったらどうする？　ほかのみんなは……？　ジュード、大和語で言って』

「リアムもオレも現人神教会の管理下に居ます。この子を守るにはやはり現状のままではいけないのですが、どう手を打てばいいか……お知恵を借りられることがあれば……」

みな唸った。大和の代行者は地盤がしっかりしている者が現状多い。春の花葉雛菊に関しては里から煙たがれているので何とも言えないが、その代わり冬が庇護している。

リアムにはこういう守りが必要なのだ。瑠璃が顔に苦悩を表して言う。

「あたし、海外に親戚いるかなあ……。ちょっといま端末いじっていい？　お父さんお母さんとあやめに聞いてみる」

「……現実的に考えてそれだな。凍蝶、冬も当たっておけ」

「わかった」

ずっと思案していた竜胆は、そこでふと思いついた。

「あの、荒神隊長。【世界現人神信仰公正委員会】に此度の件、ご報告出来ないでしょうか？」

問われた月燈は思ってもみなかったことを言われたのか、驚いてから答える。

「出来ますが、訴えの材料として少し弱くないでしょうか……？　我々の主観でリアム様が教会に虐げられていると言うような流れに……」

「わかっています。しかし問題があると現時点で訴えることは後々のことを考えると有効な手段だと思うんです。あの、よければ皆さんもお願い出来ないでしょうか【世界現人神信仰公正委員会】なる存在を」

竜胆の言葉にその場に居た者達の反応は分かれた。

知る者と知らない者だ。困った顔をした瑠璃と目が合って竜胆は慌てて補足する。

「現人神を信仰する宗教団体は現人神教会が筆頭ですが、他にもたくさんあります。彼らの不正や背徳行為を調査する為に設立された監査機関があるんです。それが【世界現人神信仰公正委員会】というものです。略称は公正委員会ですね」

「それは国の偉い人達が作ってるものなの？」

瑠璃が素朴な質問をする。

「いえ、四季と射手の末裔ですよ。場合によっては国の機関と連携を取ることもあります。現人神信仰は歴史のある宗教です。そして宗教というものは時に本来の目的から逸脱した動きをすることがあります。現人神様を信じる人達を利用する、または現人神様に不利益になるような行動を宗教ですることは許しませんよ、と我々のような末裔が各宗教団体を監視する為に設置したのがこの委員会なんです」

「現人神を祀ってるけど、悪いことをしてる人達を怒る現人神の関係者達……ってことね。でもそれちゃんと大人しく怒られるの？」

「……難しい質問ですね……。基本、武力行使はしません。そして国によって対処が違います。他に国教がある国などは現人神信仰は私設の任意団体扱いになったりするので制裁が限られます。ただ、橋国に関しては州によって宗教法人の採用不採用があったはずです。税制措置を受ける宗教法人として不適格と判断されたら色々出来ます。ジュード様、佳州は？」

「宗教法人の登録が出来ますし、されています」

ジュードは面食らった顔つきのまま答える。

「じゃあ、やる価値がある。現人神様を虐げるとこうなりますよと制裁が出せるかも」

竜胆は笑顔になった。そして瑠璃は難しい言葉に翻弄されている。

「しゅうきょうほうじん……ぜいせいそち……」

「瑠璃様、ええと、そこはひとまず忘れてください。とにかく佳州は悪い人を叱りやすい州なので、リアム様の為に然るべき所に通報するといいかもしれない、と覚えてくだされば」

「わかった！」

もう少しわかりやすい部分で団体を説明しよう、と竜胆は方向転換した。

「世界現人神信仰公正委員会は、あと、行き過ぎたカルト宗教などを指導して止めたりもしますね。ああいったものは歴史的に悲劇などを生みがちですし……。我々からすると、そういうのは困りますよね？」

「困るどころか怖いよ！　何勝手なことしてんのってなる！」

「そう思ったご先祖様達が、出来うる限り非暴力で解決出来るものとして公正委員会を生みました。対象が賊ではないのも特徴ですね。春至上主義になった【彼岸西】などもカルトですがあれはもう現人神に害なす賊ですから戦うしかありません。テロのカウンターは特殊部隊などが相手にするもの。公正委員会は話し合いによる指導改め様々な制裁で解決する人達です」

「なるほどお」

竜胆は瑠璃以外の者達を見る。大人は取り敢えず付いてこられているようだ。有り難いことに子ども達は凍蝶とジュードが小声で説明してくれている。

狼星が『そんなものもあったような』という顔で言う。

「阿左美殿は海外暮らしが長かったな。大和に限らぬ豊富な知識は御父上譲りか」

「はい。父の仕事も軽く手伝っていました。皆様が公正委員会と聞いてあまりピンとこないのも無理もないかと。大和は大和内で自治がされているから出番がないんですよ」

凍蝶がそれに対して言う。

「阿左美君の御父上が言っていた【大和は神社が強い】ということに繋がるものだな」

凍蝶の意見に竜胆は頷く。

「その通りです。大和の場合はたくさんの神社の中で四季と朝夜の神々を祀る所があり、それは古くから民の間にも根付いています。また、現人神様も神の写し身ということで敬われてはいますが、あくまで自然崇拝が先。現人神信仰は認知されるようになったのは後なんですね。結果、神社が現人神信仰にとってお手本の存在となりました。この感覚をどう伝えたらいいか。どんな文化でも、先駆けの存在があり、そこをリスペクトして機嫌を伺うのはその界隈で生きていく上で大切なこと……と言えば通じるでしょうか……」

「なんか芸能界みたい」

瑠璃の発言に一気に俗物感が出たが間違ってはいない。

「そうですね、ああいう世界は特にそうしたリスペクト精神が大事だと聞いています。大御所に粗相をしてはいけない、したら仕事がやりにくくなる、というところは似ているかと」

竜胆がちらりと月燈を見る。彼女は流れを受けて口を開いた。

「仰る通りです。神儀なども真似てやっているものが多いですし。神社に睨まれると怖いので下手なことが出来ません。更に嚙み砕いて言いますと、神社関係者から『あそこの現人神信仰の団体は全然なっとらん。ダメな宗教団体だ！』などと言われようものならその話はすぐ界隈に回り、爪弾きにされ、活動が非常にやりにくくなります」

「荒神隊長、そうすると信者の方も減りますし、教義の信頼性も失われ、団体自体が廃れていってしまう、ということですよね？」

月燈は竜胆の問いかけに眉を寄せながら言う。

「はい。現人神教会の信徒と神社の氏子さん……信徒にあたる方々は実は被っていまして、自然崇拝もするし現人神信仰もするよ、という人が多く存在します。信仰対象としては地続きなので当たり前なんですが……。ですから神社に怒られたことが広まると、信者さん達からも白い目で見られてしまうのです。総括しますと、大和では神社が公正委員会のような抑止力になっており自治されているので、あまり本家の公正委員会の活動が目立っていないという答えに……。海外のほうが公正委員会の功績が目覚ましいと聞きますね」

月燈らしい説明だった。竜胆はみなの様子を見つつ話を続ける。

「そうですね、公正委員会は宗教対立が多い国ほど活躍しています。現人神様の存在を盾に、他の宗教に迷惑をかける行為を取り締まることも彼らの活動の一部ですから。一神教が強い橋国のほうが出動回数が多いかと……」

竜胆の説明に今度は狼星が質問を投げかける。

「そもそも何で橋国の現人神教会はこんな金のかかってそうな建物を建てられるくらい信者を獲得している？」

竜胆は渋い顔をした。

「言いにくいのか？」

「いえ……その信仰対象である方々にこれをお伝えすると一笑に付されそうなのですが、橋国はいまを生きる【人間】が神の力を授かり、試練や困難を乗り越え、民に自然を授けるというドラマ性のある現人神信仰の説法が響いた時代があったから、という説が有力です」

狼星は苦笑した。

「ドラマ性ときたか……俺達は娯楽じゃないんだが」

「すみません、適切な言葉ではなかったかもしれません……」

「別に怒ってない。民の心がそれで救われる時があったなら良いんじゃないか？」

寛容な狼星の言葉に竜胆はホッとする。

「お心の広い解釈でありがたいです。あと、もう一つ。これは視覚的な点からの俗説なのですが、橋国は自然崇拝の教会より現人神信仰の教会のほうが建造物が美術的に優れていたそうです。だからそちらが流行ったのではと……」

竜胆は今度こそ誰かが不敬だと言い出すだろうかと内心危惧したが、声を上げたのは瑠璃だけだった。

「え、何それー！　そんな面白い理由なの？」

「瑠璃様もおおらかな反応で助かりました……。確かに面白い理由かもしれません。しかし瑠璃様、こちらの国でよく見られる一神教の聖母像や鐘のある教会、素敵だなあと思いませんか？」

「お、思う……素敵だよね。なんかおしゃれ」

「大和は大和で、神社に存在する鳥居、見る度に偉大さを感じませんか」

「わかる。推しの鳥居とかあるもん」

「つい足を運んでみたくなる荘厳さ、シンボルの魅力というものは宗教ではとても重要なんだそうです。これが現人神教会が橋国で浸透したもう一つの説ですね」

竜胆の意外な切り口に一同、唸った。肯定するのも微妙だが、完全否定は出来ない話だ。

実際、宗教建築というものはたくさんの人を虜にしている。

美しいものを愛でること自体には何を信じるか、はたまた何も信じないかは関係ない。人によってはそこから新しく始まる信仰もあるのだろう。

竜胆は随分と本題から遠ざかってしまったことに気づき軌道修正する。

「……俺のせいで大分話が飛んでしまいましたが、公正委員会の説明は以上になります。荒神隊長が言うように、現在我々が公正委員会に『リアム様が現人神教会の指示により婚約を強要され、大和の秋に失礼を承知で求婚させたようです』と報告すること自体は確たる証拠がありません。しかし、こうしたことは事件が起きている時に【記録】させることが非常に重要です。民間の裁判でも嫌がらせや誹謗中傷があったという記録を残すことで本格的に事件化した時に有効な証拠に変化することがあります。主観であっても記しておくというのはとても大事なんですよ。皆様、もしよろしければそれぞれ里に報告していただき、佳州の教会へ監査を入れてもらえないか打診していただけないでしょうか？」

竜胆の申し出を断る者はおらず、ぜひそうしようとなり、大人達はおもむろに携帯端末を手に取り出した。話を見守っていたジュードが竜胆に声をかける。

「それで本当に動いてくれるでしょうか……」

ジュードの問いかけに、竜胆は苦笑して言う。

「少し弱い訴えなのは否めません。監査が入っても訓告で終わるかもしれない。でも先程も言いましたように後に続くものになる可能性があります。何もやらないよりはマシかと」

「大和が佳州の現人神教会から目の敵にされると思いますがそれは……」

「いや逆ですよ、うちが佳州の現人神教会を敵認定してるんです。撫子を悲しませたので」

あけすけな竜胆の言葉に、ジュードは目を瞬いた後にくしゃっとした笑顔を見せた。

「なるほど。ご面倒をおかけしたのに色々と親身になってくださってありがとうございます」

「とんでもない。俺がジュード様の立場だったら、きっと同じようにどうして良いか迷いながら生きていたと思います。時間がかかる問題かもしれませんが、リアム様のお立場が少しでもよくなるよう頑張りましょう。まずは俺達で突破口を作るということで」

ジュードは竜胆の言葉を噛みしめるような表情をして『はい』と言った。


それからはしばし雑談の流れになった。

竜胆はクッキーを食べながら静かにしている【秋】達に目を向けた。

――子ども達が退屈そうだ。

大人達の話題についていけない様子は見て取れる。竜胆は庭に目を向けた。少し距離がある場所に景観の為に置いてある噴水や神像、花壇がある。じっと見ていると凍蝶が気づいた。

「阿左美君、撫子様とリアム様さえ良ければ庭で気分転換でもどうだろうか」

「良いんですか？」

本当は仲良くさせたくはないのに、先輩護衛官の気遣いが嬉しくてつい返事の声が弾む。

大人達も気になってはいたのか、『どうぞどうぞ』とすぐ言ってくれた。撫子はまごつく。

「いいの？　でも……わたくしたちもおやくにたてなくてもいたほうが……」

立場としては居たほうがいいのは確かではある。しかし凍蝶がすぐに合いの手を挟んだ。

「撫子様、こちらは何かあればすぐ共有出来ます。よろしければ撫子様には外交部分をお願い出来ますか」

「それは……」

「もちろん、友人としてです」

撫子は神妙に頷く。

「そもそも今回の目的は親善の為です。親善大使を撫子様にお任せ出来ればと」

「しんぜんたいし……」

「重要な役職ですよ。阿左美君、すまないが見守りをお願いしても？」

「はい、もちろんです。責任を持って俺が。では皆様、少しだけ子ども達と席を外させていただきます。今日は話し合いばかりですから、最後くらいは……」

もう少ししたらこの会談も終わる。何か重要な話が出ても凍蝶が後でまとめて教えてくれるだろう。この場に竜胆も残りたいところだが、二人を見るならどちらかの護衛官は傍に居たほうがいい。

「俺が付き添いを。ジュード様はどうぞこのままで」

橋国側の事情がわかる者まで話し合いの席を外す訳にはいかない。

「しかし、阿左美様だけにお任せするのは……」

ジュードは戸惑っているが、竜胆は『お気になさらずに』と微笑んだ。

「……りあむさま、あっちでクッキー食べませんか？　ふんすい、ありますよ」

撫子とリアムはハンカチに包んだクッキーを服のポケットに入れて椅子から下りた。すると、ペットキャリーバッグに入れられて白萩に預けられていた花桐がわんと吠える。

「しらはぎさん。はなきり出してあげてもいいかしら」

撫子が尋ねると、白萩は薄く微笑んだ。

「ええ、お庭なら良いかと」

花桐はバッグから出されると、撫子やリアムの横を俊足で走り抜けてしまう。

「はなきり、だめよ」

『あの犬すごい速い！』

その様子を大人達は温かいまなざしで見守る。飛び出した花桐を追いかける。彼は噴水の前で止まり、わんと吠えた。今日は少し暑いので、涼しいところが心地好いのだろう。

教会の庭の噴水は色とりどりの石が敷き詰められていて、その水面を見ているだけでも目が癒やされた。リアムは花桐の存在にソワソワしている。竜胆が触ってみたらと誘うと、恐る恐る触って『ふわふわだ』とつぶやいた。花桐は褒められて悪い気はしないのか、大人しく撫でられている。撫子はいそいそと狼星からもらった翻訳機を出して声を出した。

「りあむさまは……クッキー、なにあじが好きですか？」

すると、瞬時に翻訳された央語が画面に出た。竜胆はちらりと画面を見たが、問題なく翻訳されている。リアムは目を輝かせた。

「撫子、次はこのボタンを押して。そうしたら双方向で翻訳になりますから、翻訳された言語が画面に出ます」

竜胆が言うと、撫子は慌てて翻訳機のボタンを押す。リアムが『喋っていいの？』という表情になったので撫子が笑顔で頷いた。

『ぼくはくるみが入っているものが好きだよ』

問題なく大和語の翻訳が出る。リアムが竜胆のほうを見て喜びの顔を見せてくれた。

竜胆は渋々、リアムの可愛さを認めた。

「わたくしはね、チョコとプレーンが混ざってるのが好きなの。こう……ぐるぐるってうずまいてるのとか……」

『ぼくそれ作れるよ』

「お菓子をつくれるんですね、すごいわ」

『家がレストランだったんだ。手作りのお菓子も売ってたよ。ぼくもお菓子をつくったことある。三回くらいだけど……』

「わたくしなにもつくれないの。りあむさま、器用なのね」

『ちぎったりまぜたりする料理はね！』

リアムは少し得意げな様子を見せたが、しかしすぐに表情を曇らせた。

『でも、神さまになってからは料理させてもらってないし、してもいみないっていわれる』

「……」

撫子もしょぼんとした顔になる。

『それより権能をうまくあやつれるほうがいいんだって……』

リアムはそう言うと、近くの木々の根本に落ちていた緑の葉を拾って戻ってきた。

『なでしこは権能、どういう練習してるの？　ぼくはこんなやつ』

すると、彼の持っている葉がみるみる間に色褪せた。

生命腐敗の力のごく初歩的な練習だ。生と死を操れることが注目されがちだが、季節顕現の為の力の行使が出来ることがまず重要なのでこういったものから始める。

「わたくしはいま、生命力をからだにためておく練習をしてるの」

『吸うんじゃなくてためるの？』

首をかしげるリアムに、撫子は遥か遠くを指差して言う。

「そう。霊脈があるところから生命力をもらってちょきんするんです」

街の中なので山は見えないが、彼女が指す方向には霊脈を備えた霊山があるのだろう。

「そうしたら、もしまわりにお山がなくてもひとを治せるから……。きょねんね、お山が遠いところでひとを治したんです……。とうちゃくするまですごく不安で……すごくどきどきしたからいつでもひとを助けられるようにためておくことにしたんです」

撫子は自身の腹に手を当ててさする。へその下あたりだろうか。人の身ではわからぬことだが、そこが生命力を貯めておける場所なのだろう。

――さすが俺の秋。

竜胆のほうが得意気になってしまう。

――簡単に言っているが、歴代の人達が全員出来たわけではないそうなんだよな。

リアムもそれに気づいたのか、驚いたまま言う。

『それ技法書のさいごのほうのやつだよ。撫子、もうそんなのできるの？』

撫子は照れ隠しで少し地面を見て言う。

「うんと……わたくし、とくいなやつしかおぼえてないの……。あんまり器用じゃなくて……だからとちゅうのはまったくわからないんです」

『でもすごいよ』

昨年の暁の射手との関わりが、また一つ撫子の神としての段階を押し上げたのだろう。

四季降ろしもしていないリアムからすると、撫子は目標にすべき先輩になるはずだ。

『それってぼくも出来るようになる？』

「治癒ができるようになったらきっとできます。おなかにね、ひっぱってきた生命力をためておくのよ」

『ひっぱってくるの？』

「そう。でもここはすごく都会だから霊脈をつかみにくいかもしれません……。おやまは見えるけど遠いし……。ひっぱってくるのがたいへんそう」

リアムは顔に疑問符が浮いている。彼が聞くには早すぎたようだ。

『ぼく、治癒もまだあんまりだから……おぼえられそうってなったら、なでしこおしえてくれる……？　その、電話とかメールで聞いてもいい……？』

恥じらう様子で、しかし素直に助けを求めるリアムになでしこは笑顔で答えた。

「もちろん、わたくしでよければ。りんどう……」

「はい、ご連絡先ですね。リアム様、携帯端末お持ちですか？」

『持ってる！　ジュード……』

ジュードはずっとこちらを注視していたのか、リアムが大声で呼ぶ前に走ってきた。

『リアム、どうした』

『ジュード、携帯端末だして。なでしこと連絡先こうかんするんだ。ぼくのリュックどこ？』

『それを先に言わないと。どこに置いたんだ？　探すぞ。阿左美様、少し席を外します』

ジュードは竜胆に苦笑してみせてからリアムを連れてテーブル席へ戻る。

「撫子、少し待っていましょうか」

「うん」

撫子は噴水の端に座ってクッキーを食べ始めた。目はリアムを追っている。

――まあ、こういう交流なら問題ないんだけどな。

今まではとにかく嫌だったが、リアムの様子を見るからに彼は初恋のはの字も知らない。

撫子とは純粋に友達になりたいようだ。

同年代の友人が里に居ない撫子には必要な存在なのかもしれない。

――俺自身も海外に友人は居るし。

いまだに連絡を取っている学友達の顔を思い出す。そこに性別の垣根はない。

――同じようなものだったら……。

保護者として許さないでもない、と竜胆は心の中で自分を納得させた。

竜胆が許す、許さないは関係なく、既に神様達は友好を育んでいるのだが。

「撫子……リアム様と仲良くなれそうですね」

自分で言って、竜胆は若干傷ついた。竜胆は自分と遊んでいる時より、よほど子どもらしい表情を見せる撫子に複雑な気持ちを抱く。

「うん」

「クッキー美味しいですか？」

「うん、美味しいわ」

「……」

撫子の反応は愛想が悪いとは言わないが、いつもと違い喜怒哀楽が乏しい。

竜胆はどうしたものかと腰に手を置いた。気まずい雰囲気を何とかしたい。

「あの、俺に怒っていますか……撫子？」

ずばり、と核心を突いてみたが、撫子はすぐに首を大きく横に振った。

「そんなことない……」

「じゃあ何が気に入らないですか？」

「りんどう、わたくし不機嫌じゃないわ。ほんとうよ」

「……そうですね。不機嫌とは違うかもしれません。俺が勝手に憶測で言っているだけです。でも、貴女が素っ気ないので嫌われてしまったのかと心配で……」

撫子は動揺した様子で竜胆のほうを見た。

「りんどう。わたくしのことで、そんな心配、しなくていいのよ……」

「嫌いじゃないと否定してくれないんですね」

「ひ、否定なんかしなくてもわかること、だと思うの……」

「俺は否定して欲しいです」

ハッキリと言うと、撫子は瞳を歪めた。

——あ、泣き出しそうだ。

竜胆は慌てたが彼女は泣かなかった。代わりに、あまりにも小さな声で囁く。

「りんどうが好きよ」

一瞬だけ、竜胆は他の音が聞こえなくなった。こんな風に切なげに言われたことがあっただろうか。言わされるのが嫌でそう言っているのとは違う。

「好きよ、大好きよ」

彼女の中で蠢いているであろう苦悩が読み取れた。

「でも、わたくし大人になりたいの」

「撫子……」

「大人になりたいのよ……」

撫子が自分を嫌っていないことは竜胆にも伝わったが、しかし発言の意図が読めなかった。

――意味がわからない。

本当に意味がわからなかった。

子どもが大人になりたいと背伸びすることは理解出来る。大人を煙たがるのも。

竜胆を嫌いになったのならこの反応もまだわかるが、そうではないので解が出ない。

彼女は只々、大人になりたいと主張する。

「俺を遠ざけるのが大人になることなんですか？」

「……」

「みんなの為にしたくもない婚約をするのも大人になること？」

「うん……」

これには返事をしてくれた。

「撫子、本当の大人なら一人で抱えず色んな人に相談して物事を解決するんですよ。何かお悩みがあって、俺に言えないのであれば真葛さんや白萩でもいい。大人を頼ってください」

「……」

「俺達では駄目？」

その言葉の残酷さを竜胆はやはりわからない。

撫子はいま抱いている悩みを告白することは出来ないのだ。それこそ、近しい人ほど打ち明けられない。彼女はいま叫びたいくらいだろう。

自分が人を殺したのは本当か？

貴方が代行者護衛官を辞退したがっていたのは本当か？

秋の代行者が愛する人を苦しめるのは本当か？

自分は罪をどう償えばいい？

どうしたら貴方は不幸にならないのか？

貴方は何をしたら代行者護衛官を辞める？

大切な人ほど遠ざけたほうが良い場合どんな手段が有効？

貴方は本当は自分に触れるのが怖いのではないか？

撫子が相談したいのはそういうことだった。だが、どれ一つとっても最愛の人である護衛官にぶつけることは出来ない。彼が傷つく。だから撫子は無理して微笑んだ。

「……駄目じゃないわ。あのね、ちょっと昨日からちょうしがよくないの。風邪かもしれないわ。うつると困るから、あんまりわたくしのそばによらないほうがいいわ」

「撫子……」

恐らくは嘘であろう言い訳に、それ以上竜胆が言えることはなかった。というか言葉が尽きてしまった。どうしたら彼女がまた元のように接してくれるのかわからない。うつむいてしまう撫子を、竜胆はやきもきしながら見守るしかない。気まずい空気でいると、花桐がわんと吠えた。その吠え方がいつもとは違い険のあるものだったので竜胆は花桐の様子を見る。

「花桐、どうした」

塀に向かって吠えている。

——散歩中の犬ではないと思うのだが。

花桐は葉桜姉妹に育てられたおかげで、犬を含めて鳥や猫など他の生物に無闇に吠える、ということはなかった。人間には吠えるが愛嬌の範囲内だ。

「……あ」

不審に思っていると、竜胆は自分の携帯端末が着信を鳴らしていることに気づいた。ズボンのポケットから取り出して確認する。

「撫子、ちょっと電話に出ますね」

撫子の返事はない。相手は雷鳥だった。何処をほっつき歩いているのかわからない男。居ないほうが竜胆の中では平和な後輩。

あまり出たくはなかったが、渋々応答する。

「はい、竜胆です。雷鳥さん、いま何処に居るんですか？」

『そこからすぐに離れてください』

突然の命令口調。温度のない言葉に竜胆は一瞬思考が停止した。

「は？」

だが、雷鳥は竜胆に構わず喋り続ける。

『周囲に不審な車が現れ始めました。路上駐車、なんのそので停めています』

「……雷鳥さん？」

『あ～駄目ですね。銃持ってます。周囲警備の保安隊も気づき始めましたが、彼らじゃ無理だ』

「何処から見てるんですか！」

『木の上からです。相手完全武装してます。阿左美先輩、良いですか。けったいなフェイスマスクしてる連中が今からそっち襲いにいきます。撫子様を抱き上げて走る準備を。建物に戻るまで僕が援護します。貴方達の位置が一番危険地域だ。五秒後に瑠璃の携帯端末が爆音で鳴りますからそれを合図に走って。瑠璃はそれが僕からの非常事態警報だとわかっています。防衛してくれるはずですからとにかく走って』

いつもの雷鳥ではない。冗談の一つもなく、全てが淡々としている。

「これで冗談だったら……」

『冗談だったら僕のこと後で殺して下さい。ではご武運を』

竜胆は通信が切れたと同時に端末をしまい、周囲を見回した。

教会のほうではみなが軽食を取りながら会談をしている。護衛陣も警備をさぼっている様子はない。この状況で竜胆に電話をかけることの意味。建物から離れているから危険ということは、庭側から【何か】がやってくるのだ。

——雷鳥さんを。

信じていいのか。そこまで考えたところで耳をつんざくような音が辺りに響いた。

何処からともなく火事を知らせるサイレンのような音がする。

竜胆はまた教会のほうを見た。瑠璃が端末を握ったまま驚いている。

この音はきっと襲撃者にも衝撃を与えているはずだ。人は驚愕すると初動が遅くなる。

つまり、走れというタイミングとしては最適だった。

「「襲撃!!」」

その時、声を張り上げたのは瑠璃と竜胆、同時だった。

状況を理解していなくとも、竜胆は咄嗟に身体を動かした。撫子を荷物のように小脇に抱えて走る。

「花桐走れっ！」

竜胆が怒鳴る前に、護衛犬花桐は走り出していた。

「きゃ！」

撫子の悲鳴と共に、すぐに銃声が聞こえた。

「襲撃だ！　代行者を守れっ！」

「避難経路確保しろ！」

「阿左美様！　そのままこちらへ！」

月燈の高い声が騒然とした中で響く。大和側も銃で応戦を始めた。

竜胆は一瞬後ろを振り返った。塀を無理やり登って敷地内に入ろうとしている者達の姿が見えた。

雷鳥が言っていた通りだ。黒一色の戦闘服。髑髏のフェイスマスク。まるで死神のような出で立ちに驚く。

――賊か！

やはり来たか、という気持ちが大きかった。

ここまで護衛陣や他陣営と協力しながら何事もなく過ごしていたが、情報が漏れて襲われるのではという恐怖は常にあった。

「……！」

背後からまた銃声がした。悲鳴と共に塀の上から人間が落ちる音だけが聞こえる。

――味方の狙撃手が居る。

竜胆はそれが雷鳥だと感じた。接近戦を得意とするはずだが、護衛官に任命する前から戦闘が専門だったようなので銃も使えるはずだ。

走る竜胆と同時並行で他の者達も行動を起こしていた。凍蝶は既に護衛陣と前に出て代行者の為に防壁を作っている。銃撃戦に参加しながら狼星に指示する。

「狼星っ！　阿左美君の後ろに氷壁を！」

「言われんでもやる……！」

狼星は手に扇を持ち、開いたと同時に大きく振る。

瑠璃も扇を取り出していた。先程窓辺までやってきていた眷属の鳥達は既に戦っているが、他にも加勢が必要だ。

二人は互いに意識していなかったが、ほぼ同時に四季歌による音声術式を展開させた。

「六花の剣を突き立てて　月の色すら白に塗れ」

「ゆら、ゆら、ゆら、花ゆらり、草光り、夏乱れ」

「雪月花の夢はとこしえの眠り　病者への慰め」

「こい、こい、こい、恋散りぬ、虎が雨、夏花火、蛍売」

「秋を殺して春に死ね　忌むべき者は　諸共に死を　嘆きはすべて　白に塗れ」

「さい、さい、さい、割いて尚、蜻蛉生る、秋を待つ」

「座して待つ、秋を待つ」

「すべては白に　六花の色に解けてゆけ」

　そして守護の為に、迎撃の為に権能を放つ。

「噛み殺しなさいっ！」

「絶壁となれっ！」

　瞬間、空から更なる鳥の援護部隊が現れ、塀の外から野犬が遠吠えを上げた。

　竜胆の背後に険しい氷壁が地響きを立てて出現する。

「撃ち方やめえええっ！」

月燈が即座に攻撃停止を言う。氷壁を味方に割られてはたまらない。

これで逃げる時間が稼げた。

だがそれはあくまで庭から襲ってきた者達からの逃亡時間だ。こんな風に白昼堂々、現人神教会を襲撃してきたのだから他にも攻撃の展開を考えているはず。

——撫子を。

竜胆は生命凍結の冷気に襲われ、全身に鳥肌が立った。重量のある氷壁が降ってきたせいか、一秒だけ身体が宙に浮いた気がする。

——とにかく守らなくては！

頭の中では色んなことに対して警報が鳴っていた。第一は現人神達を安全な場所に移動させることだ。鍛えた足を動かし前へ、前へ。

絶対に腕の中の秋を死なせてはならない。

「阿左美様、こちらへ!!」

ジュードの声が前方から響く。と思ったらもう目の前に来ていた。ジュードはリアムと身を屈めていた場所へ二人を素早く誘導してくれた。

『なでしこ……！』

リアムが青ざめた顔で銃弾をくぐり抜けてきた友達を心配している。だが、助かったという感傷に浸っている場合ではなかった。

「正門に移動します！　代行者様を前後で囲め！」

月燈の号令で取るものも取り敢えず移動開始だ。

竜胆は庭から建物内に入る前にまた後ろを確認した。

氷壁の向こうから人影がわらわらと集まっている様子がわかる。薄気味悪い黒い影がここを開けてくれと嘆く亡者のように見える。

——狙いは誰だ？

大和の現人神なのか、それともリアムか。いや、全員かもしれない。

誰であろうといまはこの箱庭のような教会から脱出することが最善だ。

建物内は混乱を極めていた。逃げ惑う者、動けずにいる者。教会職員達の統制が取れていない。その中でエヴァン・ベルが血気盛んな様子で長銃を構えていた。

「迎撃しろ！　教会に入らせるな！　美術品を守れ！」

「……支部長！　まずは脱出が先です！」

「賊如きに遅れを取ってたまるか！　銃を持て腑抜けどもっ！」

穏やかに話していた時とはまるで別人のようだ。武器を持たせてはいけない種類の人間なのかもしれない。そして職員と言い争いをしている。

狼星が扇子を振った。頭を冷やせと言わんばかりに冷気がエヴァンに直撃した。

「狼星！」

凍蝶が進行方向からそれた狼星の腕を摑んで戻す。

『施設内の者は全員逃げさせろ！　この大馬鹿者めが！』

狼星の一喝にエヴァンを止めていた教会職員の一人が大きく頷く。尚も血気盛んに戦おうとするエヴァンを他の職員達と羽交い締めにした。

そんな彼らを尻目に一行は応接室から廊下へ出て、玄関ホールを目指す。

だが先行していた月燈の隊員が手で制止の動きをとった。廊下の曲がり角を進んだところで鼻先を銃の弾丸がかすめ、ホールにあった骨董品が無惨にも破壊された。こちらの戦意を削ぎたいのか、それとも代行者の力をよくわかっているのか、激しい銃撃が繰り広げられる。

「応戦！　撃てっ！　撃て！」

月燈の指示で部下が銃を撃ち続ける。当たる、当たらないに限らず状況判断する時間稼ぎが必要だった。

「正門は駄目だったようです……」

月燈が悔しそうに言う。こちらから外に出られれば駐車場は目の前。車に乗ればすぐ此処を脱出可能だというのに。

「りんどう……わたくし」

竜胆に抱かれたままの撫子は遠慮がちにつぶやく。自分も手を下すべきか、撫子はそう尋ねたいのだ。伺いを立てたくせに、撫子は顔が真っ青だった。昨晩人を殺したと知らされた娘が無差別に攻撃をしたいわけがない。竜胆はそんな彼女の胸中はわからぬまま答える。

「いえ駄目です。教会関係者もいますし、撫子の権能は慎重に使わないと」

まだまだ修行中の身の上の代行者に賊の制圧は任せられない。

竜胆が逡巡している間に、ジュードが言った。

「裏口に行ってみますか？」

彼の提案にみんなが耳を傾ける。

「こちらに敵の手が回っているなら向こうへ行くというのはありかと。駐車場へは迂回して行けます。ただ、あちらも待ち伏せしているかもしれません……」

「……全員で此処を突破するか、分かれて互いに陽動を取るかだな……。ジュード様、戦闘は？」

「近接格闘術と射撃、どちらも可能ですがリアムを抱えてはきつい……。援護をお願い出来ないでしょうか。子ども達をどこかへ避難させられればオレも戦闘に……」

「子ども達を……」

竜胆は撫子とリアムを見る。避難したいのは全員同じ気持ちだが、幼子をまず優先にという部分は共通認識だ。ジュードの意見は利己的とは言い切れない。そこで狼星が口を挟んだ。

「相分かった。阿左美殿、部隊を分けよう。冬にこの場は任せろ」

狼星は月燈の顔を見ながら言う。

「荒神隊長、部下を秋につけてくれ。子どもを逃がすぞ」

「了解致しました」

「裏口組は進行が難しいようならこちらに戻れ。可能なら先に離脱しろ！　凍蝶、いいな？」

「了解だ。やるならこちらは派手にいこう。銃撃が鳴り止まないところから見ると、敵の人数が多い上に火力がある。出来れば撫子様達が脱出するまではこちらで彼らを引きつけたい」

「だな、じゃないと陽動にならない」

現人神教会佳州支部は正門から緑豊かな木々を抜けると駐車場があり、その目前に支部建物がそびえ立っている、という構造だ。

冬はこのまま正門ルートの敵を各個撃破しながら進撃、秋は裏口突破が可能なら遠回りして駐車場へ向かうことが出来る。氷壁を突破する者が現れたとしてもまずこちらに集まることだろう。光源に集まる羽虫のように。

「ね、ねえ！　あ、あたしは⁉」

瑠璃は思わず狼星に尋ねてしまう。

「お前は此処に居ろ。護衛官が居ないんだから冬で守る」

「……いいの？」

「ああ。だが子どもを逃がすのが先だ。囮になるのを手伝え」

「わかった！　あたしも派手にやる！　あの非常警報鳴らしたの雷鳥さんだから、その内合流すると思う！」

「瑠璃様、それは俺も確認しています。雷鳥さんから俺に電話があったのですぐに逃げる判断が出来ました」

竜胆がそう言うと、瑠璃は不安そうな表情を少しだけ和らげた。

「そうなの？　じゃあすぐ来るよね！」

「……ええ、きっと！」

瑠璃も本当は雷鳥に一緒に居て欲しいはずだ。何とも間が悪いとしか言いようがない。

ひとまず、脱出班は二手に分かれることにした。

正門組。冬の代行者寒椿狼星、冬の代行者護衛官寒月凍蝶、夏の代行者葉桜瑠璃、荒神月燈、並びに夏、冬の護衛陣六名。

裏口組。秋の代行者祝月撫子、秋の代行者護衛官阿左美竜胆、白萩今宵、真葛美夜日、秋の里護衛陣二名。国家治安機構近接保護官・要人警護部隊六名。四季庁保全部警備課秋部門職員二名、護衛犬花桐。という人員だ。総数で換算すると、正門組に関しては十名、裏口組は十四名という組分けになった。そして裏口組にリアムとジュードが加わる。

各里の護衛陣、四季庁職員に関しては数名が有事に備えホテル待機。駐車場の車にて車両待機している。全人員が代行者警備に配置されていない。

単体の戦闘力なら夏、冬、月燈班のほうが強いが、警備力なら秋側のほうが堅い配置だ。

「真葛さん、撫子を頼めるか？　俺は戦えるようにしたい」

竜胆は言いながら真葛に撫子を受け渡す。

「もちろんです。というかリアム様も持てますよ！」

「いや、さすがにそれは持てたとしても走れないだろうからジュード様に任せよう」

竜胆でさえ子どもを抱えながらの全力疾走はきつかった。銃も剣も扱いにくくなる。

竜胆は真葛に抱き上げられる撫子を見る。撫子も竜胆を見た。

「り……」

『りんどう』という彼女特有のやわらかい呼び方が途中で紡がれず終わった。

何か用があるでもない。きっとただ呼びたかったのだ。撫子にとって、自分だけの護衛官の名を呼ぶこと自体が愛情表現に近かった。そこにすべての感情を乗せることで意思疎通もしていた。好きも、寂しいも、悲しいも、怖いも、呼べば彼は察してくれる。

いつものように、名前を呼んで不安を和らげたかったのだ。

愛する護衛官に大丈夫だと言って欲しかった。しかし撫子は慌てて下を向いた。

竜胆と離れる準備をしているから。

――撫子。

理解出来ない彼女を、理解したいと竜胆は願う。

子どもであることを否定する主は、有事の際に護衛官を精神的に頼らないのが【大人】なのだと思っているようだ。竜胆には自身への拒絶にしか見えない。

欲してもらえない従者など意味がないと、彼女自身にも言ったことがあるのに。

焦燥感がまた竜胆の身を燃やした。

──今は考えている時じゃない。

だが、この苛立ちを、苦しみを、呑み込んでも尚。

ありあまる愛が存在することを彼女に伝えたい。

──俺を舐めるなよ、撫子。

竜胆は真葛に抱かれている撫子に手を伸ばした。

無理やりだが、彼女の顎を掴んで顔を上げさせた。

「り、んどう」

驚いた撫子が反射的に声を上げる。

そして竜胆は、やや乱暴に主の頬に口づけをした。

「……行くぞ、俺のお姫様」

真葛は目が点になり、撫子は声も出せなくなる。

わずか数秒の出来事。竜胆はすぐ頭を切り替えた。

「荒神隊長、狼星様と瑠璃様をどうかよろしくお願い致します！」

部下をすべて秋側につけてくれた月燈に竜胆は礼をしてその場を去る。

「お任せください！　そちらもお気をつけて！」

裏口組は代行者達を前後で挟みながら移動を開始した。その間もあちこちから銃声が聞こえる。駐車場待機組も戦闘行動に移っているのかもしれない。逃げ場を塞ぐ為に、まずそちらを潰していたとしたら。

「もし車が駄目になっていたらどうしますか、阿左美様っ！」

白萩もその懸念を抱いていたのか、焦り気味に竜胆に尋ねる。これにはジュードが答えた。

「今日は保安隊が周囲警備に協力してくれています！　そちらも交戦中の場合は地下鉄に逃げるほかありません！　外に出てすぐのところに地下鉄入り口があります。地下鉄保安局に事情を説明し保護してもらうか、保安隊の詰め所まで地下鉄で移動しましょう！」

「了解です！　適宜こちらで判断します！」

竜胆がジュードの返答に賛同する。裏口組はそんなやりとりをしつつも廊下を突き進んだ。

やがて外に繋がる扉にぶつかる。一行は数秒息を整えてから扉を開けた。

「クリア、進みます！」

月燈の部下である近接保護官がみなを先導した。

第一関門は突破出来た。ここに待ち伏せが居なかったことは大きい。

だが、すべてがそううまくいくとは限らない。

緑溢れる敷地内を走り続け、駐車場へと続く美しい散歩道までたどり着くと、人影が見えた。

髑髏のフェイスマスクをした者達だ。罰当たりなことに、道のところどころにある暁の射手と黄昏の射手をモチーフにしたオブジェを壁にして銃を撃ってきた。

「屈め！　屈め！」

近接保護官の合図で全員がその場で体勢を低くする。竜胆達は同じく設置された四季のオブジェに隠れて銃弾の応戦をした。

──距離は近い。

竜胆は敵までの距離を確認する。そこからの行動は速かった。

「援護頼みます！」

そう言うやいなや、オブジェから飛び出して走り出す。

「了解っ！」

白萩が真っ先に竜胆の援護射撃に入った。突然現れた竜胆に集中砲火を浴びせようと銃口が向けられたが、大和側がさせるかとばかりに撃ちまくる。

そして、彼らが一瞬目を離した隙に竜胆はもう距離を詰めていた。

「ひっ……！」

オブジェに隠れている賊の一人を引っ張り出し、悲鳴を上げる前に顔面を殴った。

――撃たれるより早く倒せばいい。

そんな荒業をやってのけるのがこの男だ。

銃撃戦が得意と見えた賊達は細身に見えるこの青年がまるでボールでも投げるような軽さで人体を背負投げし、銃を奪った後にその銃身で他の者を殴り飛ばし、今度は銃を捨てて長い足で脳天を回し蹴りするという蛮行に目を見開いた。

オブジェに隠れた敵を倒し切るのにかかった時間はわずか数分。

「クリア！　来いっ！」

竜胆がそう叫んで大和陣営を呼び寄せると、みな畏敬の眼差しで彼を見た。

代行者護衛官の肩書はお飾りではない。それを証明するような戦闘だ。

撫子は真葛に抱かれながら、青ざめている。季節顕現の旅で賊に襲われることが少ない秋というこの季節は、今回のように何の交渉もなく突然相手が殺しにかかってくるという状況にあまり遭遇しない。撫子とて竜胆の戦う姿は見たことがあるが、それにしてもここまでなりふり構わず敵を蹴散らす様子を目の当たりにするのは初めてだった。彼が怖い、というよりかはあんなことをしていて身体を壊さないのかという心配で顔面が蒼白になっている。

「さ、さねかずらさん。りんどうはだいじょうぶなの？」

「大丈夫です！　うちの上司最強！」

真葛はこういう時に怯まない女のようで、血気盛んに返事をした。

裏口組は改めて移動を再開、木々の隙間から駐車場が見えてきた。だがしかし、想定内ではあるがあちらでも戦闘が開始されていた。大和陣営の駐車場待機組や、倒れている保安隊員の姿も見える。目にする光景としては最悪ではあるが、状況としては最低ではない。

賊はいま逃げ場がないと言っても過言ではないからだ。

教会内からは人の叫び声と物が破壊される音が度々聞こえている。正門組があの廊下から確実に歩みを進めたのだろう。恐らく現在位置は玄関ホールだ。

となると狼星と瑠璃、そして護衛陣に敵が駆逐されるのは時間の問題。次は駐車場で争っている保安隊を倒す、という展開になるはずだ。

裏口組の挙動はまだ気づかれていない。ジュードがここで提言した。

「車は諦めましょう」

ジュードの言葉に竜胆はうなずく。

「塀を登って地下鉄へ。ここからすぐです。佳州の道ならオレが先導出来ます」

竜胆は塀を確認する。来た時も高いと思ったが、近づくと更にそれを感じる。

運動神経抜群の彼でも、さすがにこの高さを自力で登るのは無理だ。

「了解。仕方ない、更に班を分けるぞ。悪いが残留組には足場になってもらう」

『この子犬も連れてってあげて！』

リアムが不安そうに言う。

竜胆とジュードは顔を見合わせたが、ここで駄々をこねられるより子犬を担ぐほうがマシだ。

『大丈夫ですよ、リアム様。うちの白萩に持たせます』

更なる班分けが決まった。

地下鉄組は撫子、竜胆、白萩、真葛、花桐、秋の里護衛陣二名。残留組は要人警護部隊六名。四季庁保全部警備課秋部門職員二名、という構成に素早く仕分けた。月燈の部下達と四季庁職員達が二名ずつで互いの腕を掴む。そして腰を落とし、構えの姿勢になった。

「行くぞ」

竜胆が手本を見せるように走り出し、跳躍してから足場になった者達の肩を掴む、足は交差した彼らの腕の上に。体重が沈んだタイミングを見計らって足場二名が力の限りに腕を上げる。と同時に竜胆も強く彼らの肩を押してまた飛んだ。ふわっと浮いた身体が宙を舞い、あっという間に塀の上へ、飛び過ぎた距離に慌てつつも塀を掴んで登った。

「次！　ここからは俺が引き上げるからまずは撫子を！」

曲芸のような飛びっぷりだ。それ以降は同じことを真似たジュードも塀の上に行き、順番に残りの人員を足場の者達と協力して引き上げを手伝ってくれた。

「後は冬と夏の援護を頼んだ！」

「お任せください！」

残留組は駐車場の戦闘の援護射撃に入る。

本当は竜胆達も残って加勢したいが、狼星のオーダーは『まず子ども達を離脱させろ』だ。勝ちが見えている戦いだとしても、避難が優先となる。人通りがまったくないわけではないので、突然塀から落ちてきた竜胆達に通行人は驚きの顔を見せていた。

「阿左美様！　あれを！」

ジュードが先導しながら道路を指さした。

教会職員の姿が見えた。ローブ姿の彼らはこの日常風景に溶け込んでおらず、否が応でも目に入る。道路を挟んだ横の通りに車を停めてあり、慌ててそこに走っている。そしてこちらに気づくと腕を大きく上げて手を振った。

「おい！　その車に乗れるか⁉」

ジュードが怒鳴って聞くと、教会職員は早く来いと言わんばかりに身振り手振りをした。

「何人乗れるんだろうか」

「恐らく乗れても四名くらいじゃ……とにかく行きましょう！」

竜胆は迷ったが頷いた。全員で地下鉄に行くほうが警備人員は多いが、賊がここに来ている以上逃走経路を張り込まれている可能性もある。この周辺からすぐ離れるべき、という最重要課題を考えると車に乗ったほうがいい。

車のクラクションを浴びながら道路を横断し真向かいの歩道へ。

教会職員が央語で『早く乗って！』と呼びかける。既に運転席と助手席、後部座席含め四名が乗っていた。後ろは詰めればあと二名なら大人が座れそうだ。問題は組み合わせだった。

ジュードが口火を切る。

「阿左美様。撫子様とご乗車お願い出来ますか？　残りは地下鉄で。追跡を考慮して、車と地下鉄でそれぞれ向かうのは悪くない案です」

「しかし……それならジュード様達が」

「追いかけてもさほど時間差はありません。まずは大和の現人神様が優先です」

竜胆は躊躇う。仲間を残しておくことも不安だったが、ここまで来てリアムの安全確保を怠るくらいなら全員で地下鉄に行く方がいい。すると、運転手以外の者達が降りてきた。

『私達が此処に残ります。地下鉄へ行くんですね？　残った方々は我々がサポートします。代行者様、護衛官様。よければ、そこの女性もお乗りなさい』

渡りに船だ。これなら代行者の安全は確保出来る。そして残留組は現地人に地下鉄のサポートも頼める。今取れる最善策だった。竜胆は乗車を辞退した者達に感謝を伝えた。助手席にジュード。左ハンドル運転席後ろの後部座席から竜胆、リアム、真葛の膝に撫子の順で座る。

「みなさん、あとで会えるのね？」

撫子が車内から確認するように聞く。白萩含め秋の護衛三名は身体の幅が広くて無理だと判断した。地下鉄に乗って合流してもらったほうがいい。

「はい、それほど時間はかからないかと」

「危険なひとがいたらすぐに逃げてね」

「はい」

「ぜったいに、危険なことにまきこまれてはだめよ」

白萩は笑おうとしたが、撫子があまりにも真剣な表情をしているので笑顔が作れなくなった。

「ぜったいにぜったいにだめ」

「……」

「わたくし、みなさんに何かあったら、ご家族にどうおわびしていいかわからない。……だから、怖いことから逃げてね……」

「撫子様……」

「しらはぎさんはお母さまがお一人でお家でまっているのでしょう？」

自身の主がこんなにも自分を心配してくれる。その事実に白萩の胸が締め付けられる。

「俺には秋の神様がついております……」

じっと撫子を見つめて白萩は言う。

「だめよ。神さまだよりじゃ。ごじぶんであんぜんを選んで」

「違います。撫子様です」

撫子は目をぱちくりと瞬く。

「俺の神は撫子様です。ですので俺には加護がございます。いつも一緒におりました。何かあっても、その加護が働くでしょう」

白萩はそう言って、今度こそ微笑んだ。

「三時のお菓子を一緒に食べた仲です。ご加護が必ずあります」

「……しらはぎさん」

その言葉が撫子をどれだけ励ますものになるか、この青年が知る由もない。自分が悪しき者だとわかってしまった少女神は、白萩の純粋な祈りに泣きそうになってしまう。

そんな彼女を見て、残りの護衛も撫子をなだめるように言った。

「すぐに駆けつけますよ。どうか御身はご自分のことを第一に……」

「撫子様をご心配させぬようなるべく早く合流します」

それでも割り切れないでいる撫子に白萩が最後に声をかける。

「さあ、もう行かないと。花桐をどうぞ乗せてやってください」

この旅の道中、白萩に預けられて過ごすことが多かった花桐は、白萩の鼻をぺろりと舐めた。

そして『わん』と吠える。撫子は泣くのをどうにか我慢して自身も微笑んで言う。

「はなきり、しらはぎさんと別れたくないって」

「本当ですか？　また馬鹿にされてるんじゃ」

「ううん。そんなことない。しらはぎさんとはお友だちなのよ」

「気さくに接していると？」

「そうよ。しらはぎさんが優しいから……ちょっと甘えてるところもあると思う。あのね、わたくしもそう。しらはぎさんが優しいからちょっと甘えちゃうの。ほんとうは駄目なのに」

白萩は撫子の言葉に心を打たれた。

「いつでも甘えてください。……俺の、よく吠える友達をどうぞよろしくお願いします」

そして、恭しく花桐を差し出す。

「え……？」

しかし、何故か花桐が渡る前に車のドアが自動で閉まってしまった。

白萩の驚いた声と共に、バタン、という音が無情に響く。

『出してくれ！』

ジュードが運転手に命令をした。抗議する隙もなく、車は乱暴に発進した。竜胆は慌ててリアガラスを見る。信じられない、というより信じたくない光景が見えた。

教会職員三名に、白萩と護衛達が道端で銃を突きつけられている。

一時の別れの挨拶をしていたばかりに、彼らは無防備だった。

「……ご乗車ありがとうございます」

竜胆が首を戻した時にはジュードが助手席からこちらに向けて銃を突きつけていた。

銃口は撫子、そして彼女を膝に乗せている真葛に向けられている。

「どうか無駄な抵抗はなさいませんように」

走る車の外から数発の銃声が聞こえた。大きく吠える花桐の声も。花桐は激しく吠えた後に悲鳴に近い鳴き声を上げている。暴行を受けたのかもしれない。

だが、もう振り向いて確認することも出来ない。

『……ジュード？』

リアムも、目を瞬いて自身の護衛官を見た。

『ジュード、何してるの？』

『黙れ、リアム』

『ジュード、やめろ！　なでしこに銃をむけるな！』

リアムと竜胆が同時に手を伸ばす。

しかし、それよりも早くジュードが銃の引き金を引いた。

人の生命を奪う音色が車内に響く。

一発、二発。三発目で竜胆が力ずくで銃を押さえたが、あろうことか運転手がハンドルを一時離して竜胆に銃を向けた。また同じ音色が響く。

一発、二発、三発。消音銃ではあったが、間近で聞いている者達の耳は音で震えた。

血飛沫（ちしぶき）が飛ぶ。リアムの頬へ。そして撫子（なでしこ）の頬へ。

運転手は非常に良い腕を持っていた。

一仕事すると、すぐハンドルを握り、揺れる車体の軌道を戻した。

「危ないですよ、だから無駄な抵抗はするなと」

最初に撃たれたのは真葛（さねかずら）だった。撫子（なでしこ）を支えてくれていた腕は既にだらりと落ちている。

『リアム、お前も余計なことはするな』

次に撃たれた竜胆（りんどう）は口から血泡が溢（あふ）れ、苦しんでいた。

「もう大人はこれでいない」

「撫子(なでしこ)様。お付き合いください。これより審判を開始致します」

本名もわからないその男は、今度はリアムに銃口を向けてそう囁(ささや)いた。

あとがき

拝啓、お久しぶりです。

何処でこの手紙を読んでくださっているでしょうか？

どうかご健勝でいらっしゃいますように。お元気でしたか？

私はいつも通り北国でなんとかやっております。本当になんとかやっている、という言葉がぴったりでして、いまこちらの手紙を書いている時間も人が眠りにつく頃です。花矢がこれから仕事をするでしょうが、私も彼女と共に頑張っております。

春夏秋冬代行者もついに春、夏。途中で暁を挟み、ようやく秋が来ましたね。

応援してくださっている読者の皆様、書店様、関係者の皆様。泣きついても許してくれる友人、家族。そしていつもながら素晴らしいイラストを描いてくださるスオウ様。

たくさんの人の手助けがあるからこそ、この物語は続いております。ありがとうございます。

小さな『秋』二人はこれからどうなってしまうのか。ぜひ見守っていただけると幸いです。

この巻をお届け出来るようになるまでに、春夏秋冬代行者は二つのコミカライズが発足しました。もうご覧になっていただいた方もいらっしゃるかと。

小松田なっぱ先生による『春夏秋冬代行者　春の舞』。

浅見百合子先生による『春夏秋冬代行者　百歌百葉』。

ぜひ、春の舞を読まれた方はこちらも触れる機会をいただけますと幸いです。

どちらも毎話、先生達とご相談しながら創っています。喜んでくださるだろうか、と貴方のことを考えながら苦心している、という点では小説と同じです。

さて、本作は大和の秋の代行者について物語上は明示されていたが実際はどういう風に過ごしていたのだろう、という部分が解明されます。

それにより、もしかしたら同調し、傷ついてしまう方もいるかもしれません。

もっと楽しくて、もっと心躍らせる。苦しんでいた時など思い出さなくていい、そういうものを期待していたという方々がいらっしゃるかと。

朝が来ないで欲しい。いまが最悪で未来が見えない。心の負担がないもののほうがいい。

すごくわかります。この物語はそういうものではありませんが、『あの日傷ついていた貴方』に贈る物語です。そこはずっと春から貫き通しています。

どうか、最後まで登場人物たちと物語を走ってくださることを願っています。

時にはそういう物語や手紙が人生には必要だと、個人的に思います。

本は貴方が紐解かなければ始まりません。人生も、本も、いつも主役は貴方であるということを忘れないでください。いまこの時もそうです。

下巻でお待ちしています。良い旅を。

◉暁　佳奈著作リスト

「春夏秋冬代行者　春の舞　上」（電撃文庫）
「春夏秋冬代行者　春の舞　下」（同）
「春夏秋冬代行者　夏の舞　上」（同）
「春夏秋冬代行者　夏の舞　下」（同）
「春夏秋冬代行者　暁の射手」（同）
「春夏秋冬代行者　秋の舞　上」（同）
「春夏秋冬代行者　秋の舞　下」（同）

本書に対するご意見、ご感想をお寄せください。

ファンレターあて先
〒102-8177　東京都千代田区富士見2-13-3
電撃文庫編集部
「暁 佳奈先生」係
「スオウ先生」係

本書は書き下ろしです。